KATHARINA LUKAS

Sacklzement!

GEHÄNGTER HUND Die Münchner Reporterin Gundi Starck trägt in ihrem niederbayerischen Heimatdorf Hintersbrunn gerade ihren Vater zu Grabe, als Dorfdepp Franz mit der Nachricht vom »Selbstmord« eines Hundes in den Leichenschmaus platzt. Bald ist klar, worüber niemand im Ort spricht: Der Bauunternehmer Django Schickaneder hat das Haustier eines zugereisten Bildhauers im Wald erhängt. Er will das Mahnmal verhindern, das an eine Gräueltat des Zweiten Weltkriegs erinnert. In ihrem Job frustriert, träumt Gundi vom Aussteigen. Ihr Elternhaus will sie verkaufen. Da erfährt sie, dass ihr Vater ein lang gehütetes Dorfgeheimnis lüften wollte: Der in Ehren gehaltene Altbürgermeister Schickaneder, Djangos Großvater, hat anscheinend besagte Gräueltat begangen. Gundi plagen Erinnerungen an ihre unglückliche Kindheit, in der sie, wie Franz, eine Außenseiterin war. Doch sie wittert eine Story und beschließt zu bleiben. Sie findet heraus: Django, Gundis heimlicher Jugendschwarm, hat mehr zu verbergen als die Tat seines Großvaters.

Katharina Lukas wurde in einem niederbayerischen Dorf geboren, das sich zu dieser Zeit damit brüstete, die kleinste Gemeinde Niederbayerns zu sein. Sie studierte in München Philosophie und schrieb als Journalistin über Film, Musik und Mode. Einige Jahre verbrachte sie als Korrespondentin in London, später wurde sie Chefredakteurin einer Fernsehzeitschrift. Als Ghostwriterin verfasst sie Privatbiographien. Sie lebt mit ihrem Mann, einem Musiker, in München. Nach mehreren Kurzgeschichten und einem autobiographischen Werk veröffentlicht sie mit »Sacklzement!« ihren ersten Krimi.

www.privatbiographie.de

KATHARINA LUKAS

Sacklzement!

Kriminalroman

GMEINER

Immer informiert

Spannung pur – mit unserem Newsletter informieren wir Sie
regelmäßig über Wissenswertes aus unserer Bücherwelt.

Gefällt mir!

Facebook: @Gmeiner.Verlag
Instagram: @gmeinerverlag
Twitter: @GmeinerVerlag

Besuchen Sie uns im Internet:
www.gmeiner-verlag.de

© 2021 – Gmeiner-Verlag GmbH
Im Ehnried 5, 88605 Meßkirch
Telefon 0 75 75 / 20 95 - 0
info@gmeiner-verlag.de
Alle Rechte vorbehalten
1. Auflage 2021

Lektorat: Daniel Abt
Herstellung: Mirjam Hecht
Umschlaggestaltung: U.O.R.G. Lutz Eberle, Stuttgart
unter Verwendung eines Fotos von: © mankale / Fotolia.com
Druck: CPI books GmbH, Leck
Printed in Germany
ISBN 978-3-8392-0073-5

1

91 Jahre ist der Saukerl geworden. Wahrscheinlich hat ihn die Bosheit so lange nicht sterben lassen. Jetzt liegt der alte Bäckermeister doch noch im Sarg. Aufgebahrt im weiß getünchten Leichenhaus neben der Pfarrkirche von Hintersbrunn. Und wenn er nicht gerade vor einem höheren Richter steht, bleiben seine Schandtaten für immer ungesühnt.

Seit fast 30 Jahren ist Gundi nicht mehr in dem Dorf gewesen, in dem sie aufgewachsen ist. Sie hat versucht, es zu vergessen wie einen bösen Traum. Ungerührt schaut sie sich die Leiche an. Sie hatte ihn anders in Erinnerung, ihren Vater. Irgendwie größer. Mächtiger. Der alte Bäcker war kein guter Vater. »Eine Schixn« hat er in ihr gesehen, solange sie sich zurückerinnern kann. Später ein »Luder«. Und zum Schluss eine »Matz«. Es war die letzte Beschimpfung, die sie von ihrem Erzeuger gehört hat. Er hat sie ihr nachgerufen, als sie die Tür ihres Elternhauses endgültig hinter sich zuschmiss, kaum dass sie volljährig geworden war, und ihren verwitweten und verbitterten Vater allein zurückließ.

Und jetzt muss sie sich als einzige Hinterbliebene um seine Beerdigung kümmern. Und um die alte Bäckerei, das Haus ihrer unglückseligen Kindheit. Die abgewrackte Hütte will Gundi so schnell wie möglich zu Geld machen.

Er war mal wer, der alte Bäcker. Erwin Starck, geboren 1927, selbst Sohn eines Bäckers, trat in jeder Hinsicht in die Fußstapfen seines Vaters. Er übernahm dessen Bäckerei und dessen Arschlochheit. Gundis Elternhaus, vom Großvater erbaut, steht mitten auf dem Dorfplatz. Oben die Schlafzimmer, unten Küche, Wohnzimmer und Backstube. Vorn der Verkauf, für den ihre Mama zuständig war und immer auch die Gundi, die mithelfen musste und die ein Teufelsdonnerwetter erlebte, wenn sie nicht zur Stelle war, sobald Hilfe gebraucht wurde. Die einzige Tochter wurde nach dem frühen Tod der Mutter vom Vater als deren natürliche Nachfolgerin gesehen. Eine, die vor dem Familienoberhaupt aufsteht und Kaffee kocht, seine Wäsche aufsammelt, seine Kleidung rauslegt, seine Backwaren verkauft, die Stube putzt, Essen kocht, aufdeckt, abräumt, das Geschirr spült, einkauft, ein Bier bringt und aus dem Weg geht. Jeder Tag im Leben der Bäckersfamilie drehte sich um ihn, den Bäckermeister, und seine Bedürfnisse. Aber Gundi war nicht wie ihre Mutter, die ihr Schicksal als Dienstmagd ihres Ehemannes klaglos erduldet hatte, bis sie ein früher Tod davon erlöste. Gundi fügte sich nicht. »Schmier dir dein Brot selber!«, sagte sie und kassierte eine Ohrfeige. »Ich bin nicht deine kostenlose Arbeitskraft!«, schrie sie, worauf er zum ersten Mal mit den Fäusten auf sie losging.

Verglichen mit der Gnadenlosigkeit ihrer Kämpfe verlief Gundis Auszug von zu Hause erstaunlich unspektakulär. Am Abend davor hatte sie den großen Koffer ihres

Großvaters vom Dachboden geholt und ein paar Bücher eingepackt, dazu ein paar wichtige Papiere und ein wenig Kleidung. Sie hatte vor Aufregung kaum geschlafen, als sie am Morgen ihres 18. Geburtstages, den Koffer in der Hand, in der Tür stand. Ihr Vater saß am Küchentisch und las in der Zeitung.

»Ich geh jetzt«, sagte sie.

Er sah nicht auf. »Dann hau doch ab.«

»Für immer. Du siehst mich nie wieder.«

Ein kurzer Blick, er bemerkte den Koffer. »Wirst schon sehen, wie weit du kommst.«

»Überall ist es besser als bei dir.«

»Auf was wartest du denn? Hau ab! Hau endlich ab!«

»Du Arschloch«, sagte Gundi und warf die Tür hinter sich zu. Er behielt das letzte Wort.

»Du Matz! Du dreckige Mistmatz!«, hörte sie ihn rufen, als sie ins Freie trat. Und als der Überlandbus mit ihr und ihren wenigen Habseligkeiten das Ortsschild passierte, hatte sie das Gefühl, sich irgendwie in Sicherheit zu bringen.

»Ähm-hm-hm.« Hinter Gundi macht sich der Kirchendiener bemerkbar. Ein kleiner dürrer Mann in Schwarz, der es sich angewöhnt hat, wie ein geprügelter Hund zu gucken, und der mindestens so alt ist wie der Mann in der Kiste vor ihnen. Er hat ihr das Leichenhaus aufgesperrt und den Sarg geöffnet an diesem Sommernachmittag, an dem sie nach vielen Jahren gekommen ist, um ihren Vater noch einmal zu sehen. Neben der groß gewachsenen und stämmigen Gundi ist der Mesner ein

Zwerg. Halb so kräftig wie sie, die sein Gewicht vermutlich zweimal auf die Waage bringt. Deswegen packt sie den Deckel eigenhändig zurück auf den Sarg des Vaters und schraubt die Gewinde fest zu.

Die Nachricht erreichte sie mitten in der Redaktionskonferenz. Es war Ende August und die Berichterstattung für das kommende Oktoberfest wurde gerade besprochen. Man plante ein gesondertes Journal. Gundi rechnete damit, dass sie einen festen Auftrag für eines der Promizelte bekam. Interviews am frühen Abend mit der aufgetakelten und aufgekratzten Lokalprominenz und die eine oder andere süffisante Klatschmeldung zu fortgeschrittener Stunde. Sie wollte gerade ihre Recherchen präsentieren, welche Bayern-Spieler zu welchen Wiesnveranstaltungen eingeladen waren, als die Redaktionssekretärin Christa an die Tür des großen Konferenzraums klopfte und ohne abzuwarten sofort eintrat. Mit einem Finger winkte sie Gundi zu sich, die zuerst den Kopf schüttelte, dann aber dem zwingenden Blick von Christa nicht standhielt, sich das Nicken des Chefredakteurs abholte und den Konferenzraum verließ.

»Was ist denn los?«, fragte sie draußen.

»Es ist jemand am Telefon für dich«, antwortete Christa.

»Und kann das nicht warten?« Gundi starrte auf die geschlossene Tür, hinter der in diesem Augenblick Entscheidungen ohne sie gefällt wurden. Es war eine der wichtigsten Konferenzen des Jahres beim Tagblatt. Die Berichterstattung vom Oktoberfest – besonders wenn sie deftige »Knutsch- und Busenbilder« mitlieferte – war ein Auflagenbringer. Hochsaison für eine Boulevardzeitung in München. Wahrscheinlich bekam jetzt der ewige Schleimer Karsten das beste Zelt. Womöglich sogar die tägliche Wiesnkolumne, auf die Gundi scharf war und die sie tausendmal besser schreiben konnte. Weil sie einen viel besseren Draht zur lokalen Prominenz hatte als dieser eitle Gockel, dem es immer nur darum ging, sich selbst darzustellen. Verdammte Scheiße aber auch, was konnte nur so wichtig sein?

»Es ist jemand aus deinem Dorf«, sagte Christa, dabei senkte sie Kopf und Stimme. »Ich glaube, es ist was passiert.«

Hintersbrunn ist ein Dorf im Nirgendwo zwischen München, Regensburg und Passau. Es ist kein Ort, den man ansteuert oder den man entdeckt, wenn man irgendwo hinfährt, weil er weder an einer großen Straße noch in einem touristisch interessanten Gebiet liegt. Nach Hintersbrunn kommen nur Menschen, die genau dort hinwollen. Aber nur sehr wenige haben dazu Anlass. Gundis Heimatort ist so überschaubar, dass man in den nur unwesentlich größeren Nachbargemeinden sagt, in Hintersbrunn könne man von Ortsschild zu Ortsschild spucken. Rund um die Kirche nebst Pfarrhaus, Gemeindehaus und dem leer stehenden alten Schulgebäude gruppieren sich ein paar weiß gestrichene Einfamilienhäuser mit gepflasterten Einfahrten und gestutzten Thujahecken. Mittendrin steht das alte Wirtshaus, der Greimerbräu, mit einem alten Baum davor. Etwas weiter unten an der Straße steht Gundis schäbig wirkendes Geburtshaus, die ehemalige Bäckerei. Gleich daneben die stillgelegte Post, von der ebenfalls der Putz bröckelt und in der es keine Briefe und Päckchen mehr gibt, sondern nur noch die alte, verwitwete Nandl. Schräg gegenüber steht ein kleiner Gemischtwarenladen, wie er selten geworden ist in den Dörfern. Drum herum ein paar versprengte Gehöfte, jede Menge Mais- und Rapsfelder, ein paar Wiesen und Wälder. Das Dorf liegt in einer kleinen Senke und die Hauptstraße kommt auf der einen Seite aus dem nahe gelegenen Marktflecken, in dem es einen Supermarkt, eine Bank, zwei Ärzte, eine Apotheke und einen Friseur gibt. Auf der anderen Seite führt sie über ein kleines Gewerbegebiet mit ein paar Nutzgebäuden und einem Lagerhaus zur Bundesstraße, auf der man in 40 Minuten zum Flughafen und in 60 Minuten nach München kommt. Wer hier wohnt, ist hier verwurzelt. Man zieht nicht nach Hintersbrunn, man zieht weg. Der einzige Zuwachs in den letzten Jahren waren sechs Flüchtlingsfamilien, die eine Zeit lang im alten Pfarrhof und im Schulhaus unter großer Erstbegeisterung der einheimischen Bevölkerung untergebracht wurden. Auch die sind inzwischen weggezogen. Zur Schule fährt ein Bus, zur Arbeit fährt man mit dem Auto. Zwischen Geburt, Hochzeit und Tod ist nicht viel los.

Wie eine Geisterstadt wirkt das Dorf auf Gundi, als sie auf dem Hügel kurz anhält und zum ersten Mal nach einer halben Ewigkeit ihre Heimat wiedersieht. Kein Mensch ist zu sehen, kein Laut ist zu hören. Gundi wäre nicht überrascht, wenn diese Strohballen, die sie aus den Western ihrer Kindheit kennt, über die Zufahrtsstraße rollen würden.

»Wärst nicht die Erste, die wo's wieder heimzieht«, sagt die Nachbarin Nandl gegen alle Realitäten und mit unverhohlenem Lokalpatriotismus, als sie Gundi das alte Bäckerhaus aufsperrt. Sie hat sich in den letzten Jahren um den alten Bäcker gekümmert, und sie war es, die in der Redaktion angerufen hat. Gundi kennt sie seit ihrer Kindheit. Gundi kennt überhaupt fast jeden im Dorf. Knapp 100 Einwohner, Kinder mitgezählt. Aber selbst nach vielen Jahren fühlt sich Nandls Gedanke, Gundi könne zurück in ihr Elternhaus ziehen, immer noch wie ein Lebenslänglich-Urteil an. Niemals zurück, denkt Gundi. Den Vater eingraben, das Haus loswerden und dann nichts wie weg. Länger als nötig hier zu bleiben, wäre ihr wie ein Verrat an der Flucht vorgekommen, die sie so viel Kraft gekostet hat. Und Verrat an allem, was sie sich in der Stadt so hart erkämpfen musste.

»Kunigund, dumm und rund!« Eine verhasste Erinnerung ist wieder da. Als wäre sie nicht in ihrem Gedächtnis abgespeichert, sondern an diesem Ort verwahrt gewesen. Gundi steht in der etwas verwahrlosten Küche ihres Vaters mit dem veralteten Elektroherd und der kleinen Spüle, einem neueren, billigen Küchenbüfett und dem bekannten Tisch mit der Eckbank, über dem ein großes Kruzifix hängt. Sie füllt Wasser in die verkalkte Kaffeemaschine. Den ganzen gestrigen Abend hat sie sich im angrenzenden Wohnzimmer durch die Sachen ihres Vaters gewühlt. Sie hatte keine Ahnung gehabt, was er für ein Messie gewesen war. Kontoauszüge aus gefühlt hundert Jahren. Abgelaufene Kalender, Ansichtskarten von unbekannten Leuten, unsortierte Ausrisse aus Zeitungen, mehrere Kartons mit zerfledderten Briefen, mindestens 20 Aktenordner mit unklaren Inhalten, zerschlissene Sammelalben, angefangene Haushaltsbücher, angefangene Tagebücher und – du meine Güte – sogar der Arierpass von ihrem Großvater. Kein Testament oder Unterlagen zum Haus bisher. Und kein einziges Foto von ihrer Mutter. Der alte Bäcker hat es seiner Frau übel genommen, dass sie so früh gestorben ist. Gundi war damals noch klein und sie erinnert sich nur bruchstückhaft an ihre Mutter. Nur daran, dass die Mami immer still war und der Vati groß und streng und alt. Der großspurige Bäckermeister von Hintersbrunn hat sich erst verheiratet, als er bemerkte, dass er einen Erben brauchte und außerdem jemanden, der sich um ihn kümmert, wenn er alt wird. Er regierte mit hartem Regelwerk. Essenszeit, Schlafenszeit, alles zu seiner Zeit. Vati darf nicht gestört werden. Vati hat die ganze Nacht gearbeitet. Sei still und iss. Gundi war nicht der erhoffte Erbe, sie war ein Mädchen. Ungeschickt und übergewichtig. Ihren Vornamen, der ihr seit dem ersten Schuljahr den demütigenden Singsang ihrer Klasse einbrachte, hatte sie von ihrer Großmutter, der Mutter ihres Vaters, die gesinnungsdeutsch und herrschsüchtig aus ihrem Sohn den sozialen Krüppel gemacht hatte, der er gewesen war.

Glücklicherweise hatte sich ein paar Jahre später das Schwabbelige an Gundi an die richtigen Stellen verlagert. Sexy Hexy nannten die Buben sie jetzt, sehr zum Ärgernis ihres Vaters, der sie beschimpfte und öffentlich ohrfeigte, wenn er sie erwischte, wie sie am Bushäuschen rumhing, wo sich die größeren Jungs trafen. Was sie damals fast täglich tat. Zur großen Aufregung des Christlichen Frauenvereins, weil sie erst 13 war. Sie schnallte sich den Gürtel immer ganz eng um ihre Schürze, sodass sich der Stoff über dem Busen spannte, und musste nie lange auf die Gesellschaft der Buben warten. Sie genoss, wie sie glotzten. Wie sie sich gegenseitig zu übertrumpfen versuchten mit ihren Mofas und ihrem Wissen, was im Gegensatz zur richtig schlechten Popper-Musik eine gute Musik war. Geschmust hat sie mit fast jedem von ihnen. Und vom draufgängerischen Hans und dem geduldigen Benno hat sie sich auch anfassen lassen. Richtig verliebt war sie aber nur in einen. Django. Mit seinen blonden Haaren und seiner braunen Haut sah er aus wie eine Mischung aus Billy Idol und Indiana Jones, fand Gundi damals. Außerdem hatte er seine Mutter früh verloren. Das verbindet uns, dachte sie. Django hatte allerdings keinen Blick für Gundi. Ließ sich auch nicht eifersüchtig machen. Er war viel zu cool dafür. Er war der Chef unter den Buben. Die bewunderten ihn und machten alles, was er sagte.

»Ich war ein trauriges Kind und ein unmöglicher Teenager«, erzählt Gundi Ferdl am Telefon nach der ersten schlaflosen Nacht in ihrem alten Elternhaus, in der die verschollenen Erinnerungen lebendig wurden. Weil es in ihrem alten Zimmer feucht und schimmelig ist, hat sie auf der Wohnzimmercouch ihr Nachtlager aufgeschlagen. Die alten Decken hier riechen nach Vergangenheit.

Am Abend vor ihrer Abfahrt nach Hintersbrunn haben sie und Ferdl davon geträumt, mit dem Erlös des Bäckerhauses gemeinsam wegzugehen. Ans andere Ende der Republik, an die Ostsee. Ein kleines Hotel würden sie davon anzahlen, es selbst renovieren. Ferdl würde es leiten, Gundi würde das Marketing machen. Nach den ersten Stunden zurück in ihrer Heimat sind alle Träume wie weggeblasen. Gundi fühlt sich wieder so fremdbestimmt und machtlos wie früher.

»Hier leben alle Geister aus meiner Kindheit noch, Ferdl. Auf einmal bin ich wieder die dicke Bäckerstochter. Und auf der Beerdigung sehe ich sie alle wieder. Alle, denen ich nie recht war. Alle, die mich ausgelacht haben. Alle, die mir die Zunge in den Hals gesteckt haben. Alle, die ich nie wiedersehen wollte.«

Django wahrscheinlich auch.

2

Eines kann er besser als alle anderen. Schwammerl suchen. Oder besser gesagt finden, haha. Das findet der Fürbitten-Franz wahnsinnig witzig. »Ich geh zum Schwammerlfinden«, sagt er immer, wenn es so weit ist. Zu jedem und bei jeder Gelegenheit. Je nachdem, wem er gerade gegenübersteht, wird entweder milde gelacht oder er wird »damischer Hund« genannt.

Es ist ein gutes Geschäft mit den Schwammerln, und der Fürbitten-Franz, der ansonsten im Lagerhaus als Depp vom Dienst arbeitet, versorgt die Kramer Liesi, die aus dem alten Dorfladen ihrer Mutter ein kleines Feinkostgeschäft gemacht hat, mit seinen Fundstücken, die er den ganzen Sommer lang auf den Wiesen und in den Wäldern in der Nähe findet. Er findet Steinpilze und Pfifferlinge, Maronen und Birkenpilze und sogar die selten gewordenen Wiesenchampignons, wobei die beiden Ersten am meisten Geld bringen. Natürlich hat Franz wie jeder gute Pilzsammler seine geheimen Plätze. Und er findet auf fast mysteriöse Weise immer wieder neue Stellen. Es zieht ihn automatisch dorthin. An manchen Tagen legt er an die 30 Kilometer zurück. Für Franz ist es, als würden die Schwammerl sich auf seinen Besuch freuen.

Heute ist er am frühen Vormittag aufgebrochen. Der warme Regen, der über Nacht durch Hintersbrunn gezogen ist, hängt wie ein Schleier über den Wipfeln des nahen Waldes und man kann den kommenden warmen Tag ahnen. Hinter ihm läuten die Glocken der Dorfkirche. Heute wird der alte Bäckermeister beerdigt, denkt Franz, als er das Scheideggerholz mit seinen stattlichen Buchen, Fichten und Eichen betritt. Es ist plötzlich absolut still, die Waldvögel haben sich noch nicht an Franz gewöhnt und der weiche Boden verschluckt seine Schritte. Nach einer Weile erreicht er einen Futterstand. Hier will er eine Zeit lang versteckt sitzen und hoffen, dass er ein paar Rehe zu Gesicht bekommt. Später sammelt er die ersten Schwammerl auf einer kleinen Lichtung.

Die Sonne brennt inzwischen, und er will sich die Füße im Lernerbach kühlen und weiterwandern zu der Stelle, an der es die meisten Steinpilze gibt. Nachdem er den kleinen Bach überquert hat, wird das Holz dichter. Es ist dunkel hier, aber Franz findet den Weg ganz von allein, und seine Gedanken sind bei der Kramer Liesi. Er sammelt einen ganzen Korb voll mit Steinpilzen und freut sich auf ihr Gesicht, wenn er ihr seine Beute auf den Tresen stellt. Franz findet Liesi sehr sympathisch. Sie lässt es zu, dass Franz sein Bier bei ihr im Laden austrinkt, bevor er zu seiner Arbeit im Lagerhaus geht, wo der neue Chef diese Frühstücksgewohnheiten nicht so gut findet. Ebenso wie die Tatsache, dass er heute zum Schwammerlfinden geht, anstatt den Boden der Lagerhalle zu kehren. Aber der Fürbitten-Franz hat Narrenfreiheit. Weil er, inzwischen weit über 50 Jahre alt, nicht gescheiter ist als ein Zwölfjähriger. Zumindest sagen das einige. Andere rechnen es ihm hoch an, dass er sich sein Essen und sein Bier selbst verdient und sich für keinerlei Aushilfsarbeit zu schade ist.

Heute ist es noch zu früh gewesen für sein Bier bei Liesi. Die wird Augen machen, die Liesi, die wird schauen, denkt Franz und grinst in sich hinein, während er weiterwandert, weitere Schwammerl findet, nach Füchsen und Rehen Ausschau hält und den Vögeln zuhört. Er hat den halben Vormittag glücklich verbummelt, als ihn ein Knall in weiter Ferne aus den Gedanken reißt.

»Hoppla, der Jäger ist unterwegs mit seiner Büchs«, erklärt sich Franz den Schuss und denkt, dass es Zeit wird heimzugehen. Da bemerkt er, dass da vorne etwas nicht stimmt. Eine komische Bewegung. Etwas Weißes im schattigen Scheideggerholz. Der Jäger kann es nicht sein, der klang viel zu weit entfernt. Da hängt etwas am Baum, erkennt Franz und wagt sich langsam heran. Ja um Gottes willen! Da hängt ein großer weißer Hund, mannshoch aufgehängt an der alten Eiche! Eine furchtbar lange und blaue Zunge quillt ihm aus dem Maul. Um den Hals hat er einen orangeroten Strick mit einem sauber gewickelten Henkersknoten und daran hängt schlaff und tot der Rest vom Hund. Mit offenem Mund tritt Franz unter den Baum. Ist das nicht der Hund vom Sackbauer? Franz zittert am ganzen Körper vor Aufregung. Ja, das ist er. Und er hat sich erhängt, das ist auch klar. Der Strick, der Knoten, wie er da baumelt. Der Hund vom Sackbauer hat Selbstmord begangen. Unvermittelt bekommt Franz es mit der Angst zu tun. Er dreht sich um. Ist da einer? Auf einmal ist er überzeugt davon, dass er verfolgt wird. Von einer vergessenen Erinnerung oder vom leibhaftigen Teufel. Kurz schaut er sich in alle Richtungen um, und dann rennt er los, so schnell er mit seinem Bierbauch kann. Auf dem kürzesten Weg zurück nach Hintersbrunn springt er über den kleinen Forstweg, durch das Holz, über den Bach, vorbei am Lagerhaus und an der Kramer Liesi, hinein ins Wirtshaus, wo fast das ganze Dorf gerade Platz genommen hat zum Leichenschmaus nach der Beerdigung des alten Bäckermeisters. Der Fürbitten-Franz reißt die Tür zur Gaststube auf und stutzt. An den Bäcker hat er nicht mehr gedacht. Die um die Biertische versammelten Kirchgänger in ihren dunklen Anzügen und Kleidern verstummen und schauen ihn an. Und plötzlich kann nichts richtiger sein, als dass alle da sind. Dass alle Blicke auf ihn gerichtet sind. Wie ein Unheilsbote ruft Franz in die Menge: »D… der Sackbauer Struppi hat sich u… umbracht!«

Die kleine Gaststube vom Greimerbräu ist voll besetzt. Zwei Tische mit den Nachbarn des Bäckers, darunter Liesi, Gundis Schulfreundin aus lange zurückliegenden Zeiten. Ihre gelben Wuschelhaare erkennt Gundi sofort wieder, trotz der ungewöhnlich vielen Falten, die Liesi jetzt im schmalen Gesicht hat. Einen weiteren Tisch besetzen die Ministranten und einen Tisch die Totengräber. Gundi sitzt am Kopfende der großen Tafel in der Mitte, an der auch der Pfarrer Platz genommen hat. Es ist natürlich nicht mehr der Herr Pfarrer Dörner aus ihren Jugendtagen. Heute ist es ein groß gewachsener junger Schwarzer, der für mehrere Gemeinden der Gegend zuständig ist. Außerdem haben sich anstelle der fehlenden Verwandtschaft ein paar Vereinsvertreter an ihren Tisch gesetzt. Alois, mit dem Gundi mal rumgeknutscht hat, Georg Bernleitner, den zu Gundis Jugendzeit alle »Girgl« nannten und der offenbar inzwischen Bürgermeister geworden ist, und Django. Der ist als Letzter gekommen, hat den Tischgenossen zugenickt, Gundi hat er nicht angesehen. Vielleicht hat er sie nicht wiedererkannt. Wie schon zuvor auf dem Friedhof während der Begräbnisfeierlichkeiten scheint er alle Fäden in der Hand zu halten. Dort gab er Zeichen für den Einsatz der Feuerwehrkapelle und scheuchte die Fahnenträger von irgendwelchen Vereinen vor sich her. Django ist der Boss von Hintersbrunn, denkt Gundi und bemerkt, dass er mit einer kreisenden Handbewegung in Richtung Wirt die Aufnahme der Getränkewünsche initiiert. Ganz verwirrt bestellt sie sich eine Apfelschorle, obwohl sie viel lieber ein Weißbier hätte. Und gerade als die ersten Suppen aus der Küche kommen, platzt der Fürbitten-Franz in die Wirtsstube und verkündet den Selbstmord eines Hundes, der einem gewissen Sackbauer gehöre, dessen Name Gundi nichts sagt.

Fröhlich ist man bei so ernsten Angelegenheiten wie einer Gremess in Hintersbrunn oft, denn man lebt ja noch. Aber so lustig ist es selten. Ein lebensmüdes Haustier ist offenbar ein richtig guter Witz. Die Leute brüllen vor Lachen. Liesi springt auf, packt den verdatterten Franz am Arm und verfrachtet ihn auf eine Eckbank hinter der Garderobe, weg von den aufgeregten Leuten.

»Ich bin nicht blöd!«, ruft der beleidigt und schon ist Django zur Stelle und baut sich vor Liesi und Franz auf.

Er sieht immer noch ziemlich gut aus, der Django, findet Gundi. Hat sich gut gehalten für sein Alter, muskulös, braun gebrannt und schlank. Nur statt seiner blonden Locken trägt er jetzt Vollglatze. Aus der Nähe bemerkt Gundi, dass der Kopf rasiert ist.

»Jetzt mal ganz langsam, Franze«, sagt Django mit hochgezogenen Brauen und dem Anschein, als ob er sich das Lachen nur mühsam verkneifen könne. »Der Hund vom Sackbauer hat sich also aufgehängt?« Er seufzt betroffen. »Hat er endlich ein Ende machen wollen, hm? Haben ihn vielleicht die Katzen in die Verzweiflung getrieben? Oder gibt's einen anderen Grund? Hat er vielleicht sogar einen Abschiedsbrief hinterlassen?« Django genießt die Lacher der Dorfbewohner sichtlich. Ein paar klopfen ihm auf die Schulter.

»N… nein, es ist wahr«, wehrt sich Franz. »H… hinten im Scheideggerholz hängt er. Das ist k… kein Unfall gewesen!«

Django dreht sich zu seinem Publikum und breitet die Arme aus. »Dann brauchen wir die Mordkommission!«

Wieder gackern die Leute. Inzwischen hat sich eine Gruppe um Django gebildet, die mehr Sketcheinlagen auf Kosten des armen Franz erwartet. Ein paar andere stehen vor der Tür des Wirtshauses und telefonieren, und schließlich ist der Bräu der Erste, der sich wieder fasst.

»Jetzt wird erst mal gegessen«, sagt er und alle fügen sich.

Natürlich gibt es während des Schweinebratens nur ein Thema. Und vor der Nachspeise haben sich ein paar der Vereinsvertreter verabredet, die Sache in Augenschein zu nehmen. Zusammen mit Franz, der sich nach einem Knödel mit Soße wieder beruhigt hat, fahren sie zum Schauplatz des Geschehens. Als der ortsansässige Jäger wenig später mit seinem Anhänger auf dem Platz vor dem Wirtshaus hält, lassen alle ihren Nachtisch stehen. Auch Gundi und Liesi laufen hinaus und gaffen auf den großen weißen und mausetoten Hund auf der Ladefläche mit seiner gruselig langen blauen Zunge.

»Schau, wie es dem den Bläschel herausgetrieben hat!«, flüstert einer.

»Eindeutig. Der hat sich erhängt«, antwortet ein anderer. Man feixt wieder und raunt.

»Den Hund hat jemand abgemurkst, das ist euch schon klar, oder?«

»Aus Versehen ist der nicht verreckt …«

»Hat es eigentlich schon jemand dem Sackbauer gesagt?«

»Aus dem Weg!«, ruft schließlich eine tiefe Stimme, und wie auf Kommando treten die Dorfbewohner zurück und machen einem gut gekleideten älteren Herrn mit einem kunstvoll geschnitzten Spazierstock Platz. Der imposante Mann beugt sich langsam über den toten Hund und berührt zart dessen Kopf. Dann richtet er sich auf und sieht die plötzlich eingeschüchterten Dorfbewohner an wie das Gericht Gottes.

»Das war Mord«, verkündet er laut und keiner lacht mehr. »Das wird Konsequenzen haben! Wenn das eine Kampfansage sein soll …«

»Herr Professor Sackbauer«, unterbricht Bernleitner, weil er sich an sein Amt als Bürgermeister erinnert. »Das ist … Wir sind geschockt …«

Der Professor bringt ihn mit einer Handbewegung zum Schweigen. Er weist den Jäger an: »Zu mir heim.«

Das Auto mit dem toten Hund fährt los, der Herr Professor richtet einen letzten strafenden Blick auf die Gaffer und geht ebenso grußlos, wie er gekommen ist. Die Dorfbewohner sehen ihm schweigend nach, bis er mit seinem Stock klickend in die kleine Seitenstraße zu seinem Hof abbiegt. Anschließend trollen sie sich leise, einer nach dem anderen, und Gundi fällt auf, dass Liesi nicht mehr da ist. Drinnen in der Wirtsstube sitzen nur noch Django und ein paar Männer. Sie verstummen, als Gundi hereinkommt, um die Rechnung zu bezahlen.

»Du bist der größte Gauner von uns allen ...«, sagt Alois Münchinger grinsend zu seinem Freund Django. Nach einer Halben Bier stehen sie zum Rauchen vor der Tür des Bräus, wo vor Kurzem der Sackbauer seinen gemeuchelten Hund gestreichelt hat.

»Warum?« Django nimmt die Zigarette, die ihm Alois anbietet, und lässt sich Feuer geben.

»Hast unserem sauberen Professor Sackbauer zeigt, wer was zu sagen hat im Dorf, stimmt's?«, geiert Alois.

Django nimmt einen tiefen Zug und bläst den Rauch langsam aus. »Wieso ich?«

»Erhängt hat er sich, der Hund«, flüstert Alois und sieht Django verschwörerisch an. »Woher hast du das denn gewusst? Der Fürbitten-Franz jedenfalls hat nichts davon gesagt.«

»Ah so.« Jetzt grinst Django. Er nimmt einen letzten tiefen Zug, schnippt die Kippe in hohem Bogen auf die Straße und blickt ihr eine Zeit lang nach. »Das hat er jetzt davon«, stellt er fest. »Glaubt der feine Herr Kunstprofessor wirklich, dass wir uns das gefallen lassen? Dass der unser ganzes Dorf in den Dreck ziehen kann? Der schafft uns nichts an, das sag ich dir. Und jetzt weiß er das auch!«

Alois nickt.

Spätabends nach der Beerdigung mit Sketcheinlage sperrt Django die Tür zu seiner Villa neben dem elterlichen Hof auf. Ist eigentlich nicht schlecht gelaufen, der Tag heute mit der Überraschung beim Leichenschmaus, denkt er und lächelt zufrieden.

Als er ins Wohnzimmer kommt, im ersten Stock über seinem Büro, schallen ihm die schrillen Pfiffe von Tweety entgegen. Er hat ihn heute zu lange allein gelassen.

»Na, du Schlawiner?«, flötet Django und öffnet das Türchen zu dem großen Käfig, der zusammen mit einem belaubten Birkenast eine Ecke des riesigen Wohnzimmers einnimmt. Sofort hangelt sich der Nymphensittich an den Käfigwänden Richtung Ausstieg, klettert auf das Dach der Voliere und seine durchdringenden Laute gehen in ein angenehmeres Pfeifen über.

»Hast mich vermisst, du Lauser? Hast mich vermisst, was?«

Django beginnt zu pfeifen und zu schnalzen und lässt Tweety eine Weile an seinem Finger knabbern. Dann dreht er sich um und geht in die offene Küche. Kaum dass er sich eine Flasche Bier aus dem Kühlschrank geholt hat, landet der Sittich auf seiner Schulter und Django lässt es geschehen wie einen Windstoß, den man nicht weiter bemerkt. Er greift nach einer Tupperdose mit Schnipseln von gelben Rüben. Der Bauunternehmer und sein Vogel sind seit sieben Jahren ein eingespieltes Team in ihrer feierabendlichen Wiedersehensroutine.

Auf dem Fernsehsessel legt Django die Füße hoch und sie beginnen ihr allabendliches Spiel, bei dem der Vogel auf der Hatz nach den Möhrenstückchen mit aufgestellter Federhaube auf Djangos Glatzkopf und Schultern herumklettert und flattert, während Django in Babysprache Versionen der Frage »Wo ist die böse Miezekatze?« säuselt. Schließlich hat Django genug und sein ausgestreckter Zeigefinger ist ein Befehl für den Vogel. Sofort klettert er darauf, und Django busselt seinen Gefährten drei-, viermal, bevor er ihm einen kleinen Schwung gibt. Tweety landet auf dem massiven Schrank im Kolonialstil und schwingt sich zurück zu dem aufgestellten Ast neben seinem Käfig, wo er üblicherweise den Abend verbringt, um von dort aus zusammen mit Django fernzusehen. Zumindest scheint Django das zu glauben, denn seine Selbstgespräche zum laufenden Programm richten sich an Tweety. Und der antwortet jedes Mal mit einem leisen Pfeifen.

Heute Abend kann sich Django nicht so recht auf das Fernsehprogramm konzentrieren. Der Sackbauer wird den Schwanz nicht gleich einziehen, denkt er. Der gibt jetzt erst recht nicht auf. Da muss er härtere Geschütze auffahren. Er weiß aber noch nicht, welche, und das wurmt Django. Schlecht gelaunt steht er auf, dirigiert seinen Vogel zurück in den Käfig und schnalzt eine Minute lang hinein, ehe er ihn mit einem Tuch bedeckt und den Fernseher ausschaltet. »The Dark Knight Rises« hat er sowieso schon tausendmal gesehen. Er holt sich noch ein Bier und grübelt eine Weile vor der Kühlschranktür. Mal schauen, was der Alte macht, denkt er schließlich und steigt die Treppe hinunter ins Freie auf den hell beleuchteten Vorplatz seiner Villa. Er will hinüber in das alte Bauernhaus.

Hier, auf diesem Hof, ein wenig außerhalb von Hintersbrunn, ist Django aufgewachsen als Sohn des Landwirts und langjährigen Bürgermeisters Lorenz Schickaneder. Und als Enkel einer Legende. Djangos Großvater war der erste demokratisch gewählte Bürgermeister nach dem Krieg. Politisch unbelastet. Der hoch angesehene Ignaz Schickaneder war von 1946 bis zu seinem Tod 1977 mehr Volksheld denn Volksvertreter und ihm verdankt Hintersbrunn fast jede Art von Modernisierung. Nach seinem Tod war es keine Frage, dass ihm sein Jüngster, Djangos Vater, der einzig überlebende Sohn der Bauerndynastie, ins Amt nachfolgte. Es wurde gar kein anderer Kandidat aufgestellt damals, 1978. Für Django lief es nicht so glatt, das hat er früh erfahren müssen. Er war 11, als sein Vater ins Amt kam, zu saufen begann, nach und nach den Grund des Hofes verscherbelte und anfing, seinen Sohn regelmäßig zu verprügeln, während die kränkliche Mutter bis zu ihrem frühen Tod unbeirrt wegsah. Django wehrte sich auf seine Weise, so sieht er das heute, und seine Rebellion endete mit Trunkenheit am Steuer, Beleidigung und Körperverletzung. Weil er seine Strafe nicht bezahlen konnte und sein Vater ihn hängen ließ, landete er für ein paar Monate im Gefängnis. Ein kurzes Eheglück scheiterte, seine Ex verwehrte ihm den Kontakt zur Tochter und zog ans andere Ende der Republik. Als er wegen seines

»Widerspruchsgeistes«, wie er heute sagt, seinen Arbeits-platz als Maurergeselle verlor, hatte er eine Vision: Er wollte in die Fußstapfen seines Großvaters treten und aus dem dahinsiechenden Dorf, dem in den 1990er-Jah-ren die Einwohner davonliefen, ein attraktives Wohn-gebiet machen für all die vielen Menschen, die am neu gebauten Franz-Josef-Strauß-Flughafen arbeiten sollten. Mit ein paar ersparten Groschen gründete er seine eigene Baufirma. Es war ein steiniger Weg, geschenkt hat ihm keiner etwas, das sagt sich Django immer wieder, und an die Leiche im Keller dieser arbeitsamen Jahre denkt er fast gar nicht mehr. Zum Bürgermeister wurde Django zwar nicht gewählt, als sein Vater 2003 in Pension ging. Das war aber gar nicht nötig, er zog längst anderweitig die Fäden und hatte beste Beziehungen zur lokalen Poli-tik. Die Bauvorhaben der Gemeinde und bald auch die-jenigen der Nachbargemeinden gingen alle an ihn und so ist es bis heute.

Stolz blickt er auf seine Villa und überschlägt kurz, wie viele Baustellen im Landkreis er gerade managt. Über die ehemalige Stallschleuse links von der eigentli-chen Eingangstür betritt Django das alte Bauernhaus, in dem sein 80-jähriger Vater allein in der Stube lebt. Wie jeden Abend sitzt der inzwischen geschrumpfte Greis im Schlafanzug am Küchentisch und brabbelt laut vor sich hin. Der abendliche Pfleger hat das Geschirr vom Abendessen in der Spüle stehen lassen und den alten Mann bettfertig gemacht, bevor er zum nächsten Patien-ten seiner Runde weitergefahren ist.

»Was machst du denn noch auf, du Blödhammel?«, fragt Django, doch der Vater hört ihn anscheinend nicht.

Django ergreift eine Zeitung, die auf dem Bänkchen vor dem Kachelofen in der Ecke liegt, rollt sie zusammen und haut sie dem Alten über den Hinterkopf.

»Ahhh! Au!«, schreit der und zieht den Kopf ein, ohne sich nach dem Angreifer umzusehen.

»Weißt wieder nicht, was dir geschieht, hm?« Für einen kurzen Moment wird Django noch aggressiver. Am liebsten würde er dem unnützen Fresser ganz den Garaus machen. Dann aber wirft er die Zeitung auf den Tisch und dreht sich um. Als er die Stubentür abschließt, sieht er, wie der Alte neugierig danach greift.

»Vollkommen vertrottelt«, murmelt Django.

Erste Alzheimersymptome gab es früh, aber es hätte auch vom jahrelangen Alkoholmissbrauch kommen können, dass der alte Bürgermeister schon bald nach seiner Pensionierung Namen vergaß und im Wirtshaus nicht mehr wusste, was er gezecht hatte. Eines Morgens saß er mitten im Dorf auf dem Gehsteig, fand nicht mehr heim und wäre in der Nacht beinahe erfroren. Nie wird Django den vorwurfsvollen Blick der Kramer Res vergessen, dieser vertrockneten Moralamsel, die den Alten nach Hause brachte. Seitdem lässt Django seinen Vater nicht mehr raus. Seinen Aktionsradius hat er auf die Stube reduziert, wo neben Tisch und Bett der für seinen Vater unzugängliche Kachelofen den Raum dominiert. Die Wege dazwischen hat Django mit fixen Holzgeländern eingezäunt wie beim Check-in am Flughafen. Da marschiert der Alte den ganzen Tag seine Runden. Inzwischen ist der ehemalige Bürgermeister fortgeschritten dement, schreit manchmal den ganzen Tag unverständliches Zeug, flucht, will heim oder ins Rathaus, hat Körperhygiene vollkommen vergessen, kann nicht alleine essen und seine Ausscheidungen nicht mehr kontrollieren. Dreimal täglich kommen Mitarbeiter eines ambulanten Pflegedienstes, und im Dorf sagt Django: »Mein Vater bekommt alles, was er braucht.«

Am Tag nach der Beerdigung des alten Bäckermeisters ist der »Hundemord« das einzige Gesprächsthema in Hintersbrunn. Tatsache ist, dass der edle, große Hund des ortsansässigen Professors Sackbauer im Wald aufgeknüpft worden ist. Tatsache ist, dass es kein Unfall gewesen sein kann, sondern dass jemand den Hund am Hals hochgezogen hat und qualvoll verenden ließ. Tatsache ist, dass der Tod durch Erhängen eintrat und dass die gerufene Polizei eine Anzeige aufgenommen hat. Gegen unbekannt. Irgendwer erzählt, dass der Professor in einem Wutanfall gedroht hat, das ganze »Faschisten-Dorf« in Grund und Boden zu verklagen. Und Tatsache ist, dass sich die Täterschaft Djangos zwar im Dorf herumspricht, kein Wort davon aber zum Professor dringt.

3

»Liesi? Kennst du mich noch?« Gundi steht vor der Theke des kleinen Dorfladens, hinter der die schlanke Frau gerade einen Geschenkkorb mit bunten Bändern verziert. Gestern haben sie bei all dem Durcheinander auf der Beerdigung kein Wort miteinander gesprochen, und Gundi ist sich nicht sicher, ob Liesi sich an die gemeinsam verbrachte Kindheit erinnert. Jetzt braucht sie ein paar Lebensmittel und hofft, etwas Kalorienreduziertes zu finden. Vor allem aber will sie jemanden finden, der ihr das alte Elternhaus abkauft. Und weil ein Dorfladen Marktplatz für alles Mögliche ist, hält Gundi einen Zettel in der Hand, auf dem sie ihre Handynummer notiert hat, zusammen mit den Worten: »Bäckerhaus. Haus und Grund. Unrenoviert zu verkaufen. 80.000 Euro.«

Liesi schaut auf und sofort springt ein Lächeln auf ihr Gesicht, was sie noch verknitterter aussehen lässt. Es ist ein schönes Gesicht, bemerkt Gundi, gebräunt und voller Sommersprossen, und jede Einzelne ihrer zahlreichen Falten ist definitiv eine Lachfalte.

»Gundi? Mein Gott, ist das lang her!«, ruft die Angesprochene und beeilt sich, hinter der Ladentheke hervorzukommen. Gundi zuckt zurück in der Angst, Liesi könne ihr um den Hals fallen, aber Liesi packt sie nur an beiden Händen, lehnt sich nach hinten und begutachtet Gundi mit ihren wachen grauen Augen.

»Bist auch nicht jünger geworden«, sagt sie und lacht ein wenig verlegen. Gundi geht es nicht anders. Es ist ein halbes Leben her, seit sie sich zuletzt gesehen haben, und obwohl sie eine Zeit lang beste Freundinnen gewesen waren, ist ihr Kontakt nach Gundis Weggang abgebrochen. Hatte wohl damit zu tun, dass sie damals 18 waren und das Leben im Wochentakt so viel Zukunft brachte, dass man für die Vergangenheit keine Zeit hatte.

Im Grunde sind Gundi und Liesi als Kinder nur Weggefährten gewesen, denn ihre Eltern hatten jeweils ein Ladengeschäft an der Dorfstraße. Das zweistöckige, von Gundis Großvater erbaute und in den 1960er-Jahren vom Vater herrschaftlich ausgebaute Bäckerhaus thronte groß und mächtig auf der einen Seite, der Lebensmittelladen von Liesis Eltern, der ungefähr zur selben Zeit zweckbaulich an das alte Waldlerhaus angedockt worden war, stand dagegen eher mickrig auf der anderen. Heute sieht die Sache anders aus. Die Bäckerei hat Gundis Vater vor Jahren aufgegeben, als er, statt zu backen und zu schimpfen, lieber nur noch schimpfte. Er ließ das Haus mitsamt Backstube verfallen. Der ehemals schäbige Kramerladen gegenüber wirkt heute wie aus dem Touristenprospekt »Schönes Bayernland«. Er fügt sich mit rustikaler Kartoffel- und Gemüseauslage vorm Haus und einem Schaufenster mit geräucherten Schinken und Gläsern voller selbst gemachter Marmelade wunderschön ein in das renovierte Waldlerhaus mit seiner dunkelbraunen Holzfassade und seinen grünen Fensterläden.

Liesi hat nicht nur den Laden ihrer Mutter übernommen, sondern auch das alte Waldlerhaus restauriert, das sie im Laufe der Zeit mit sage und schreibe drei Männern bewohnt hat.

»Natürlich nacheinander«, lacht sie und spult auf kurze Nachfrage hin ihr Leben vor Gundi ab, als hätte sie all die Jahre darauf gewartet. Zum ersten Mal heiratete Liesi mit knapp 20 Jahren, schwanger von einem Burschen aus dem Dorf, mit dem auch die Gundi geschmust hatte. Mit 24 heiratete sie einen Kerl aus dem Nachbarort, den sie beim Tanzen kennengelernt hatte, damals, als sie ihr Kind noch bei der Mama abgeben konnte, um an den Wochenenden in den Landdiscos ihre Jugend nachzuholen. Diese Ehe hielt immerhin sechs Jahre. Dann hatte er eine andere und sie weitere zwei Kinder. Ihren letzten Mann hat sie einige Zeit später über das Internet gefunden und vor drei Jahren rausgeschmissen, weil er »nichts getaugt hat«.

»Gott sei Dank auch nicht für ein weiteres Kind«, ergänzt sie.

Wie unterschiedlich die Leben verlaufen, denkt Gundi, während sie in dem Laden steht und sich, nur ein paarmal unterbrochen von der Ladenglocke, Liesis Lebensgeschichte anhört. Als Kinder mussten sie beide mithelfen in den Läden ihrer Eltern. Liesis Eltern sind jung gewesen und freundlich. Liesi hatte Geschwister und im Haus der Kramersleute war ständig was los. Alle waren im Laden, alle hatten Aufgaben, und anders als bei Gundi zu Hause durfte jeder alles sagen, im Großen und Ganzen das tun, was er gerne machte, und es herrschte immer ein lautes und lustiges Durcheinander.

Vor allen Dingen anders war, dass hier keiner schimpfte, keiner zuschlug und dass es bei den Kramers überhaupt kein Thema war, dass Gundi eventuell zu fett sei oder faul oder irgendwie lästig. Gundi erträumte sich eine Familie wie die Kramers und verbrachte viele Nachmittage bei ihnen. Liesi musste sich nie wegträumen und nie flüchten, denkt Gundi. Weder aus ihrer Familie noch aus ihrer zugedachten Rolle und auch nicht aus ihrer Heimat. Und während Liesi weitererzählt, dass ihre Eltern inzwischen verstorben und ihre Kinder erwachsen seien, spürt Gundi eine lang vergessene Bitterkeit in ihrer Brust und fragt sich heimlich, ob sie ihre ehemalige Freundin vielleicht beneidet. Am Ende schüttelt sie unmerklich den Kopf und kommt zur Sache.

»Weißt du jemanden, der mir das Haus von meinem Vater abkaufen würde?«

Liesi zuckt mit den Schultern. »Was willst du denn haben dafür?«

Gundi zeigt ihr den Zettel. »Darf ich den aushängen bei dir?«

Liesi zögert. »Ich würde das nicht machen«, sagt sie nach einem Augenblick. »Warum richtest du es nicht her und vermietest es? Wenn da ein Bäcker einziehen würde, bräuchte ich meine Semmeln nicht aus …«

»Wer soll denn in diesem Kaff etwas mieten wollen?«, bricht es aus Gundi heraus und sie bemerkt sofort die Beleidigung, die darin liegt. »Ich meine, das Haus ist ja voller Gerümpel, da kann überhaupt niemand einziehen.«

Glücklicherweise geht Liesi über den Fettspritzer hinweg. »Das mein ich ja«, sagt sie. »Räum es aus, streich es an, richte die Backstuben her, dann kannst du es gut vermieten oder meinetwegen verkaufen. Der Franz wird dir dabei helfen.«

»Welcher Franz?«

»Geh, den kennst doch. Der Fürbitten-Franz. Der gestern den aufgehängten Hund gefunden hat. Der trinkt jeden Tag in der Früh seine Halbe bei mir. Genau wie damals bei meiner Mutter. Ist jetzt so was wie der Dorf-hausmeister. Ich wüsste gar nicht, was ich ohne den machen würde. Er lebt immer noch im alten Schulhaus. Schau doch einmal vorbei bei ihm, der hat noch lange nach dir gefragt, nachdem du abgehauen bist.«

4
SOMMER 1984

Bei der Kramer Res lieferte sie jeden Morgen 20 Brezen und 30 Semmeln ab. Die machte daraus Pausenbrote für die Schulkinder, deren Eltern bereits mit dem Frühbus in die entfernt liegende Fabrik gefahren waren. Die Bäckerstochter war es von klein auf gewohnt mitzuarbeiten, hatte Brote in die Regale geschichtet, die Backstube gekehrt und einen Tritt von ihrem Vater erhalten, bevor sie um 7.15 Uhr selbst in den Bus stieg, der sie in die Schule brachte. Als sie kleiner gewesen war, hatte sie es einfacher gehabt, weil die Grundschule direkt hinter dem Kramerladen lag. Jetzt ging sie in die fünfte Klasse und da musste sie ins 17 Kilometer entfernte Oberbach zur Schule fahren. Vor der Ladentür der Kramer Res wartete der Fürbitten-Franz, die Halbe Bier in der Hand. Er grinste sie erwartungsvoll und ein bisschen blöd an. Weil Gundi manchmal lustige Sachen erzählte und Franz den ganzen Tag darüber lachen konnte. Gundi mochte Franz und zwinkerte ihm von Weitem verschwörerisch zu.

»Weißt du, warum ein Pfurz stinkt?«, fragte sie ihn.

»Naaaa!«, rief Franz, schüttelte den Kopf und kicherte, weil er wusste, dass es lustig werden würde.

Gundi legte eine Hand an den Mund, als ob sie ein Geheimnis verraten würde: »Damit Taube auch was davon haben.«

Der Fürbitten-Franz brach fast zusammen vor Lachen. Trotz ihres Altersunterschieds hatten die beiden etwas gemeinsam. Sie gehörten zu den Kindern, die auf der Dorfstraße groß wurden, weil es daheim nicht stimmte. Die nicht so recht dazugehörten, weil sie ein wenig anders waren. Die niemand vor der Ausgrenzung durch andere Kinder beschützte. Franz war zwar schon über 20, im Kopf passte er dennoch perfekt zur 12-jährigen Gundi, und so waren die beiden in diesem Sommer ein bisschen eigenartige, aber verschworen gute Freunde.

Wie der Fürbitten-Franz zu seinem eigenartigen Beinamen gekommen war, hing damit zusammen, dass er länger Ministrant war als jeder andere Bub aus dem Dorf. In Hintersbrunn waren es zwölf Buben, die dem Pfarrer bei der Messe zur Hand gingen. Bei jedem Hochamt mussten es vier sein, gekleidet in rote Röcke, die fast bis zu den Füßen reichten, und einen weißen Überrock mit Spitzen. Jeden Sonntag waren sie vor dem Pfarrer in der Sakristei, legten seine Gewänder zurecht, öffneten eine neue Flasche Messwein und zündeten die Kerzen an. Im Winter machten sie zuallererst Feuer im Kohleofen in der Ecke. Den volkstümlichen Scherz, dass alle Ministranten heimlich vom Messwein nippten, kannten die Hintersbrunner Buben, aber keiner hatte sich das jemals getraut. Denn der Herr Pfarrer Dörner, seit 30 Jahren Dorfpfarrer, war sehr streng. Einmal hatte er einen Ministranten sogar während der Messe geohrfeigt, weil der nicht an der richtigen Stelle das Richtige getan hatte. Darüber hatte es zwar große Empörung im Dorf gegeben, doch gesagt hatte keiner etwas und die Eltern des Buben schämten sich trotzdem. Ein andermal wurde ein Ministrant aus dem Kirchendienst ausgeschlossen, weil er schmutzige Fingernägel hatte. Da hatte auch das Betteln der bestürzten Mutter des Buben nicht geholfen. Nicht jeder konnte Ministrant werden. Nur ein Bub, dessen Eltern fleißige Kirchgänger waren und der in der Schule gut war, durfte dazugehören. Außerdem durfte er nicht durch böse Streiche auffallen.

Auf Franz traf nur die letzte Bedingung zu. So streng der alte Pfarrer auch war, den kleinen Halbwaisen in den Dienst der Kirche aufzunehmen, hielt er für seine Christenpflicht. Und Franz war ein fleißiger Ministrant. Es sei die schönste Zeit seines Lebens gewesen, sagte er später einmal, und der Pfarrer behielt ihn ungewöhnlich lange. Franz blieb Ministrant, bis er 18 Jahre alt war. Er bemerkte nie, dass er eigentlich eine lächerliche Figur abgab, mit dem viel zu kleinen Messgewand unter all den kindlichen Messdienern. Die waren froh um Franz, denn er gab immer kleine Zeichen, wenn einer seiner Mitministranten einmal nicht weiterwusste. Und außerdem hatte er die ehrenvolle Aufgabe, jeden Sonntag die Fürbitten vorzulesen. Die schrieb ihm der Pfarrer in ein Schulheft und Franz verbrachte den ganzen Samstag damit, sie auswendig zu lernen. Sie gingen ihm immer sehr zu Herzen. Für ihn waren es die Bitten der Dorfbewohner an den lieben Herrgott. Dass er das schöne Wetter zur Erntezeit erhalten möge, dass er dem in der vergangenen Woche verstorbenen Schmidbauer Karl die ewige Ruhe schenken möge oder dass der liebe Gott das Kirchendach ein weiteres Jahr erhalten möge. Franz trug die Fürbitten mit tiefer Inbrunst vor, manchmal liefen ihm Tränen herunter. Eine ganze Weile lang hieß es, dass Franz einmal Mesner werden solle, ein Ehrenamt für einen verdienten Mann aus dem Dorf, der die Glocken läutete, den Klingelbeutel durchgehen ließ, die Orgel wartete. Der Mesner damals war schon alt, als der Fürbitten-Franz Ministrant war. Aber die Zeit verging und er starb nicht. Nachdem Franz zum letzten Mal seine rote Kutte abgelegt hatte, nach der Ostermesse kurz vor seinem 18. Geburtstag, lebte der alte Kirchendiener noch sieben Jahre. Und so blieb dem Fürbitten-Franz nur das Lagerhaus. Dort wurde er als Hilfskraft angestellt. In die Kirche ging er nicht mehr.

Nach seinem Morgenbier mit Witzeinlage musste sich Franz den ganzen Tag herumkommandieren lassen. Von den Bauern, die ihr Getreide im Lagerhaus ablieferten, für dessen Sauberkeit der Franz mit einem großen Besen sorgte, und vom Lagerhausverwalter und überhaupt von jedem, der etwas brauchte oder etwas zu tun hatte und es selbstverständlich Franz auftrug. Freundlich war nur die kleine Bäckerstochter. Deswegen hatte der Fürbitten-Franz sie gern. Genauso wie die Kramer Res, die ihn nie aus dem Laden warf, auch wenn er nur Bier kaufte, sich herumdrückte und die Waren lediglich anschaute. Morgens hatte sie nie viel Zeit, die Bäcker Gundi, weil sie zum Bus musste. Am Nachmittag schaute sie meistens noch mal vorbei am Lagerhaus. Sie ging nie schnurstracks nach Hause wie ihre Klassenkameradin Liesi, um

Hausaufgaben zu machen. Franz liebte diese Nachmittage im Sommer. Er und Gundi hörten gemeinsam Kassetten mit ihren Lieblingsliedern, die sie im Radio aufgenommen hatten. »Skandal im Sperrbezirk« und »Da Da Da«. Und sie sangen »Nur geträumt« von Nena.

Draußen in der Welt war ein Schauspieler US-Präsident, das Spaceshuttle startete ins All und die Grünen saßen erstmals im Bundestag. Für Gundi und Franz aus Hintersbrunn war der lokale Bierfahrer ein weit gereister Mann. Sie hörten auf der Lagerhausrampe Radio und träumten. Gundi von der Freiheit und Franz von der Heimat.

Die gleichaltrigen Burschen im Dorf lachten Franz aus und die Mädchen in seinem Alter schauten einen wie ihn nicht an. Seine Haare waren etwas zu borstig, sein Gesicht etwas zu rot, und er stotterte leicht, wenn er nervös war. Zwar war er beim jährlichen Schützenball dabei und beim Volksfest zur Kirchweih, nur wenn die anderen tanzten, blieb Franz lieber am Tisch hocken. Bei den älteren, verheirateten Männern. Und weil er sich mit seiner Handlangerrolle im Lagerhaus abfand, hielten ihn viele für dumm. Vielleicht war er das, denn er ließ sich alles gefallen, tat stets, was ihm aufgetragen wurde, und war manchmal das Opfer von derben Späßen im Hintersbrunner Wirtshaus. Franz lachte immer ganz laut, wenn er merkte, dass er an der Nase herumgeführt wurde. Unglücklich war er deswegen nicht. Es konnte ja nur besser werden.

»Hey, wollt ihr mal was Gescheites hören?«, fragte Django. Gundi und Franz saßen auf ihrer Rampe mit dem Kassettenrekorder zwischen sich und hatten vor einer Minute aufgehört, ihrer Musik zu lauschen. Seitdem starrten sie wortlos auf das unglaubliche Geschehen vor ihren Augen: Der Dorfheld Django knatterte mit seinem Mokick auf der Dorfstraße nicht an ihnen vorbei, sondern wurde langsamer, bog zum Lagerhaus ab und blieb direkt vor Gundi und Franz stehen.

Django bockte sein Mokick auf und kam näher, eine Kassette in der Hand.

»Heavy Metal« sagte er und reichte sie Franz. Django war der Einzige der Dorfbuben, der ein Mokick fuhr. Es war neongrün. Er hatte es sich von dem Geld gekauft, das er im ersten Lehrjahr als Maurer verdient hatte. Zusätzlich bekam Django in diesem Sommer Muskeln, braune Haut und von der Sonne gebleichte blonde Locken. Er rauchte »Roth-Händle ohne«, er fuhr mit nacktem Oberkörper durchs Dorf und alle Burschen bewunderten ihn. Es war der Sommer, in dem sich Gundi, zwei Jahre vom Gürteltrick entfernt, in Django verliebte. Django hatte das Sagen unter den Buben im Dorf und er hatte vor nichts Angst. Außer vielleicht vor seinem Vater.

Eigentlich hieß Django Joachim, und alle wussten, dass er von seinem alten Herrn, dem Bürgermeister Schickaneder, regelmäßig verprügelt wurde. Deswegen wollte Django stark werden. Wie der Held aus dem Film, nach dem er sich selbst benannt hatte.

»Du, mein Vater braucht dich«, wandte sich Django an Franz, nachdem Gundi und er der wilden Musik zugehört hatten, bemüht, im richtigen Takt mit dem Kopf zu wackeln.

»J… Ja?«, fragte Franz und Gundi wurde rot.

»In unserem Wald liegt ein Haufen Kleinholz herum, weil wir eine Fichte verkauft haben«, erklärte Django. »Den Stumpf musst du auch ausgraben und klein hacken. Kriegst 50 Mark.«

Und so kam es, dass sich Franz anderntags bei seinem Chef Werner im Lagerhaus eine Hacke, eine Schaufel und die große Schubkarre ausborgte und damit in den Schickaneder-Wald ging, an die Stelle, die Django beschrieben hatte. Jede Menge Holzabfälle lagen herum, und Franz begann damit, die Stücke einzusammeln, zu zerkleinern und auf die Schubkarre zu laden. Ein paar Fuhren waren nötig zu Schickaneders Schuppen, wo er die größeren Stücke aufschichtete und das Reisig auf einen Haufen legte. Am nächsten Tag machte er sich ans Ausgraben und zwei Tage später hatte er den Stumpf freigelegt, zerstückelt und ebenfalls beim Schickaneder abgelegt. Dann klopfte er an die Stubentür.

»Einen Scheißdreck kriegst du!«, polterte der Bürgermeister, als Franz seine 50 Mark haben wollte.

»Für mein eigenes Holz soll ich zahlen? Schau, dass du weiterkommst, du Krüppel, du elender!« Damit schubste er Franz aus der Tür, und der war froh, dass er keine Schläge bekommen hatte. Zum ersten Mal in seinem Leben war Franz zwar richtig empört, aber es fiel ihm nichts ein, was er gegen dieses Unrecht hätte tun können. Also beschränkte er sich darauf, die Geschichte im Wirtshaus zu erzählen und bemerkte nicht, dass ihn die Schafkopfrunde auslachte, weil Django von seinem »Deppentest« bereits berichtet hatte.

5

Heute fragt sich Gundi, warum Django das damals gemacht hat. Weil er's konnte? Viel schlimmer ist, dass Gundi sich erinnert, wie sie sich für ihren Freund schämte. Dass sie nach diesem Vorfall nicht mehr mit Franz rumhing und dass sie später, als sie sich von den größeren Buben umschwärmt fühlte, öfter sogar mitlachte über den Deppen Franz, der kurz zuvor ihr Freund gewesen war.

Sie hat sich selbst eingeladen. Wollte ihre ehemalige Schulfreundin noch einmal bitten, ihr als Kommunikationszentrum für den Hausverkauf zu dienen. Am Abend nach ihrem Wiedersehen im Laden sitzen Gundi und Liesi im Wohnzimmer im ersten Stock des Waldlerhauses, trinken Prosecco und schauen vom Sofa aus durch die große Fensterwand nach hinten hinaus der Sonne beim Untergehen zu. Eigentlich wollte Gundi sofort nach der Beerdigung wieder zurück in ihr altes Leben nach München. Zurück in ihre Wohnung, zurück zu ihren feuchtfröhlichen Abenden mit Ferdl und sogar zurück zu ihrem Job und den eher ungeliebten Kollegen.

»Weißt du eigentlich, wie dein Vater gestorben ist?«, fragt Liesi, und Gundi hat sofort ein schlechtes Gewissen, weil ihr diese Frage gar nicht in den Sinn gekommen ist. Seit sie voller jugendlichem Hass auf die Unser-Dorf-soll-schöner-werden-Spießer ihrer Heimat den Rücken gekehrt hatte, hat sie nur sporadisch Kontakt zu ihrem Vater gehabt. Ein einziges Telefonat an einem seiner Geburtstage hatte im Streit geendet und sie beließen es dabei, sich schriftlich und nur über das Nötigste auszutauschen. Immerhin hat die Nachbarin mit der Todesnachricht Gundi beim Tagblatt erreicht, so viel musste er sich also über seine missratene Tochter gemerkt haben. Dass er womöglich einsam oder sogar hilfsbedürftig geworden sein könnte, schießt Gundi erst jetzt durch den Kopf. Dass er vielleicht tagelang hilflos im Bett dahingesiecht ist. Dass er sogar Selbstmord begangen haben könnte.

»Er ist nicht an Altersschwäche gestorben?«

»Das würdest du dem alten Tyrannen nicht gönnen, was?« Liesi lacht. »Dein Vater wollt was sagen, auf der Bürgerversammlung beim Bräu«, fährt sie fort und wirft damit mehr Fragen auf, als es eine Antwort eigentlich tun sollte.

»Bürgerversammlung?«, fragt Gundi. Sie hat nicht einmal gewusst, dass es so etwas gab in Hintersbrunn.

»Ja, die haben wir jedes Jahr. Unser Bürgermeister, der Bernleitner Girgl, ist da vorbildlich. Er legt alles offen und jeder darf mitbestimmen. Bei uns geht's echt demokratisch zu. Weißt du eigentlich, dass wir schuldenfrei sind, ich mein wir, die Gemeinde Hintersbrunn? Seit fünf Jahren!«

»Geh, Liesi, ich bin zwar lange weg, aber in Hintersbrunn, da haben doch schon immer die Schickaneders geherrscht. Von wegen demokratisch. Erst der Vater, dann der Sohn.« Gundi erschrickt ein bisschen über die Schärfe in ihrem Ton. Sie mag diesen kleinkarierten Heimatstolz an ihrer ehemaligen Schulfreundin überhaupt nicht.

Tatsächlich guckt Liesi ein wenig beleidigt. »Es ist nicht mehr wie früher«, sagt sie.

Verfluchte Scheiße, denkt Gundi, doch sie kann sich einfach nicht zusammenreißen. »Moderne Zeiten, Liesi!« Gundi stellt ihr leeres Proseccoglas ein wenig zu schwungvoll auf dem Wohnzimmertisch ab. »Heutzutage bestimmen nicht mehr die größten Bauern, sondern die reichsten Unternehmer. Das Prinzip bleibt dasselbe. Und wer ist der größte Unternehmer hier? Der Django, oder? Wieder ein Schickaneder!«

So viel hat Gundi nach der Begegnung mit ihrem einstigen Schwarm schon erfahren. Django ist der größte Arbeitgeber im Ort und Auftragnehmer von allen Gemeinden der Gegend. Um seine Baufirma herum haben sich andere kleinere Betriebe gebildet. Jeder auf irgendeine Art Zulieferer oder abhängig von den Aufträgen von »Schickaneder Bau«. Nichts, was der nicht gebaut hat hier, sagen die Leute. Und außerdem: Dem gehört das ganze Dorf.

»Der Bernleitner Girgl, unser heutiger Bürgermeister, ist anders«, verteidigt Liesi weiter ihr Dorf. »Der war sogar insolvent, bevor er Bürgermeister geworden ist!«

Als ob der Pleitegeier eine Qualifikation für politische Integrität wäre, denkt Gundi, beschließt aber, es gut sein zu lassen. Eigentlich will sie ja etwas über den Tod ihres Vaters erfahren.

»Warst du dabei, bei der Bürgerversammlung?«, fragt sie. »Hast du meinen Vater sterben sehen?«

»Ja, hab ich«, antwortet Liesi. »Er hat sich zu Tode aufgeregt.«

Sein Todestag begann für den alten Bäckermeister wie fast jeder Tag in den letzten 20 Jahren, seit er seine Backstube geschlossen und die Scheiben seines Ladens mit Zeitungspapier verhangen hatte. Das Aufstehen war in letzter Zeit schwieriger geworden. Inzwischen dauerte es über eine halbe Stunde, bis seine alten Knochen nach ihrer nächtlichen Totenstarre so beweglich waren, dass er seinen hinfälligen Körper in die Senkrechte bekam. Erst musste er eine Zeit lang am Bettrand sitzen, dann eine Weile stehen, mit dem Kopf an den Schrank gelehnt. Irgendwann kamen seine Beine in einen Bewegungsfluss, und er hangelte sich die Treppe hinunter in die Küche, wo er die abends befüllte Kaffeemaschine nur einzuschalten brauchte. Abgesehen von den morgendlichen Anlaufschwierigkeiten war der Bäckermeister dennoch recht agil für seine 90 Jahre. Er hatte einen festen Rhythmus. Jeden Wochentag holte er sich zur Mittagszeit ein warmes Essen beim Bräu. Meistens Würstel. Oft Leberkäse. Manchmal Dampfnudeln. Was er sonst brauchte, kaufte er auf dem Heimweg bei der Kramer Liesi, und was er dort nicht bekam, brachte ihm die Nandl mit, die Nachbarin, die ihm auch die Wäsche machte für fünf Euro. Am Nachmittag schlief er in letzter Zeit immer öfter vor dem Fernseher ein und dreimal die Woche ging er ins Wirtshaus zum Stammtisch. Was im Dorf los war, das interessierte ihn immer noch. Vor allen Dingen, wenn es um etwas ging, was er »spinnerte Neuerung« nannte, konnte er sich richtig aufregen: eine Straußenzucht beim Weber. Ein Ruhetag beim Bräu. Fettarme Milch. Ein schwarzer Pfarrer.

Aber nicht nur deswegen war die heutige Bürgerversammlung ein Pflichttermin für ihn. Der alte Bäckermeister hatte nämlich beschlossen, sich zu wehren. Denn etwas Ungeheuerliches war geschehen. Man wollte ihn vernichten. Ihm alles nehmen. Weil er sein ganzes Leben lang geschwiegen hatte.

Um 18 Uhr ging es los. Im großen Saal im Obergeschoss beim Bräu stellte Bürgermeister Bernleitner die Finanzlage von Hintersbrunn vor. Es wurde über einen neuen Straßenbelag abgestimmt, über den neuen Wertstoffhof debattiert und die Erweiterung des Friedhofs beschlossen. Die neue Laufbahn auf dem Sportplatz, die fast nichts kostete, weil der Fürbitten-Franz alles allein machte, wurde beklatscht. Neben dem Bürgermeister, den Gemeinderäten und dem Bauleiter all der ehrgeizigen Projekte, Joachim »Django« Schickaneder, waren fast alle männlichen Dorfbewohner da. Dazu ein paar engagierte Jugendliche und zwei Frauen. Eine davon die Kramer Liesi. Als der Bürgermeister mit seiner positiven Jahresbilanz fertig war, waren zwei Stunden vergangen, die meisten hatten drei oder vier Halbe intus, und dem alten Bäckermeister schlug das Herz bis zum Hals, weil er immer noch keine Gelegenheit gehabt hatte, das himmelschreiende Unrecht anzusprechen. Da ergriff Professor Sackbauer das Wort.

»Wer genau ist denn dieser Professor Sackbauer?«, fragt Gundi.

»Der hat den Kransederhof gekauft, vor jetzt …« Liesi muss ein paar Sekunden nachdenken. »Das muss jetzt 20 Jahre her sein. Weißt schon, der Kranseder, der mit seiner Frau da oben auf dem Hang zum Scheideggerholz ohne Strom und Wasser gehaust hat wie vor hundert Jahren. Vor dem wir Kinder uns so gefürchtet haben.«

»Ja klar. Ich weiß schon noch. Wenn du bei dem am Haus vorbeigehen musstest, ist er dir mit der Mistgabel hinterhergerannt!«, erinnert sich Gundi.

»Nicht wirklich«, verbessert Liesi sie und schüttelt milde lächelnd den Kopf. »Das haben uns die Erwachsenen und die großen Kinder nur eingeredet, damit wir Angst bekommen. Der war in Wirklichkeit ein ganz trauriger und verbitterter Mann. Eine alte Streitsache hat dem keine Ruhe gelassen. Meine Mutter hat erzählt, dass der Kranseder wahrscheinlich wegen nicht gewährter Rentenansprüche gemütskrank geworden ist und deswegen mit niemandem aus dem Dorf etwas zu tun haben wollte.«

Liesi macht eine Pause und sammelt sich.

»Auf alle Fälle hat der weltfremde Sonderling vor ungefähr 20 Jahren seine Frau umgebracht und sich ein paar Wochen später aufgehängt. Im Scheideggerholz.« Sie stutzt. »Da, wo der Franz gestern den Struppi gefunden hat.«

»Und? Hat man jemals aufklären können, was den Kranseder zum erweiterten Selbstmord getrieben hat?« Gundi muss heimlich über sich selbst lachen. Die alte Neugier aus den ehrgeizigen ersten Berufsjahren ist immer noch da.

»Nicht wirklich. Der Kranseder hat sein Geheimnis mit ins Grab genommen. Sein Hof hat keinen Erben gehabt und ist an die Gemeinde gefallen. Einen handfesten Skandal hat's damals gegeben, weil ausgerechnet Django, der Sohn vom Bürgermeister, das Grundstück haben wollte. Da sind die Leute auf die Barrikaden gegangen, von wegen Spezlwirtschaft und so.«

»Also hat der Django den Hof nicht bekommen …«

»Es hat sich ein Interessent von auswärts gefunden. Das war der recht bekannte Bildhauer Anselm Sackbauer. Von dem steht ein steinerner Reiter im Central Park in New York, in Salzburg soll er mal einen großen Brunnen entworfen haben, solche Sachen hat der gemacht.«

Gundi zieht ein Bein unter ihren Hintern und schaut in ihr Proseccoglas.

»Was will denn ein internationaler Künstler mit einem alten Bauernhof im Nirgendwo?«

»Der hat den ganzen Hof – verfallen, wie er war – und den ganzen Grund dazu von der Gemeinde gekauft und eine Pferderanch daraus gemacht. Ein Gestüt. Seine Pferde gewinnen Rennen und mit seiner Zucht macht der ein Riesengeschäft, sagt man. Inzwischen ist er ein Kunstprofessor in München, lebt aber die meiste Zeit auf dem alten Kransederhof.«

»Ich bin jetzt genau seit 20 Jahren wohlgelittener Bürger von Hintersbrunn und ich möchte etwas zurückgeben«, begann der Professor, nachdem er sich gegen Ende der Bürgerversammlung zu Wort gemeldet hatte. Etwas großspurig, wie es seine Art war, hatte er sich vor die Stuhlreihen der versammelten Dorfbewohner gestellt.

Und wie immer hatte er seinen großen weißen Hund dabei, der ruhig und wachsam an seiner Seite saß und dem Professor eine herrschaftliche Aura verlieh.

»Ich möchte Hintersbrunn Ehre erweisen. Hier leben einfache Menschen. Menschen, die sich nicht hervortun, sondern die klaglos ihrer Arbeit nachgehen und ihre Kinder großziehen. Keine Berühmtheiten, keine großen Entdecker, keine Geistesgrößen und keine Helden.«

Die ersten Dorfbewohner schauten sich irritiert an. Will der uns beleidigen?

»Und ein Großkotz!«, rief einer und der ganze Saal brüllte vor Lachen.

Solcherlei gewohnt, ließ sich der Professor nicht beirren und predigte weiter.

»Aber manchmal, da geschieht es, dass die Zeiten nach Helden verlangen. Und dann stehen die Mutigen unter uns auf. Meistens Menschen, von denen man es gar nicht erwartet. Helden aus dem Volke.«

Die Bürgerversammlung wurde unruhig und man murmelte leise durcheinander. »Was redet denn der?«

»Wen meint denn der?«

»Was will denn der jetzt?«

»1945«, fuhr der Professor fort, »war so eine Zeit. Als der Krieg verloren war, war das Morden noch lange nicht vorbei. Belegt ist, dass es im Nachbardorf Haunzenberg zu einem Haberfeldtreiben kam. Eine SS-Werwolfkompanie übte in den letzten Kriegstagen Lynchjustiz an vermeintlichen Antifaschisten, fünf Männern und einer Frau, verraten von ihren Nachbarn und denunziert als Volksfeinde.«

Jetzt war es mucksmäuschenstill im Saal.

»Sinnloses Morden, tragische Schicksale!«, rief er sichtlich zufrieden. Jetzt hatte er sie. Er wurde lauter. »Aber es gab Mutige, die sich diesem Wahnsinn widersetzten! Die Schluss machen wollten mit dem Schlachten! Auch in Hintersbrunn gab es solche aufrechten und mutigen Menschen. Einer davon war Josef Kranseder, dessen Tagebücher ich in München mithilfe eines befreundeten Professors für Neueste Geschichte und Zeitgeschichte ausgewertet und nachrecherchiert habe.«

»Der sonderbare Kranseder? Der Hinterwäldler?«, erinnerte sich laut einer der anwesenden Bauern und der Professor nickte.

»Er und ein Gleichgesinnter, ein kleiner Landwirt namens Andreas Schmied, haben sich mutig den unverbesserlichen letzten Schergen des Nationalsozialismus entgegengestellt. Andreas Schmied hat dabei tragischerweise sein Leben verloren. Ermordet in der letzten Nacht des Dritten Reichs von …«

»Halt's Maul!«, schrie Django und stand von seinem Platz in der ersten Reihe neben dem Bürgermeister auf. »Du redest von meiner Familie! Mein Onkel war damals erst 15. Er wusste es nicht besser, wie viele damals. Dass du ihn jetzt nach so langer Zeit an den Pranger stellst, das werde ich nicht zulassen!« Django war hochrot im Gesicht.

Der Professor schaute ehrlich bestürzt und in den hinteren Reihen brach Streit aus. »Es geht mir nicht um die Verurteilung der damals Verblendeten«, sagte er. »Ich möchte ein Mahnmal stiften. Eine Erinnerung an die mutigen Menschen des Widerstands aus euren eigenen Reihen! Damit nicht nur die Namen auf den Kriegerdenkmälern …«

»Schluss!«, schnitt ihm Django erneut das Wort ab und blickte nach hinten. »Was damals passiert ist, war tragisch. Dass mein Onkel … fast noch ein Kind … dass er kurz vor Kriegsende den Schmied im Streit erschossen hat, das wissen alle im Dorf.«

Ein paar der Dorfbewohner waren inzwischen aufgesprungen.

»Aufhören!«, schrie einer.

»Er hat seine Untat bereut und mit seinem Leben bezahlt«, versuchte Django die aufgebrachte Menge zu übertönen. »Hat sich am nächsten Tag, als die Ami-Panzer kamen …«

Da schepperte es hinten im Saal. Der alte Bäckermeister war aufgestanden und hatte dabei seinen Stuhl krachend umgeworfen. Die ganze Versammlung drehte die Köpfe nach hinten, wo Erwin Starck bis dahin unbemerkt gewartet hatte. Jetzt stand er da und schnaufte schwer. Er beugte sich nach vorn, stützte sich auf dem Tisch ab und fegte dabei sein Bierglas um.

»Der Vater war's!«, stammelte er. »Nicht der Bub! Der Vater hat geschossen!«

Dann fasste er sich an die Brust, fiel vornüber und die Hölle brach los. Die Dorfbewohner schrien wild durcheinander. Der Hund des Professors fing an, laut und dunkel zu bellen. Die Tischnachbarn des Bäckermeisters versuchten, den leblosen Körper vom Tisch auf den Boden zu legen, und nestelten an dessen Hemdkragen herum.

»Einen Krankenwagen!«

»Stabile Seitenlage, du Depp!«

»Wasser! Wir brauchen Wasser!«

Der Nandl, die gerade zur Saaltür hereinkam, flog das Tablett aus der Hand, und mehrere Biergläser fielen klirrend und spritzend zu Boden. Jemand hatte ausgeholt und aus Versehen sie getroffen. Inmitten der ganzen Aufregung um den Bäcker hatte sich in einer anderen Ecke des Saals ein kurzer Wortaustausch zu einer Schlägerei entwickelt.

»Nazisau!«, schrie einer.

»Nestbeschmutzer!«, rief ein anderer.

»Du Arschkriecher!«, schimpfte einer, der sich die Faust rieb.

Einer der Bauernsöhne drückte seinen Tischnachbarn gegen die Wand. Ein anderer hob einen Stuhl drohend in die Luft. Alois Münchinger blutete aus der Nase. Der Bräu duckte sich unter einen Tisch und tippte auf seinem Handy herum. Nur Professor Sackbauer und Django standen unbeweglich vor dem Tumult und schauten zu. Django ergriff die Gelegenheit und schnappte sich die Unterlagen des Professors. Da bellte ihn dieser Drecksköter an und der dadurch alarmierte Sackbauer riss sie ihm wieder aus der Hand.

Django hatte genug gesehen.

Ein großer Stein sollte es sein, mitten am Dorfplatz, direkt vor dem Greimerbräu, wo ihn jeder sehen konnte. Für jedermann zu lesen sollte dort stehen:

ZUM GEDENKEN AN ANDREAS SCHMIED, DER SICH DEN BEFEHLEN DES NAZISTISCHEN TERRORS WIDERSETZTE UND AM 30. APRIL 1945 DURCH NATIONALSOZIALISTISCHE MÖRDERHAND SEIN LEBEN VERLOR.

ANDREAS SCHMIED STARB FÜR SEINE GELIEBTE HEIMAT. DIESE GEDENKTAFEL SOLL MAHNEND AN DIE SCHRECKENSZEIT DES NATIONALSOZIALISMUS ERINNERN.

Es spielte keine Rolle, dass der Name Schickaneder darauf nicht erwähnt wurde. Die alte Geschichte wäre wieder präsent in den Köpfen der Hintersbrunner. Man würde wieder darüber reden. Darüber, dass die »nationalsozialistische Mörderhand« einem Schickaneder gehört hatte, seinem Onkel, der anderntags beim Einmarsch der Amerikaner ums Leben gekommen war. Und dann würde man – wie beinahe geschehen – auf das alte Familiengeheimnis um den wahren Mörder stoßen. Und vielleicht auf viel mehr …

»Das ist ja der Hammer!«, entfährt es Gundi, als Liesi mit ihrer Erzählung von der Bürgerversammlung fertig ist.

»Ich weiß nicht, was ich davon halten soll«, antwortet Liesi und nestelt am Verschluss einer zweiten Proseccoflasche.

»Was hat denn mein Vater gemeint mit ›Der Vater war's, nicht der Bub‹?«, fragt Gundi endlich.

»Kennst du die alte Geschichte nicht, vom Schickaneder-Buben?«, fragt Liesi zurück.

»Ich glaub, ich hab sie als Kind einmal gehört. Aber eigentlich weiß ich sie nicht mehr«, antwortet Gundi.

»Also damals, wie die Amis in Hintersbrunn einmarschiert sind«, erklärt Liesi, »da hat einer der verbliebenen Söhne des Schickaneders auf die Panzer geschossen, während der ganze Rest vom Dorf die weißen Fahnen in die Fenster gehängt hat. Hat er nicht überlebt.«

»Einer der verbliebenen Söhne?«

»Ja, das ist eine tragische Geschichte. Ignaz Schickaneder hat im Verlauf des Krieges fast seine ganze Familie verloren. Seine Frau und zwei seiner Söhne. Und dann hat sich der dritte von den Amis erschießen lassen, wo der Krieg eigentlich schon vorbei war. Nur der Lorenz, der Vater von Django, ist ihm geblieben. Ignaz Schickaneder hat den Buben, bei dessen Geburt die Mutter gestorben ist, ganz allein aufgezogen und sein ganzes weitere Leben nach dem Krieg dem Wohl der Gemeinde gewidmet.«

»Und was hat diese ganze Geschichte mit dem Widerstand der letzten Kriegstage zu tun?«

»Der Sohn, der sich von den Amis hat erschießen lassen, hatte am Abend vor dem Einmarsch der alliierten Truppen einen Nazigegner ermordet. Am nächsten Tag hat er sich ganz allein den Amis entgegengestellt. Manche sagen, es war Selbstmord aus Reue. Andere sagen, er war bis zum Schluss ein fanatischer Nazi.«

Gundi geht ein Licht auf. »Der Vater war's, nicht der Bub«, wiederholt sie.

»Das geht mir auch nicht aus dem Kopf«, antwortet Liesi.

»Bedeutet das, dass Ignaz Schickaneder, euer sauberer Nachkriegsheld, in Wirklichkeit ein Nazi und Mörder war? Dass er es war, der den Widerständler gekillt hat?«

Liesi zuckt mit den Schultern.

»Das kann ich mir eigentlich nicht vorstellen. Der alte Schickaneder hat sein ganzes Leben lang nur Gutes getan. Er hat die Raiffeisengenossenschaft gegründet, Baugrund erschlossen für die Vertriebenen nach dem Krieg, er hat Straßen gebaut und Flure bereinigt …«

»Jaja«, unterbricht Gundi und Liesi verstummt.

Gundi und Liesi haben es sich auf der großen Couch in Liesis Wohnzimmer bequem gemacht. Liesi hat eine kalte Platte hergerichtet, die Füße hochgezogen, und Gundi drückt sich eines der großen Kissen an den Bauch und wischt den Gedanken beiseite, dass sie sich so spät kein Schmalzbrot mehr gönnen sollte. Sie schweigen eine Weile und sehen sich gemeinsam ihr Spiegelbild in der inzwischen schwarz gewordenen Fensterwand an.

»Der Vater war's, nicht der Bub.« Gundi wiederholt noch einmal die letzten Worte ihres alten Herrn. Offenbar hat ihr Vater gewusst, dass Ignaz Schickaneder nicht der Heilige war, der er vorgegeben hat zu sein. Dass der in Ehren gehaltene Alt-Bürgermeister in Wahrheit ein Mörder war. Und dass er den Mord seinem toten Sohn in die Schuhe geschoben hat. Aber warum rückte ihr Vater erst über 70 Jahre später damit heraus? Und warum ausgerechnet auf dieser Bürgerversammlung?

Als der Rettungswagen mit Blaulicht und dem unrettbaren Bäckermeister aus Hintersbrunn ins nächstgelegene Krankenhaus abgefahren war, saßen einige Teilnehmer dieser denkwürdigen Bürgerversammlung bis tief in die Nacht in der unteren Gaststube beim Bräu zusammen. Die meisten Dorfbewohner hatten sich in ihre Häuser verzogen, alle geschockt von der öffentlichen Herzattacke, viele, darunter die Kramer Liesi, mit dem unguten Gefühl, dass das der Auftakt für jede Menge Ärger war. Zurück blieben Django, sein Kumpel Alois, der sich einen Pfropfen aus einem Papiertaschentuch in die blutende Nase gesteckt hatte, und ein paar Bauern aus der Umgebung, die von der Rauferei zu aufgewühlt waren, um nach Hause zu gehen. Der Bräu, müde vom Streit mit seiner Gattin, weil er erst die Polizei gerufen, dann aber abgewiegelt und die Beamten wieder weggeschickt hatte, wollte diesmal nichts mit den Gesprächen am Tisch zu tun haben. Lieber polierte er hinter dem Tresen ein paar Gläser und schimpfte leise vor sich hin. Doch nicht die bald eingetroffene Nachricht vom Tod des alten Bäckermeisters erregte die Gemüter der Männer und auch nicht dessen mysteriöse letzte Worte.

Es war Sackbauer, der sie aufbrachte.

»Dieser zugereiste Störenfried, der unser Dorf zu einem Nazikaff machen will!«

»Als ob unsere Väter und Großväter alle Nazis gewesen wären!«

»Nur einer hätte sich aufgelehnt, sagt der! Ein Held war der gewiss nicht, der Schmied!«

»Und erst recht nicht der Kranseder, dieser Hungerleider und Querulant.«

»Stellt euch das vor, ein Nazidenkmal mitten im Dorf …«

»Nach Haunzenberg kommen heute noch Leute und fragen nach den Familien der Kriegsverbrecher!«

»Was das für einen Sinn haben soll, diese alten Schauergeschichten aufzuwärmen …«

»Dieses ewige Ausgraben von damals, dieses ewige Gerede von Schuld, das geht mir schon lang auf die Nerven!«

»Mir geht dieser Gutmensch mit seinem Gestüt auf die Nerven!«

Sie hatten sich um Django versammelt. Alle, die die Untaten ihrer Väter und Großväter endlich vergessen wollten. Die sich nicht schuldig fühlten und sich auf keinen Fall schuldig fühlen wollten. Die stolz auf ihr Dorf waren und auf alles, was sie und ihre Väter hier erreicht hatten.

»Ohne deinen Großvater wäre aus Hintersbrunn niemals so eine erfolgreiche Gemeinde geworden, scheißegal, wer vor hundert Jahr wen erschossen hat«, sagte Alois, der wie alle die letzten Worte des Bäckermeisters durchaus gehört hatte. Es war ihnen gleich, an wessen Händen Blut klebte. Sie wollten sich unter keinen Umständen einen Makel anheften lassen. Nicht auf ihrem Dorfplatz.

Django war das aber nicht genug. Es reichte ihm nicht, nur das Mahnmal zu verhindern.

»Der Sackbauer muss weg«, sagte er. »Der will unser ganzes Dorf in den Schmutz ziehen. Der gehört nicht zu uns. Der soll hingehen, wo er hergekommen ist.«

Plötzlich fiel ihm dieser blöde Hund ein, der ihn angebellt hatte und mit dem sich Sackbauer immer wie ein verdammter Gutsherr inszenierte. Dem werde ich zeigen, wer hier der Herr ist, dachte er und grinste, denn er hatte eine richtig geile Idee. Er stand auf und legte einen Fünfziger auf den Tisch.

»Das geht auf mich heute«, sagte er zum Abschied. »Wegen irgendeinem Bauernfünfer, der nichts hinterlassen hat, und einem Habenichts wie dem Kranseder, der seit Jahren vergessen ist, lasse ich das Andenken an meinen Großvater nicht besudeln«, verkündete er und ging.

Tatsächlich hatte Django nichts vergessen. Er kannte die Wahrheit über seinen Großvater seit vielen Jahren. Und er hatte sie von Kranseder erfahren. Damals.

6

Irgendwann gestern Abend nach der dritten Flasche Prosecco und einem weiteren Schmalzbrot hat Liesi Gundi überzeugt. Sie müsse ihr Elternhaus entrümpeln. Die Wände weißeln. Vielleicht neu verputzen. Damit sie es überhaupt würde verkaufen können. Franz würde ihr helfen, hat Liesi gesagt und damit Gundis Traum neue Nahrung gegeben. Mit dem Geld vom Verkauf des Hauses könnte sie endlich ihren Job hinschmeißen, der ihr schon lange keine richtige Freude mehr macht.

Die ersten Jahre in der Stadt waren schwer und einsam. Gleich am ersten Tag nach ihrer Flucht aus Hintersbrunn nahm sie am Münchner Hauptbahnhof Arbeit im Ausschank an und schlief eine Zeit lang in der Jugendherberge. Ein Job auf dem Gemüsemarkt folgte, dann einer in einem Schreibbüro. Ein Zimmer in Untermiete. Schließlich ergatterte sie eine Stelle beim Münchner Tagblatt, zuerst als Aushilfe, später als feste Schreibkraft an den damals recht neuen Computern, schließlich wurde sie Redaktionsassistentin. Sie ackerte rund um die Uhr, war sich für keine Aufgabe zu schade, erledigte alles, worauf die Redakteure keine Lust hatten, und irgendwann gegen Ende 20 war sie eine richtige Reporterin.

Ihre Schlagfertigkeit, die sie auf dem Hintersbrunner Dorfplatz erlernt hatte, und ihre Jugend hatten mit diesem Erfolg einiges zu tun, das wusste sie heute. Der damalige Chefredakteur fand sie hinreißend.

»Bettgeschichten« war ihr größter Coup. Eine wöchentlich erscheinende Seite im Tagblatt, auf der die Society-Expertin Gundi Starck der Münchner Prominenz schlüpfrige Fragen stellte. Ist dein Bett kuschelig weich mit Kissen und Plüsch oder ist es bei dir im Bett eher glatt, hart und schnörkellos? Wo bist du entjungfert worden? Mit wie vielen Frauen hast du geschlafen und reicht das aus? Träumst du davon, dass dich ein grober Kerl auf die Couch schmeißt und richtig hernimmt? Solche Sachen. Das Irre war, dass sich nach wenigen Folgen die Münchner Boulevard-Promis darum rissen, von Gundi interviewt zu werden. Sie lud ihre Interviewpartner dazu in die schummrige Kellerbar des kleinen und feinen Hotels »Monarch« mit ihren wunderschönen alten Chaiselongues ein. Zu Wein oder Bier, manchmal zu heißer Schokolade oder zu Champagner.

Das »Monarch« leitete Ferdl, der das Haus in den letzten Jahren mit exklusivem Ambiente, höchster Diskretion und breit gefächertem Service zur angesagten Promiabsteige gemacht hatte. Ferdl war nicht der Besitzer des Etablissements. Er war nur immer da und schmiss den Laden. Und Ferdl war es auch, der Gundi auf die Idee mit den »Bettgeschichten« brachte.

»Hast du nicht Lust, Toni Santini mal von seiner anderen Seite zu zeigen?«, fragte Ferdl damals. Sie saß, wie so oft nach einem langen Tag in der Redaktion, an seiner Bar im »Monarch«, weil es in ihrer kleinen Wohnung leer und Ferdl genauso trinkfest war wie sie. Über Toni Santini regte sich damals gerade halb München auf. Ein junger populärer Fußballspieler, der in flagranti in einem Edelbordell erwischt worden war.

»Wie meinst du das, von einer anderen Seite?«, fragte Gundi, die gerade mit dem dritten Weißbier ihren Frust darüber betäubte, dass sie immer nur die Kofferträgerin ihrer Redakteurin war.

»Na, dass der ein Waisenkind war. Dass der nur nach Anerkennung sucht und dass der noch nie eine Freundin hatte.«

»Das wär was«, bestätigte Gundi. »Würde der mit mir über so was reden?«

»Ich glaube schon«, antwortete Ferdl und zwinkerte ihr zu. In seiner verschwiegenen Bar hatten bereits einige Hotelgäste dem väterlich wirkenden Ferdinand Freudenreich ihr Herz ausgeschüttet, und im Fall von Toni Santini hatte Ferdl beschlossen, dass die gesellschaftliche Verurteilung, die den jungen Dummkopf gerade überrollte, zutiefst ungerecht war.

Und so führte Gundi ihr erstes sogenanntes »Intimes Interview«, das damals noch nicht »Bettgeschichte« hieß, und aus Santini, dem verwöhnten Hätschelkind eines stinkreichen Fußballvereins, das keinen Anstand kannte, wurde über Nacht der Toni, ein unschuldiger Junge mit Sehnsucht nach der richtigen Frau fürs Leben.

Der nächste Interviewpartner meldete sich von selbst. Ein arroganter Theaterschauspieler, der sich »im intimen Gespräch«, wie er es nannte, als charmanter und volksnaher Münchner von nebenan präsentieren wollte. Was auch funktionierte. Im Gegenzug verriet er ihr ein paar Geheimnisse aus seinem reichen Liebesleben. Gundi hatte das perfekte Instrument gefunden, um jedes miese Image aufzupolieren. Durch ihre wöchentliche Kolumne, die sie schließlich »Gundis Bettgeschichten« nannte, hatte der Sportwagen fahrende Lokalpolitiker ein Herz für Kinder, der derbe Wiesnwirt zeigte seine empfindsame Seite und einer verknöcherten alten Schauspielerin traute man nach ihrem Seelenstriptease im Tagblatt eine große Mutterrolle zu.

»Wir plaudern wie auf einer Pyjamaparty. Dadurch zeigen Sie den Menschen da draußen Ihr innerstes, Ihr wahres, Ihr verletzliches Ich …«, erklärte sie ihren Promis, und die ließen sich gern darauf ein. Die Leser liebten die Kolumne.

Ist alles Schnee von gestern.

»Alles geht darnieder. Meine Gesichtszüge, meine Oberarme, meine Titten. Und meine Power«, hatte sie Ferdl geklagt, kurz bevor sie sich nach Hintersbrunn aufgemacht hat. Zwei Jahre nach Start hatten sich die »Bettgeschichten« totgelaufen und ein neuer Coup ist Gundi seither nicht mehr gelungen. Inzwischen hält sie sich mit langweiligen Reporterarbeiten für das Tagblatt gerade so über Wasser. Das neue Vereinsheim in Obergiesing. Die Sitzung eines Bezirksausschusses. Manchmal eine Theaterkritik oder ein Konzert. Ihr ist alles recht. Manchmal denkt sie darüber nach, wann sie den »Biss« aus den Anfangsjahren verloren hat. Sie ist überzeugt davon, dass ihr damaliger Erfolg damit zu tun hatte, dass sie jung und knackig war. Jetzt ist sie Ende 40 und im Kampf gegen die Pfunde zieht sie immer öfter den Kürzeren. Anders

als es sich angelassen hatte, ist sie beruflich keine Über-
fliegerin geworden, das ist ihr klar. Doch ihre gemietete
Altbauwohnung in der Au, die sich zwar nach Stuck und
hohen Decken anhört, aber mehr mit alten Rohren und
undichten Fenstern zu tun hat, ist tausendmal besser als
eine Rückkehr ins Dorf und das Eingeständnis, dass sie
in der großen Stadt womöglich gescheitert ist.

Nach so langer Zeit bricht ein blöder Witz das Eis. Wie
soll es auch anders sein zwischen Gundi und Franz.
»Kare und Lucki fahren besoffen auf ihrem Rad vom
Wirtshaus nach Hause. Ein Polizist hält sie auf. ›Sie sind
ja total blau!‹, schimpft er. Da schnauft Kare erleichtert
auf und sagt: ›Gott sei Dank! Ich hab schon geglaubt,
mein Lenker ist kaputt.‹«

Franz lacht. Anders als vor 30 Jahren, eher höflich,
aber eine ferne Erinnerung zieht wie ein warmer Luft-
zug durch die schäbig eingerichtete Stube. Wie damals,
als Gundi ein vernachlässigtes Kind und er der Dorfdepp war, lebt Franz immer noch im oberen Stockwerk
des Schulhauses, in einer von der größeren Lehrerwohnung abgetrennten Kammer seiner Mutter Greti Kreitmeyer. Die ledige Putzfrau der Schule litt zu Gundis
Zeiten in Hintersbrunn an einer Krankheit, wegen der
sie immer im Dunkeln liegen musste und kaum mehr
aufstehen konnte. Sie muss wohl gestorben sein, denkt
Gundi, denn ihr Bett steht nicht mehr in der Stube.

In Gundis Augen hat sich Franz kaum verändert. Er
war zu ihren Kindertagen fast erwachsen gewesen, und
außer dass er einen Bauch bekommen hat und seine
Haare ein wenig grau geworden sind, ist er der Franz

von früher. Wenn er lacht, kneift er die kleinen Augen zusammen und zeigt dieselben schiefen Zähne.

»Wie geht's dir denn, Franz?«, fragt Gundi, als die erste Beklemmung vorüber ist.

»W… wie soll's mir schon gehen, wie immer halt«, antwortet Franz, und das ist nicht so unfreundlich gemeint, wie es für Außenstehende vielleicht klingen mag.

»Du bist bei der Zeitung in der Stadt«, wechselt er das Thema. Auch das ist wie früher. Franz hat nie gern über seine Befindlichkeiten gesprochen.

»Ja«, sagt die Gundi. »Das läuft ganz gut.«

»Bist du verheirat?«, fragt Franz weiter.

Gundi lacht auf. »Nein, um Gottes willen!«, ruft sie etwas zu laut und wird sofort wieder leiser. »Hab nie den Richtigen getroffen.«

»I… ich auch nicht«, sagt Franz und sie lachen beide verschämt. Dann schweigen sie eine Weile und Gundi sieht sich in der Stube um. Ein mit Plastikfolie bespannter Küchentisch auf alten Bodenfliesen, ein durchgesessenes Sofa in der Ecke und eine elektrische Kochplatte auf einer Kommode. An der Wand ihr gegenüber hängt ein Bild mit kleinen Engeln, die auf einer Wolke spielen. Wohl von seiner Mutter, denkt Gundi. Unglaublich ärmlich, denkt sie auch.

Da grinst Franz.

»Ich hab jetzt einen Unimog.«

»Einen richtigen Unimog?«

»156 PS. Mit dem geht das Schneeräumen ratzfatz!«

»Echt?«

»Letzten Winter hab ich ihn nicht braucht. Kein Schnee, nicht eine Flocke!«

»Und was machst du damit?«

»Dem Seidl hab ich sein ganzes Holz zum Sägewerk gefahren. Ratzfatz.«

Franz schaut Gundi stolz in die Augen. Dennoch tut er Gundi leid. Weil er scheinbar nichts anderes hat im Leben als die Plackerei für die Dorfbewohner, die sich bei jeder Gelegenheit über ihn lustig machen. Wie beim Leichenschmaus nach der Beerdigung ihres Vaters. Ganz sicher würde sie ihn nicht fragen, ob er ihr für lau das Haus renoviert!

»Mit deinem Unimog kannst du gut Geld verdienen, Franz«, sagt sie stattdessen. »Musst bloß was verlangen, dann kannst du dir schönere Möbel kaufen oder vielleicht sogar ein eigenes Haus …«

Dass Franz von einem eigenen Haus träumt, weiß Gundi. Zumindest hat er vor 30 Jahren davon geträumt, und sofort schämt sie sich, dass sie in diesem Moment so gönnerhaft ist.

»Unten in den alten Klassenzimmern, da ist es jetzt hergerichtet«, antwortet Franz. »Da hat zwei Jahre lang der Jakob gewohnt mit seiner Frau und seinen Kindern. Der schreibt sich mit Ypsilon, der Jakob, weil der in Sibirien daheim ist.«

»In Sibirien?«

»Der Bub war super. Bassa hat er geheißen. Der war blitzgescheit, der hat einmal meinen Unimog gerichtet, wie der nicht mehr gegangen ist. Hat er vom Jakob gelernt, der ist ein Mechaniker. Für Computer.«

Franz bekommt glänzende Augen beim Erzählen, bemerkt Gundi und schämt sich noch mehr dafür, dass sie so herablassend war gegenüber ihrem alten Freund.

»Und die sind jetzt nicht mehr da?«

»Die Kinder, die haben lustig geredet!« Franz lächelt und schaut über Gundi hinweg aus dem kleinen, mit grauen Gardinen behängten Fenster.

»Das hat hingehauen, dass er dableiben darf. Der Jakob hat eine Arbeit gekriegt, bei seinem Bruder in Regensburg. Ich hab ihnen geholfen mit der Wohnung. Das war eine Bruchbude! Bin mit dem Unimog hingefahren …«

Da erkennt Gundi, dass sie sich getäuscht hat. Dass das Gebrauchtwerden für Franz wichtiger ist, als Geld zu verdienen. Es ist, wie Liesi gesagt hat. Franz schleppt gefällte Bäume aus dem Wald, befördert Sperrmüll, hilft bei Feldarbeiten, schippt Schnee und renoviert Wohnungen. Er ist der Handlanger für alles und jeden. Wenn er sieht, dass jemand Hilfe braucht, ist er zur Stelle, hat Liesi gesagt. Vielleicht frag ich ihn, denkt Gundi. Vielleicht mag er ihr sogar gerne helfen, ihr Elternhaus zu renovieren.

»Mein Vater ist gestorben«, beginnt sie.

»W… weiß ich.«

Sofort beißt sich Gundi auf die Lippen wegen des peinlichen Vorfalls mit dem selbstmörderischen Hund. Franz denkt an etwas anderes.

»Ich könnt morgen bei dir vorbeischauen«, sagt er. »Die alte Hütte musst du herrichten. Ich helf dir. Haben wir in ein paar Tagen erledigt. Ratzfatz.«

Gundi ist sprachlos.

»Magst meinen Unimog eigentlich anschauen?«

»Ja, logo«, ruft Gundi erleichtert.

Grinsend klettert sie ins Führerhaus hoch, hinter dem Schulhaus ist er geparkt, der Unimog. Franz sitzt schon drin und orgelt mit dem Anlasser. Beim zweiten Versuch springt er an, das Orgeln scheint normal zu sein. Zumindest macht Franz diesen Eindruck. Dann tuckert er los durchs Dorf hinaus zum Sportplatz, wo gerade eine Laufbahn angelegt wird, und dort kurven die beiden alten Freunde auf dem lehmigen Rund mit ordentlich Tempo um das Fußballspielfeld herum und der Motor röhrt und spuckt.

»Der pfurzt ja, die Sau!«, schreit Gundi voller Vergnügen. Franz bleckt die schiefen Zähne wie ein wild gewordenes Kind und gibt noch mehr Gas.

»Ich habe schlechte Nachrichten für dich«, hört sie und springt fast an die Decke vor Schreck. Gundi ist gerade dabei, nach dem Schlafzimmer Küche und Wohnzimmer ihres Vaters aufzuräumen, die bis ins letzte Eck mit alten Töpfen, kaputten Elektrogeräten, Geschirr, abgelaufenen Lebensmitteln und einem Berg alter Zeitungen vollgestopft sind. Franz ist gerade weggefahren mit dem Unimog, um die alten Schlafzimmermöbel zu entsorgen, und Gundi ist so tief in die Arbeit versunken, dass sie Django nicht kommen gehört hat. Jetzt steht er unmittelbar vor ihr und ergänzt:

»Ich habe deinen Aushang bei der Kramer Lies gesehen. Du kannst das Haus nicht verkaufen.«

Es dauert ein paar Sekunden, bis sich Gundi von dem Schreck erholt, dass jemand vor ihr steht, mitten in dem ganzen alten Müll. Ausgerechnet Django. Dass sie ungeschminkt ist, fällt ihr als Erstes ein. Dann fasst sie sich. Was will der von ihr? Was soll das heißen, nicht verkaufen? Gundi ist perplex.

»Und warum nicht?«, fragt sie und fühlt sich wieder wie das kleine Mädchen, das ständig etwas falsch macht.

»Weil's mir gehört«, antwortet Django und wedelt mit einem Wisch vor ihrer Nase. »Der alte Bäcker hat's mir vermacht, vor Kurzem erst. Hatte nur noch Wohnrecht hier.«

»Das ist nicht wahr!«, entfährt es Gundi. Hat der alte Mistkerl ihr dieses Erbe vermasselt?

»Doch«, trumpft Django auf und legt das Blatt Papier auf eine kleine freie Stelle auf dem Küchentisch. »Ist eine Kopie. Kannst behalten.« Er macht eine kleine Pause und sein bisher etwas süffisanter Tonfall wird ernst. »Ich bin kein Unmensch. Kratz deine persönlichen Sachen zusammen. Dann musst du leider gehen. Du hast in Hintersbrunn nichts mehr zu suchen. Das alte Bäckerhaus und alles, was drin ist, gehört mir.«

Gundi sieht sich das Papier genauer an. Es stimmt. Sie erkennt die Unterschrift ihres Vaters unter dem Schrieb mit der Überschrift »Übereignung«. Zwei Sätze stehen darauf, die Worte »keine Gegenleistung« sind unterstrichen. Langsam kapiert sie und Tränen der Enttäuschung und des Zorns steigen ihr in die Augen. Sie schluckt, dreht sich zu Django um, aber der ist schon weg.

»Scheiß auf den Fetzen Papier«, tröstet sie Ferdl und überblickt wieder einmal sofort, was mit Gundi passiert ist. »Kaum bist du ein paar Tage in dem Kaff, da nimmst du wieder die Opferrolle an.«

Sie hat Franz' Rückkehr abgewartet, irgendetwas von »dringender Job« gefaselt, ist in ihren Fiesta gestiegen und nach München gerast. Sie musste dringend mit Ferdl über ihre geplatzten Träume reden.

»Ich versteh nicht, warum mein Vater sein Haus verschenkt hat …« Gundi ist erneut den Tränen nahe.

»Ich frag mich, ob das Ganze was mit der Bürgerversammlung zu tun hat und dem, was da im Dorf unter den Teppich gekehrt wird«, antwortet Ferdl. »Was hat Django gesagt? Dass du gehen sollst. Da hast in Wirklichkeit gehört, wovor er am meisten Angst hat. Dass du herumschnüffelst und irgendwas findest, was er unter der Decke halten will. Vielleicht gibt's im Haus von deinem Vater irgendwas, was du nicht sehen sollst?«

Die beiden sitzen auf ihren Stammplätzen an der Bar des »Monarch«. Gundi muss sich erst mal beruhigen und wieder einen klaren Gedanken fassen. Ferdl macht zwei Weißbier auf, Gundi verschwendet einen Gedanken an die bessere, kalorienreduzierte Variante, dann stoßen sie mit den Flaschen an.

Normalerweise kann sich Gundi Männern gegenüber nie komplett fallen lassen. Selbst wenn das Verhältnis rein platonisch ist oder kollegial. Da ist immer eine letzte Grenze, die nie überschritten wird. Mit Ferdl ist das anders. Er kennt alle ihre Seelenwinkel und alle ihre Schwächen und mag sie trotzdem. Äußerlich sind sie grundverschieden. Gundi überragt ihn etwas und vermutlich ist sie schwerer als der feingliedrige Ferdl. Bei ihm ist alles schmal und zart, bei Gundi alles rund und groß. Ferdl träumt vom großen Glück mit dem einen Mann bis ans Ende seiner Tage. Er ist Single, aber nicht aus Überzeugung, und Gundi lacht ihn oft aus, weil er in Liebesdingen ein größerer Spießer ist als alle Heteros mit Trauschein. Ferdl ist der klügste Mensch, den Gundi kennt. Mit großem Abstand. Da Ferdl mit seinem Hoteljob fast rund um die Uhr verwachsen ist, treffen sich die beiden Freunde manchmal täglich, jedoch mindestens einmal die Woche in der Hotelbar. Was ganz praktisch ist, denn die beiden teilen eine Vorliebe für Weißbier. Am liebsten aus der Flasche.

»Ich habe alles durchsucht im Haus von meinem Vater«, nimmt sie Ferdls Vermutung auf. »Da ist nichts.«

»Dieser Django hat keine saubere Weste, das sagt mir mein Gefühl«, beginnt Ferdl erneut. »Was genau wissen wir, Gundi? Django hat das Sagen im Dorf. Und er hat den Hund vom Professor getötet. Weil der ein Denkmal errichten will für einen in den letzten Kriegstagen ermordeten Widerstandskämpfer, und Django passt das nicht.«

»Weil herauskommen könnte, dass sein Großvater, der hochwohlgelobte Altbürgermeister, ein Nazi und ein Mörder war, der den Mord seinem Sohn in die Schuhe geschoben hat …«

»… was der nie bestreiten konnte, weil er es am nächsten Tag praktischerweise mit ein paar amerikanischen Panzern hat aufnehmen wollen und das nicht überlebt hat«, ergänzt Ferdl. Die beiden nehmen einen weiteren Schluck aus der Flasche.

»Und mein Vater hat das gewusst«, nimmt Gundi den Gedankengang wieder auf.

»Genau«, sagt Ferdl. »Wir wissen auch, dass das Denkmal nicht der einzige Grund für Djangos Abneigung gegen den Professor ist. Weil er vor langer Zeit dieses Bauland haben wollte, Kranseders Berggrundstück, auf dem der Professor sitzt.«

»Da schließt sich der Kreis.« Gundi, der das zweite Weißbier langsam in den Kopf steigt, lallt etwas. »Django ist immer noch scharf auf diesen Flecken.«

»Und auf dein Haus«, antwortet Ferdl. »Das schauen wir uns genauer an. Ich rede mit einem Bekannten, der ist Anwalt.«

»Die Sache mit dem Hund ist schon hart«, beginnt Gundi erneut, als Ferdl die dritte Runde Bier auf den Tresen stellt. »Das Märchen vom verwirrten Schickanedersohn hätte man doch trotz Denkmal weitererzählen können …«

»Wenn dein alter Herr nicht mit der Wahrheit herausgerückt wäre, da auf der Bürgerversammlung.«

»Aber warum erst jetzt? Und warum schenkt er ausgerechnet jetzt dem Enkel des Mörders seinen ganzen Besitz? Was hatte mein Vater mit dieser alten Geschichte zu tun?«

»Mein Gefühl sagt mir, dass Django nicht nur über Hundeleichen geht.«

Gundi nickt. »Ich muss rausfinden, was dieser Professor Sackbauer darüber weiß.«

»Ganz meine Star-Reporterin«, lacht Ferdl. Sie stoßen an. »Aber heute nicht mehr. Ich muss dir erzählen, was gestern Nacht los war und wer stockbesoffen einchecken wollte. Ein AA-Promi.« Er grinst. »Und dann legst du dich in einem leeren Zimmer schlafen. »Morgen ist Sonntag, da hab ich Weißwürste zum Frühstück.«

Am Montagmittag steht Gundis Fiesta wieder vor dem alten Bäckerhaus in Hintersbrunn. In der Redaktion hat sie sich krankgemeldet. Urlaub hätte sie kurz vor dem Oktoberfest nie bekommen. Vermutlich glaubt ihr der Chefredakteur nicht, doch das ist ihr jetzt erst mal egal. Den Wisch von der Übereignung hat Ferdl gestern beim Weißwurstfrühstück seinem befreundeten Anwalt übergeben. »Muss ja nicht sein, dass das alles rechtmäßig ist«, hat er gesagt.

Gundi will heute in Hintersbrunn nicht weiter ausräumen. Im Gegenteil. Sie wird sich ein wenig einrichten. Und sie hat einen Termin. Der Professor Sackbauer war sehr freundlich am Telefon gestern und hat Gundi eingeladen, zu ihm aufs Gestüt zu kommen. Die Sache mit ihrem Vater, sagte er, täte ihm sehr leid, er habe ihn nicht aufregen wollen. Aber ja, ihr Vater hätte wohl recht gehabt. Das wolle er gerne mit ihr persönlich besprechen.

Der Professor Sackbauer residiert nobel. Gundi steht oben auf dem Hügel vor einem lang gezogenen Wohnhaus, das aussieht, als wäre es direkt aus der Toskana nach Bayern katapultiert worden. Es ist aus ockerfarbenen Natursteinen gebaut, mit dunkelgrünen Fensterläden und schweren Terrakottagefäßen vor der Front. Daneben liegen mehrere Stallungen und eine Reithalle. Alles riesengroß. Alles picobello in Schuss. Ein Pferdewirt führt gerade ein verschwitztes Pferd von hinten auf den Hof. Durch den Weg zwischen Stall und Reithalle sieht man auf der dorfabgewandten Seite des Hügels eine Rennbahn und eine weitere Koppel. Da kommt ihr der Professor entgegen. Er tritt aus der Tür des Wohnhauses und winkt sie mit großer Geste zu sich. Gundi ist einigermaßen beeindruckt. Der Professor führt sie durch den großzügigen Flur mit einer freiliegenden Treppe in sein Arbeitszimmer, das zu Gundis

Erstaunen zwei Stockwerke hoch ist. Hier steht, neben einer überdimensionalen Skulptur – vielleicht ein griechischer Gott – ein riesiger massiver Schreibtisch vor einer Bücherwand, deren obere Ablagen man nur mit einer fahrbaren Leiter erreichen kann. Daneben, mit einem kleinen Mosaiktischchen davor, ein königsblaues Samtsofa. Darauf platziert sie der Professor, setzt sich auf einen Hocker gegenüber und schenkt ihr vorbereiteten Tee ein. Das ist ja wie bei Rosamunde Pilcher, denkt Gundi. Der Professor ist wirklich nett. Ein älterer Herr, volle graue Locken, aufmerksame blaue Augen, großer Mund.

»Es tut mir sehr leid, was mit Ihrem Vater geschehen ist«, beginnt er. »Habe ich Ihnen schon mein aufrichtiges Beileid ausgesprochen?« Er wartet Gundis Antwort nicht ab. Zum Glück, denn Gundi hat sich gerade einen der Schokokekse, die auf dem Teetisch bereitliegen, in den Mund geschoben und der ist überraschend trocken.

»Nun«, fährt der Professor fort, »ich nehme an, Sie sind angereist, um die Angelegenheiten Ihres Vaters zu regeln?«

»Ja«, entgegnet Gundi, die den Keks endlich runtergeschluckt hat und gleich zur Sache kommen will. »Und wenn ich den Nachbarn im Dorf Glauben schenken darf, hat mein Vater in seinen Sterbeminuten noch sein Gewissen erleichtern wollen.« Gundi macht sich die etwas geschraubte Redeweise des Professors sofort zu eigen. Eine Berufskrankheit. Sie passt sich instinktiv den Gegebenheiten, der Körpersprache und der Ausdrucksweise ihres Gegenübers an, wenn sie etwas herausfinden will. Der Professor macht Anstalten, sich zurückzulehnen, bemerkt, dass sein Hocker keine Lehne hat, steht auf, zieht einen antik aussehenden Schaukelstuhl heran, den er rechts von Gundi platziert, und setzt sich etwas umständlich hinein.

»Nun. Ich versichere Ihnen, dass es keineswegs meine Absicht war, Ihren werten Vater aufzuregen. Ich muss aber gestehen, ich sehe nach wie vor keinen Grund dafür.«

Natürlich ist für einen wie den Professor nichts anderes vorstellbar, als völlig im Recht zu sein. Keine Spur von Schuldgefühlen, denkt Gundi und wird sich schmerzlich bewusst, dass sie selbst sich immer irgendwie schuldig fühlt, wenn etwas Unglückliches in ihrem Beisein passiert. Sie verzeiht dem Professor.

»Wären Sie so freundlich und würden mir erzählen, was vorgefallen ist?«, fragt sie, greift nach der Zuckerdose und lässt zwei Stück Würfelzucker in die kleine, feine Tasse plumpsen.

Der Professor schaukelt auf seinem Stuhl unmerklich vor und zurück. Einen Augenblick später beginnt er zu erzählen.

»Als ich vor 20 Jahren dieses Gehöft hier erworben habe, da habe ich die spärlichen Hinterlassenschaften des verstorbenen Vorbesitzers in mehreren Kisten verstaut. Ich bemühe mich immer, respektvoll mit den Gütern anderer Menschen umzugehen, mögen sie auch noch so schäbig wirken«, sagt er ein wenig selbstgefällig. »Viele Jahre habe ich mich nicht um die Kisten gekümmert. Ich hatte nicht die Zeit. Reisen, meine Studenten, die Pferde, Sie verstehen. Ich weiß gar nicht mehr, aus welchem Anlass ich mich der Kisten angenommen habe …« Er denkt nach. »Das muss vor gut zwei Jahren gewesen sein. Was ich fand, neben bäuerlichen Werkzeugen und alten Stoffen, waren Tagebücher. Hauptsächlich Eintragungen aus einer Zeit zwischen dem Ersten und dem Ende des Zweiten Weltkriegs. In ihrer Einfachheit sehr bewegend. Die habe ich einem befreundeten Professor für Neueste Geschichte übergeben. Ich konnte ein solches Zeitdokument nicht unbesehen dem Verfall anheimgeben.« Er macht eine Pause. »Was er mir davon schließlich berichtete, ließ mich nicht ruhen. Es musste erinnert werden. Mit einem Gedenkstein. Auch hier in Hintersbrunn gab es Helden einfacher Natur …«

Gundi unterbricht ihn. Sie will nichts vom bestimmt beeindruckenden Geschichtsbewusstsein des Professors hören. Sie will wissen, was damals wirklich passiert ist und warum das ihren Vater so aufregte, dass er einen Herzanfall erlitten hat.

»Mein Vater wollte etwas richtigstellen«, wirft sie ein. »Wenn ich das korrekt verstehe, geht es um einen Mord in den letzten Kriegstagen …«

»Durchaus, durchaus«, antwortet der Professor. »Doch mir geht es nicht um eine verspätete Anklage. Nach derart langer Zeit sind alle Beteiligten verstorben. Nichts liegt mir ferner, als den verdienten Altbürgermeister von Hintersbrunn nach seinem Tod zu entehren. Mir geht es ausschließlich um das Opfer dieser Tat, das seine Zivilcourage mit dem Leben und vielmehr noch mit posthumer Missachtung bezahlt hat. Ich habe hier eine Skizze für den Stein.« Er steht auf und geht zu seinem Schreibtisch.

»Moment«, will Gundi ihn hindern. Das Denkmal ist ihr so egal wie das berühmte frei nach Beckenbauer in Chicago umgefallene Rad. »Sie können also beweisen, dass der spätere Bürgermeister, Ignaz Schickaneder, einen Widerstandskämpfer ermordet hat?«

Sackbauer setzt sich mit einem großen Zeichenblock auf dem Schoß wieder in seinen Schaukelstuhl. »Nun, ob diese Tagebuchaufzeichnungen juristisch Bestand haben, wage ich nicht zu beurteilen. Aber den Aufzeichnungen von Josef Kranseder zufolge – so hieß der Vorbesitzer meines Grundstückes, müssen Sie wissen – kam es am Vorabend des Einmarsches der amerikanischen Truppen zu einem Streit zwischen den Dorfbewohnern, angeführt von Ignaz Schickaneder auf der einen Seite und zwei Kritikern des Nationalsozialismus, ebenjenem Josef Kranseder und seinem Gesinnungsgenossen Andreas Schmied, auf der anderen. Sie müssen wissen, dass zu jener Zeit der Reichsführer SS, Heinrich Himmler, trotz der aussichtslosen Lage Befehl zum unbedingten Widerstand gegen die vorrückenden Alliierten gegeben hatte, verbunden mit der Androhung, dass jeder, der diesem Befehl nicht Folge leiste, auf der Stelle erschossen werde. Ganz gleich, ob Soldat oder Zivilist. Nach den Aufzeichnungen des Herrn Kranseder war die Dorfgemeinschaft entschlossen, den amerikanischen Truppen entgegenzutreten, wohingegen Josef Kranseder und Andreas Schmied als Einzige den Mut aufbrachten, sich dem Befehl zu widersetzen, und dafür plädierten, Hintersbrunn kampflos an die Amerikaner zu übergeben. Im Laufe dieser Auseinandersetzung hat Ignaz Schickaneder Andreas Schmied erschossen.«

Gundi nimmt – der schlechten Erfahrung zum Trotz – noch einen Keks.

»Wissen Sie eigentlich, dass man im Dorf seit über 70 Jahren in dem Glauben lebt, dass der Sohn des Ignaz Schickaneder, Hermann Schickaneder, der kurz darauf beim Einmarsch der US-Truppen ums Leben kam, Andreas Schmied ermordet hat?«

Der Professor schüttelt gleichgültig den Kopf. Was man im Dorf tratscht, gehört offenbar nicht zu seiner Welt.

»Aber warum hat der überlebende Zeuge, der Kranseder, das so stehen lassen?«, fährt Gundi fort. »Warum hat er über den wahren Täter geschwiegen? Er hat sich, sagt man im Dorf, vom Täter in den Nachkriegsjahren sogar übel mitspielen lassen!« Gundi will endlich auf den Punkt kommen.

Der Professor lässt sich Zeit mit der Antwort. Zieht schließlich die Augenbrauen hoch und seufzt kaum hörbar.

»Eine fatale Lebensentscheidung«, sagt er endlich. »Josef Kranseder hat sich für sein Schweigen bezahlen lassen. Und er hat wohl sein Leben lang mit dieser Entscheidung gehadert.«

Gundi fällt aus allen Wolken. Noch eine Dorflüge, die sich über Generationen gehalten hat. »Und mein Vater? Wie konnte er davon wissen?

»Das entzieht sich meiner Kenntnis«, sagt der Professor und macht Anstalten, das Gespräch zu beenden.

Aber Gundi ist noch nicht fertig. Sie will nicht nur über die Vergangenheit reden, sondern auch über Django und den toten Hund, und sie weiß, dass sie jetzt vorsichtig sein muss.

»Herr Professor Sackbauer«, säuselt sie und macht ein betroffenes Gesicht.

»Ich habe zu meinem großen Bedauern von dem scheußlichen Verbrechen an Ihrem Hund gehört, das irritierenderweise unmittelbar am Tag der Beerdigung meines Vaters entdeckt wurde.«

Der Professor nickt und Gundi fürchtet einen Augenblick, dass er anfängt zu weinen. Doch nach einer Weile des Nickens ist er sehr gefasst.

»Ich muss sagen, ich bin bis aufs Äußerste schockiert über eine derartige Rohheit. Es ist richtig, dass mein treuer Gefährte nicht durch einen Unfall ums Leben kam. Es wurde polizeilich festgestellt, dass es menschliches Einwirken war. Mein Hund war kein Streuner, das müssen Sie wissen. Es muss jemand auf den Hof gekommen sein. Das ist es, was mich fassungslos macht. Es muss jemand aus dem Dorf gewesen sein.«

Er macht eine kurze Pause, in der er tief ein- und wieder ausatmet. Dann schaut er ein paar Sekunden an Gundi vorbei, als hätte er vergessen, dass er Besuch hat.

Gundi wird unruhig, denn es fällt ihr gerade nichts ein, was sie sagen könnte. Der Professor flößt ihr ziemlichen Respekt ein. Er ist ein richtiger Herr. Englischer Landadel, würde ich schreiben, denkt Gundi und fragt sich, ob dieses irre Ding mit dem erhängten Hund eine Geschichte wäre, die ihrem Chefredakteur gefallen könnte. Vielleicht wär das ja was, denkt sie. Ein ermordeter Hund. Weiter kommt sie nicht, denn der Professor reißt sie aus ihren Gedanken.

»Verzeihen Sie, ich bin unhöflich«, sagt er und hält ihr das kleine Tablett mit den Schokokeksen vor die Nase.

Gundi nimmt sich vor, heute keine Leberwurst mehr zu essen, und legt zwei Stück auf ihrer Untertasse ab. »Glauben Sie, dass die Ermordung Ihres Hundes mit der Bürgerversammlung, mit dem Denkmal zu tun hat?«

»Durchaus.«

Gundi lehnt sich vor.

»Die Sachlage erscheint mir klar«, holt der Professor aus, und Gundi betet, dass er nicht wieder so ausschweifend erzählt. »Josef Kranseder hat nach dem Krieg nie ausgesagt, nahm Geld für sein Schweigen und hat sich in eine selbst verordnete Einsiedelei zurückgezogen. Umso wichtiger ist jetzt, nach all den Jahren, die Ehrung dieses einen mutigen Menschen. Andreas Schmied, ein einfacher Bauer, hat sich dem Wahnsinn widersetzt und diesen Heldenmut mit dem Leben bezahlt. Und weil sein Weggefährte schwieg, gab es nach dem Krieg keine Anerkennung. Andreas Schmied ist heute nur irgendeiner unter den vielen Toten, die der Nationalsozialismus gefordert hat. Das wird sich mit meinem Gedenkstein ihm zu Ehren ändern.«

»Warum haben die heutigen Hintersbrunner etwas gegen das Denkmal?«, fragt Gundi, diesmal mit etwas mehr Nachdruck.

»Mir ist diese Art von Menschenschlag immer wieder begegnet«, antwortet er. »Sie wollen sich nicht auseinandersetzen. Wollen unbehelligt von einer Verantwortung, die über ihren Horizont hinausgeht, ohne störende Beunruhigungen leben. Man kann das bis zu einem gewissen Punkt verstehen. Dennoch ist es kleinmütig und es dient nicht dem Fortkommen und der Weiterentwicklung der Menschheit.«

Oha, denkt Gundi, gleich so viel Herablassung. Sie beschließt in diesem Augenblick, den Professor nicht aufzuklären. Ihm nicht zu sagen, dass Django Schickaneder seinen Hund getötet hat. Nicht, bevor sie die Antwort auf folgende Fragen bekommen hat: Was will Django wirklich? Und was hatte ihr Vater mit der ganzen Sache zu tun?

Sie verabschiedet sich vom Professor, der sie bis zur Tür begleitet, und spaziert langsam über die schmale Gemeindestraße den Hügel hinunter. Wieder bemerkt sie, wie still es hier ist. Kein Verkehr und kein Mensch auf der Straße. Trotz des herrlichen Wetters.

Es heißt ja, wenn man auf dem Dorf lebt, gibt es keine Privatsphäre. Man könne im Dorf nicht frei leben, weil man von den Nachbarn ständig beobachtet und kontrolliert werde. Nichts könnte falscher sein. Im Dorf wird alles gesehen, aber weggeschaut. »Das geht uns nichts an«, ist ein Satz, den Gundi von Kindesbeinen an hörte. Leben und leben lassen, sagte Gundis Vater immer und war sich der anderen, der kalten Seite dieses vermeintlich toleranten Lebensmottos nicht bewusst. Da steht die junge Witwe wackelig am frischen Grab und keiner nimmt sie in den Arm. Weil man sich nicht wichtigmachen will. Da wird ein Kind von anderen gequält und keiner sagt es den Eltern. Weil man sich nicht einmischen will. Da ist eine alleinerziehende Mutter mit ihren Kindern überfordert und keiner bietet Hilfe an. Weil man sich nicht aufdrängen will. Da verprügelt der Nachbar seine Frau und keiner ruft die Polizei. Weil das niemanden was angeht. Die kleinen Lügner und die großen Betrüger, die Unachtsamen und die Rücksichtslosen, die Tierquäler und die Kinderschänder, sie alle kommen davon, weil sich niemand zuständig fühlt. Das ist das Dorfleben.

Ich würd eingehen hier, denkt Gundi. Trotzdem braucht sie ein paar Lebensmittel für die nächsten Tage in Hintersbrunn.

»Servus, Liesi!«, ruft sie, als sie den Dorfladen betritt und über der Tür ein altmodisches Glöckchen bimmelt. »Hey, ist das neu?«, lacht sie und deutet darauf.

»Nein!«, lacht Liesi zurück. »Das hat immer schon gebimmelt hier. Warst du in München übers Wochenende?«

Bingo, denkt Gundi. Auf eines kann man sich immer verlassen in Hintersbrunn. Obwohl man nie einen Menschen sieht, sehen die Menschen hier alles. Jeder im Dorf weiß, dass sie weg war. Und jetzt wissen alle, dass sie wieder da ist. Und dass sie oben beim Professor Sackbauer war, das wissen wahrscheinlich ebenfalls alle. Auch Django. Der weiß jedoch jetzt noch was anderes. Dass sie die Sache, die ihren Vater das Leben gekostet hat, nicht auf sich beruhen lässt. Das konnte ihr nur recht sein.

Und tatsächlich. Gundi ist erst zehn Minuten im Laden und hat Kaffee, fettarme Milch und ein bisschen Gemüse in ihrem Korb, als das Glöckchen wieder bimmelt.

»Eine Leberkässemmel«, sagt eine Stimme, ohne zu grüßen. »Mit scharfem Senf.« Es ist Django.

Gundi begutachtet die Nudeln. Spiralnudeln gibt's, Penne und Spaghetti. Liesi holt den Leberkäse aus ihrer Warmhaltevitrine und schneidet eine Semmel auf.

»Hey, Gundi«, sagt Django und tut überrascht. »Bist jetzt immer noch nicht fertig in Hintersbrunn?«

Gundi stellt die Penne zurück ins Regal. »Was kümmert's dich?«, fragt sie beiläufig und weiß, dass sie ihn damit provoziert.

»Hab nicht geglaubt, dass du dich so schwer trennst. Hab gedacht, das wär dir mehr wurscht«, antwortet Django und beißt in die Leberkässemmel, die ihm Liesi in einer Papierserviette gereicht hat.

Gundi dreht sich zu Django. »War eine wilde Sache mit dem Hund vom Sackbauer auf der Beerdigung«, sagt sie.

Django lacht mit vollem Mund auf. Kaut ein paarmal und schluckt. »Selbstmord«, grinst er. »Gewildert wird er haben. Da hat der Jäger wohl durchgegriffen.«

Gundi lässt sich nicht ablenken. »Oder es war eine Drohung«, sagt sie. »Kann sein, dass nicht jedem alles passt, was der Professor möchte.«

»Wieso, was meinst du damit?«, tut Django unschuldig.

»Dass dir das nicht passt«, entgegnet Gundi und legt so viel Härte in ihre Stimme wie möglich. »Das mein ich. Dass der Sackbauer am Heiligenbild von deinem Großvater kratzt, das mein ich. Dass dir das zuwider ist, dass der den schönsten Grund in der ganzen Gegend hat, das mein ich.« Gundi schlägt das Herz bis zum Hals, aber sie kann nicht anders. Sie muss die Wahrheit sagen.

»Waaas?« Django wirft einen Blick auf Liesi, die sich sofort abdreht, wahrscheinlich nicht nur, weil sie in diese Sache nicht hineingezogen werden möchte, sondern auch, weil sie noch nie gehört hat, dass jemand so mit Django spricht, vermutet Gundi.

Django ist das offenbar ebenfalls nicht gewohnt und wird laut. »Drehst du jetzt total durch? Glaubst du, du kannst nach so vielen Jahren, wo du dich einen Pfifkas gekümmert hast … Glaubst du, du kannst dich jetzt hier einnisten? Weil du es zu nichts gebracht hast in der Stadt? Und dich einmischen? In Sachen, die dich einen Dreck angehen? Hab dich schon gesehen, beim Sackbauer heute!« Django zieht hörbar Luft ein. Er dreht sich zu Liesi um. »Und du? Tratschst du wieder Sachen herum, von denen du nichts verstehst?«

Liesi wird feuerrot im Gesicht. Sie schüttelt nur den Kopf.

Eine Weile stehen die drei wortlos herum. Liesi, deren rote Backen sich nicht beruhigen, hinter ihrem Tresen, Gundi mit ihrem Einkaufskorb zwischen den Regalen und Django mitten im Verkaufsraum mit einer Leberkässemmel in der Hand. Er isst sie mit großen Bissen auf, ohne seinen Blick von Gundi abzuwenden. Am Ende lässt er seine Papierserviette zu Boden fallen und leckt sich die fettigen Finger ab. »Blöde Weiber!«, sagt er schließlich. Er schüttelt den Kopf und wendet sich zur Tür. »Saublöde Weiber«, murmelt er im Hinausgehen.

Das Glöckchen bimmelt. Liesi sieht Gundi an, die ihren Korb ungerührt weiterfüllt. Ein Stück Butter fällt hinein und eine Leberwurst. Als Gundi ihre beträchtlichen Einkäufe auf den Tresen legt, findet Liesi wieder Worte. »Schaut so aus, als ob du ein bisschen länger bleibst?«

»Mhm«, antwortet Gundi, die Lippen fest aufeinandergepresst. »Könntest du für mich einen fettarmen Käse besorgen? ›Du darfst‹ oder so was?«

Da lächelt Liesi wieder, als hätte der unerfreuliche Zwischenfall nie stattgefunden.

»Dann komm doch zu unserer Theateraufführung«, sagt sie. »Am kommenden Sonntag beim Bräu. Der Franz spielt die Hauptrolle.«

Aber Gundi hört nur halb hin. Django hat mit keinem Wort erwähnt, dass er Anspruch auf das Bäckerhaus erhebt. Warum nicht? Da stimmt etwas nicht. Was ist da gelaufen zwischen ihrem Vater und Django?

Am Morgen des nächsten Tages sitzt Gundi am Küchentisch ihres Vaters und denkt nach. Ein Klopfen reißt sie aus ihren Gedanken.

»Herein!«, ruft sie.

Ein junger Kerl, vielleicht 25 Jahre alt, in einem für die sommerliche Jahreszeit und sein Lebensalter ungewöhnlich förmlichen Anzug steht in der Stubentür.

»Ich bin von der Raiffeisenbank«, sagt er. »Sie sind erst ein paar Tage im Dorf und vielleicht wissen Sie das gar nicht. Aber wenn Sie einen Erbschein haben, sollten Sie mal bei uns vorbeischauen. Ihr Vater hat ein Sparbuch hinterlassen.«

7
MORDNACHT 1945

Das Leben war hart in Hintersbrunn vor über 70 Jahren, als der Großvater von Django kein Nazi war. Er war Kartoffelbauer und die Feldarbeit war mühsam. Es gab weder gepflasterte Straßen noch große Landmaschinen. Ein Pferd oder ein Ochse zog den Pflug, den Rest machten die Menschen.

An diesem Frühlingstag waren sie seit dem frühen Morgen auf ihrem Acker und jäteten von Hand Unkraut, der Vater, sein halbwüchsiger Sohn Hermann und der kleine Lorenz, sechs Jahre alt. Die zwei polnischen Zwangsarbeiter, die unentbehrlich bei der Feldarbeit gewesen waren, hatten sich abgesetzt, als im Nachbarort anlässlich der näher rückenden Alliierten einer der Ihren von der dortigen Dorfbevölkerung aus Angst vor Rache erhängt worden war. Die Welt des Ignaz Schickaneder war aus den Fugen geraten. Zu Beginn des Krieges war seine Frau im Kindbett gestorben, danach ein Sohn tödlich an Typhus erkrankt. Schließlich war sein Ältester gefallen. In Russland. Der Krieg hatte Opfer verlangt, aber unter der nationalsozialistischen Landesbauernschaft hatte er es auch zu etwas gebracht. Er hatte den Hungerwinter 16/17 erlebt, als auf dem Hof seiner Eltern wegen der Kartoffelfäulnis fast die gesamte Ernte ausfallen war. Heute standen seine Felder prächtig da. Ein Wohlstand, den er der Partei verdankte. Und jetzt, da hungernde Flüchtlinge aus dem Osten und Ausgebombte aus den Städten über die Dörfer kamen, um Essen zu erbetteln oder zu stehlen, da musste er fürchten, dass er alles verlieren könnte, dass alle Opfer umsonst gewesen wären.

Vor Kurzem hatten die Bomben der Alliierten Würzburg eingeäschert und nur sieben Häuser unversehrt gelassen. Die SS wütete mit Sonder-Standgerichten und Erschießungen gegen Wehrmachtsangehörige, die sich ergeben wollten. KZ-Schergen räumten das Konzentrationslager Flossenbürg in der Oberpfalz und schickten 16.000 Menschen auf einen Todesmarsch nach Dachau. Das vergleichsweise unzerstörte Bamberg wurde von Flüchtlingen aus dem Osten überrollt. An Hitlers Geburtstag waren US-Truppen in Nürnberg einmarschiert. In München stürzten Einheimische ein Nazi-Denkmal an der Feldherrnhalle, und in Regensburg sprengten die Nazis alle Donaubrücken.

Es war der letzte Tag des Zweiten Weltkriegs in Hintersbrunn. Und während es sich anderswo durch Sirenennächte und Bombenkrieg wie der Weltuntergang anfühlte, saßen in dem abgelegenen Dorf ein paar Männer im Wirtshaus in aller Stille vor ihrem Bier, als Ignaz Schickaneder zusammen mit seinem Sohn Hermann von der Feldarbeit kam und am Bauernstammtisch Platz nahm. Der Bäckerbub lehnte an der Theke, wo er sein abendliches Tauschgeschäft genoss, Brot gegen Bier, und am

Tisch weiter hinten saß der eigenbrötlerische Kranseder, der vor wenigen Wochen nach einem Kopfschuss an
der Front aus dem Lazarett entlassen worden war. Der
alte Mesner, der direkt von der Abendandacht zum Bräu
gekommen war, um noch ein wenig länger zu schweigen,
bevor er wieder nach Hause zu seiner zeternden Frau
musste, saß neben ihm.

Hintersbrunn hatte genau 216 Einwohner, eine Zahl,
die der alte Mesner genau im Kopf hatte, denn es verging keine Woche, in der nicht der Tod auf den Schlachtfeldern Inhalt der Gebete in den Abendandachten war.
Von 59 Männern, die in den Krieg gezogen waren, gal-
ten bis dato 9 als vermisst und 37 waren gefallen. Was zu
dieser Stunde unter den Wirtshausgästen keiner wusste:
Der nationalsozialistische Bürgermeister des Ortes hatte
sich eine Kugel in den Kopf gejagt und zwei weitere Tote
sollte es noch geben. Der letzte Kriegstote von Hintersbrunn saß an diesem frühlingshaften Vorabend des Natio-
nalfeiertags des deutschen Volkes, an dem diesmal kein
Maibaum aufgestellt werden würde, mitten unter ihnen.

Der alte Mesner hätte sein Bier am liebsten allein
getrunken. Er mochte die Menschen nicht besonders,
und in seinem schwarzen Anzug, den er zur Kirche trug,
sah er schwindsüchtiger aus, als er es in Wirklichkeit
war. Obwohl er als Gemeindeschreiber in der Partei war,
war er kein glühender Nazi, sondern einer, der still seine
Pflicht tat, wo immer man ihn hinsteckte. Für den Mesner war klar, dass »unser Herr Jesus auch über den Hitler richten wird«. Trotzdem war es für ihn kein Problem,
sich der weltlichen Macht zu beugen. Der Schickaneder
Ignaz, fand der Mesner, war ein Wichtigtuer, der sich auf

seine Kriegsopfer wer weiß was einbildete. Einer, der nicht in der Partei war, aber so tat, als hätte er für den Nationalsozialismus alles gegeben. Den Heldentod seines Sohnes an der Ostfront trug er wie eine persönliche Auszeichnung vor sich her, fand der Mesner. Er mied, wann immer es ging, seine Gesellschaft.

»Heil Hitler!«, grüßte der Schickaneder und klopfte dreimal auf den Stammtisch, bevor er für seinen Sohn einen Stuhl heranzog und sich am Kopfende zu den anderen Bauern setzte. Er legte seinen Hut vor sich auf die Tischplatte. Dann richtete er den Blick nach hinten, wo der alte Mesner neben dem seltsamen Kranseder saß, der sich seine Mütze tiefer ins Gesicht zog.

»Heil Hitler!«, wiederholte Schickaneder und warf seinem Sohn einen vielsagenden Blick zu.

»Heil Hitler«, antwortete der Mesner und schaute zu seinem Nachbarn, dem unleidigen Kranseder, der ihm mit seiner Silberplatte im Kopf die angenehmere, weil schweigende Gesellschaft war. Kranseder grüßte nicht zurück. Ein bockiger Sonderling war er schon immer gewesen, der Kranseder, das wusste der Mesner. Resi, die junge Wirtserbin vom Greimerbräu in Hintersbrunn, stellte gerade einen Krug vor ihm ab und mit einer auffordernden Kopfbewegung schaute sie den Mesner an.

»Mhm«, nickte er. Resi, eine junge Frau mit dicken dunkelblonden Zöpfen, war in Sorge um ihren Mann, der an der Front gekämpft hatte und nach letzter Meldung in Gefangenschaft geraten war.

»Keine Nachricht ist eine gute Nachricht«, sagte der Mesner deshalb ungefragt, als sie mit dem Bier zurückkam. »Solang du nichts hörst, lebt er.«

In der kargen Wirtsstube mit ihren drei hölzernen Tischen hinter einer Garderobe, die die Sicht auf die Tür versperrte, wurde es langsam dunkel, und bald konnte man die Namen der Gefallenen aus dem Krieg 14/18, die in kunstvoller Schrift in eine große Tafel an der Wand neben dem Kachelofen graviert worden waren, nicht mehr lesen. Der Mesner hatte die letzten Minuten darauf gestarrt. Er war als junger Mann in diesem Krieg gewesen und mit einer kaputten Lunge zurückgekommen. Unfassbar eigentlich, dass schon wieder eine Generation auf den Schlachtfeldern irgendwo in der Fremde ihre Gesundheit ruinierte oder sogar ihr Leben verlor. Dabei war es ursprünglich nur um Gerechtigkeit für Deutschland gegangen, dachte der alte Mesner. Er ließ sich in seine düsteren Gedanken fallen, aus denen ihn eigentlich immer nur das Gebet rettete. Heute aber war die Andacht schon vorüber.

Es war still in der Wirtsstube, der alte Schickaneder unterhielt sich leise mit dem Bauern links von ihm, der junge Schickaneder saß sprungbereit auf der Stuhlkante am Stammtisch und starrte auf den immer noch schweigend vor sich hin brütenden Kranseder, und der Bäckerbub am Tresen überlegte sich gerade, ob er sich zu Hermann, seinem Altersgenossen, setzen durfte.

Resi brachte eine neue Runde Bier. Sie wischte sich die Hände an der Schürze ab und suchte nach Blickkontakt. Doch niemand sah sie an. »Die Amerikaner«, begann sie, ohne jemanden Bestimmten anzusprechen, zog die Vorhänge zu und zündete die Funzeln an der Wand an, »die wollen, dass wir weiße Fahnen in die Fenster hängen. Es heißt, dass in den Häusern, an denen weiße Fahnen hängen, niemand erschossen wird.«

Das war zu viel für den jungen Schickaneder. »Fahnenflucht!«, schrie er sie an und Resi erstarrte.

»Die haben die Donau schon überquert«, meldete sich jetzt Kranseder. »In ein paar Tagen sind die da und wir werden alle erschossen. Totaler Krieg, habt's das vergessen? Wurscht, was du in dein Fenster hängst. Wir haben verloren.«

»Verräter!«, zischte es am Tresen. Es war der Bäckerbub, unsicher, ob er irgendwo dazugehören durfte.

Am Stammtisch wurde es unruhig.

»Du hältst besser dein Maul, Kranseder!«, hob schließlich Ignaz Schickaneder an, der offensichtlich von den anderen am Tisch durch Zunicken zum Sprecher erklärt worden war. Er deutete mit dem Finger auf den scheinbaren Landesverräter. »Der Feind hört mit. Wenn du solche Reden hältst, muss ich dich melden.«

Jetzt hielt es den jungen Schickaneder, den 16-jährigen Hermann, nicht mehr am Tisch. Mit hochrotem Kopf sprang er auf und warf dabei seinen Stuhl um. Er ging ein paar Schritte auf Kranseder zu, blieb jedoch mit einigen Armlängen Sicherheitsabstand vor dessen Platz stehen. »Du bist ein Haderlump, Kranseder! Bist nach deinem Kopfschuss so gut wie neu, sitzt aber im Wirtshaus und lässt andere für dich kämpfen! Der Teufel soll dich holen! Du …«

Das riss den Mesner aus seinen trüben Gedanken. Was weiß der Bub schon von Kriegsverletzungen?

»Versündige dich nicht«, schnitt er ihm das Wort ab, wie immer zur Stelle, wenn jemand Hitler und die Religion nicht strikt trennte. »Nur der Herrgott darf richten …«

Diese Art von Bigotterie ärgerte wiederum den Schickaneder-Vater.

»Ach, hör mir auf, du scheinheiliger Hund, du!«, fuhr er dazwischen. »Wo war denn dein Gott, als mein Konrad Typhus bekommen hat? Hat die Beterei was genutzt? Ist er meinem Anton an der Front beigestanden? Allein stark sein musst du. Auf der Seite der Stärkeren musst du stehen. Denn nur der Starke gewinnt.« Bei den letzten Sätzen sah er seinen halbwüchsigen Sohn an, der, weil der Nachzügler Lorenz zu klein war, ganz allein dem Vater die beiden verlorenen Söhne ersetzen musste. Da flog die Tür auf.

»Der Bürgermeister hat sich erschossen!«

Neben der Garderobe am Eingang zur Gaststube des Greimerbräu stand der Schmied wie ein Bote aus der Hölle. Andreas Schmied war ein Berg von Mann mit einem König-Ludwig-Bart und einer knielangen Lederhose. Einer von den Bauern, die mit den Nazis nichts anfangen konnten, weil das Habenichtse waren. Vor allen Dingen jedoch, weil sie Preußen waren und als solche darüber bestimmen wollten, wie er, der Schmied, mit seinem Grund und Boden umging, den er von seinem Vater und Großvater bekommen hatte. Im Widerstand war der Schmied nicht, aber dagegen war er. Und zwar schon immer. »Unsere Fahne ist blau-weiß. Unser Feind, das ist der Preiß«, sagte er oft. Seit 1939 nicht mehr laut, sondern nur in der Sicherheit seiner Stube.

Vor ein paar Tagen hatte er es im Radio gehört:

»Achtung, Achtung! Sie hören den Sender der Freiheitsaktion Bayern. Die Stunde der Freiheit hat endlich geschlagen. Die Kapitulation steht unmittelbar bevor.

Schützt eure Betriebe gegen Sabotage durch die Nazis, sichert Arbeit und Brot für die Zukunft. Beseitigt die Funktionäre der nationalsozialistischen Partei …«

Da hatte er gehofft, dass es endlich ein Ende hätte mit dem ganzen Volkssturm- und Endsieg-Unsinn. »Verbrannte Erde«, das war ganz und gar undenkbar für den Schmied. Danach hatte es wieder Tote gegeben. Im Nachbardorf hatten SS-Schergen fünf Männer und eine Frau auf dem Dorfplatz als »Aufständische« aufgeknüpft. Menschen, die sich gegenseitig umbrachten, weil die einen bis zum letzten Mann kämpfen und die anderen nicht in letzter Sekunde ihr Leben verlieren wollten. Deswegen konnte der Schmied nicht mehr stillhalten und war nach dem Melken am späten Nachmittag losgezogen, um den Hintersbrunner Bürgermeister zu überreden, die Beflaggung des Dorfes mit weißen Fahnen anzuordnen. Er musste es wenigstens versuchen. Damit beim erwarteten Einmarsch der amerikanischen Armee kein weiteres Leben geopfert und kein weiteres Land vernichtet wurde. Doch der Bürgermeister hatte bereits einen anderen Ausweg für sich gewählt.

Und jetzt stand der Schmied hier, in der spärlich beleuchteten Wirtsstube des Greimerbräu, und alle Anwesenden mit Ausnahme von Kranseder sprangen von ihren Stühlen. Alle schrien durcheinander. Resi war verschwunden. Wie immer, seitdem ihr Mann in den Krieg gemusst hatte, ließ sie die Streitereien im Wirtshaus geschehen und schloss sich in der Küche ein. Der Bäckerbub starrte mit offenem Mund den Schmied an. Schließlich war es wieder Schickaneder, der das Wort ergriff.

»Ruhe! Ruhe! Es hat doch keinen Sinn herumzubrüllen! Der Bürgermeister ist tot. Wir müssen jetzt überlegen, was zu tun ist. Wenn wir uns ergeben …«

»Niemals!«, schrie sein Sohn, der mit dem Heldentod seines älteren Bruders in Russland schnell erwachsen und grimmig geworden war.

»Niemals!«, stimmte der Bäckerbub ein, blieb aber etwas verdeckt hinter dem Tresen stehen.

Der junge Hermann war selbstsicherer: »Unser Volkssturm wird die Amerikaner zurückdrängen. Alles andere ist Landesverrat!«

»Jeder weitere Widerstand ist Unsinn, Bub«, antwortete der Schmied und er klang fast ein wenig väterlich. Er ging einen Schritt auf den aufgebrachten Jungen zu und schüttelte langsam den Kopf. »Es wäre ein Verbrechen am Volk, verstehst du das nicht?«

»Dann muss das Volk untergehen!«, schrie der Bub, trat einen Schritt zurück in die Sicherheit des Stammtisches und blickte in die Runde. Zuerst zum Mesner und zu Kranseder, danach zu den anderen Bauern an seinem Tisch und schließlich zu seinem Vater, um sich dessen Beifall abzuholen.

»Du bist viel zu jung, um das zu verstehen«, sagte der Mesner und Kranseder schüttelte den Kopf.

»Was hat das mit meinem Alter zu tun?« Der junge Schickaneder wurde noch dunkler im Gesicht, als er es ohnehin schon war, seit von Kapitulation gesprochen wurde.

»Ihr seid mir ja saubere Helden«, sprang ihm sein Vater bei, der in Wahrheit überhaupt keine Ahnung hatte, was um Gottes willen in diesem Moment zu tun sei.

»Führer, wir folgen dir, und jetzt, wo es eng wird, auf einmal nicht mehr?«

»Den Arsch kannst du dir abwischen mit deinem Fahneneid!« Kranseder war langsam aufgestanden und stellte sich an Schmieds Seite. Wieder schrien alle empört durcheinander. So etwas war einfach unerhört. Aus dem Munde eines Veteranen.

»Seid vernünftig«, beharrte der Schmied. »Gebt Ruhe und denkt einmal nach!« Er wartete, bis er die Aufmerksamkeit aller hatte. Dann fuhr er fort. »Der Amerikaner steht in Landshut. Unsere Truppen haben sich aufgelöst. Es gibt keine Munition mehr. Der Kampf bis zum letzten Mann kotzt die Leute an. Soldaten und Zivilbevölkerung warten auf das Ende. Es gibt nur Kapitulation oder Tod.«

»Dann weiß ich, was ich wähle!« Der zornige Bub war nicht zu überzeugen und griff unter seine Weste.

»Lass dein Schießeisen stecken!« Jetzt schrie der Schmied und deutete mit dem Finger auf den Jungen. »Ich könnt schneller sein als du!«

Der Bub erstarrte, fing sich aber wieder und antwortete fast leise: »Du, Schmied, du kannst mir nicht drohen!«

»Verprügeln kann ich dich«, erwiderte der Schmied und lächelte.

»Draußen«, ergänzte Kranseder und beide, der Schmied und er, verließen die Gaststube. Die Tür fiel zu. Der Bub blickte in die Runde. Als niemand etwas sagte, folgte er den beiden und sein Vater ging hinterher. Zurück blieben zwei Bauern, der Mesner und der Bäckerbub, und keiner sagte ein Wort. Einen Augenblick später hörten sie einen Schuss und stürzten hinaus.

Draußen vor der Eingangstür zum Greimerbräu lag der Schmied mit starren Augen in seinem Blut. Der Kranseder kniete neben dem Toten und versuchte, ihn aufzurichten. Daneben stand Schickaneder und sah ihm ungläubig dabei zu. Sein Sohn war verschwunden. Nur der Mond beleuchtete die unwirkliche Szene, die sich dem Mesner, den zwei Bauern und dem Bäckerbuben bot, als sie aus der Tür traten. »Der Bub …«, stammelte der Schickaneder und sah die neu hinzugekommenen Zeugen an.

Da sprang Kranseder auf.

»Damit kommst du nicht durch!«, schrie er, drohte mit der Faust und verschwand ebenso wie der vermeintliche Todesschütze in der Dunkelheit. Aber es war noch nicht vorbei.

Der Bäckerbub wusste, wo sich Hermann versteckte. Unter der kleinen Brücke am Bach, seit Kindertagen kannte er das Versteck. Gleich nachdem der Kranseder den Tatort verlassen hatte, hatte sich der Bäckerbub in die unbeleuchteten Dorfstraßen verdrückt und einen Bogen hinter den wenigen Häusern geschlagen, damit niemand sehen konnte, wohin er ging. Und tatsächlich. Da saß der Schickaneder Hermann zusammengekauert unter der Brücke. Der Bäckerbub kletterte die kleine Uferböschung hinab und setzte sich auf die Steine neben ihn.

»Du hast den Verräter erschossen!«, lobte er, bevor er merkte, dass Hermann weinte.

»Ich hab zu sehr gezittert«, brachte der schließlich hervor. »Mein Vater hat ihn erschossen. Hat meine Pistole genommen und dem Schmied in den Kopf geschossen.«

Der Bäckerbub stierte auf den schwarzen Bach unter ihnen. Er verstand gar nichts mehr. Hatte Schickaneder nicht gesagt, dass Hermann den Schmied erschossen hätte?

»Ich bin feige gewesen. Mein Bruder dreht sich in seinem Ehrengrab um«, jammerte Hermann weiter.

Dem musste er jetzt widersprechen, der Bäckerbub. Noch war das Ansehen seines bewunderten Altersgenossen zu retten.

»Dein Vater hat's niemandem gesagt. Er hat gesagt, dass du den Schmied erschossen hast. Du bist der Held, der die Landesverräter aufgehalten hat!«

Der junge Hermann hörte auf zu weinen und schaute ihn verständnislos an. Da dämmerte es ihm. Er konnte seinem Vater nicht mehr unter die Augen treten. Erst musste er beweisen, dass er doch für das Vaterland zu kämpfen verstand. Er fühlte nach der Pistole, die ihm sein Vater nach dem Schuss mit den Worten »Hau ab!« wieder in die Hand gedrückt hatte. Und er wusste, was zu tun war.

Am sonnigen Morgen des 1. Mai erschienen drei Sherman-Panzer oben auf dem Hügel und rollten langsam die Straße hinunter nach Hintersbrunn. Auf den Dorfstraßen war niemand zu sehen, kein Kamin rauchte, keine Kuh graste auf den Wiesen, kein Vogel flog. Hintersbrunn war wie ausgestorben. Bis auf das Grollen der Tanks herrschte Grabesruhe. Die Menschen im Dorf erwarteten ihren Untergang still in ihren Stuben sitzend. Nur hinter den Brombeerbüschen vor der Bäckerei, da lauerte der junge Hermann Schickaneder. Erst als die

Panzer die Dorfgrenze passierten und endlich direkt vor ihm waren, da richtete er sich auf, streckte seine Pistole weit von sich und feuerte drei Schuss auf sie ab. Ein paar Sekunden lang passierte gar nichts, außer dass die Panzer ein paar Meter weiterrollten. Die restliche Welt stand still und Hermann ebenso. Dann stoppten die Panzer mit einem Ruck. Langsam drehte sich der Geschützturm des ersten Fahrzeugs in Richtung der Brombeerbüsche. Ein ohrenbetäubender Kanonendonner zerriss die Luft und den Buben. Die Panzer setzten sich wieder in Bewegung. Nach und nach erschienen weiße Bettlaken an den Fenstern von Hintersbrunn.

Die amerikanischen Soldaten drangen in jedes Haus ein und fanden überall beiseitegestellte Hitlerbilder und untertänige Mienen. Keine Waffen. Wer eine besaß, hatte sie klugerweise im Garten oder in den Wäldern rund um Hintersbrunn vergraben. Die Amis verteilten Kaugummi und Schokolade an ein paar verschreckte Kinder, die die ersten schwarzen Männer ihres Lebens sahen, und am frühen Nachmittag waren die Panzer wieder abgezogen. Hintersbrunn hatte beim Feind kein besonderes Interesse erregt.

Am Abend trauten sich die Menschen wieder vor ihre Türen. Leise besprachen sie die Lage. Ein paar Frauen halfen dem gebrochenen Schickaneder beim Aufsammeln der Reste seines Sohnes. Auch die anderen beiden Toten wurden vom Mesner und seinen Helfern ins kleine Leichenhaus neben der Pfarrkirche gebracht und auf ein paar eilig zusammengetragenen Latten aufgebahrt, die man mit einem Leintuch bedeckt hatte. Da lagen sie nun einträchtig nebeneinander. Der von eigener

Hand gerichtete Nazibürgermeister, der aufständische Schmied und sein vermeintlicher Mörder, der zerfetzte Schickanederbub. Ein paar Dorfbewohner hatten sich versammelt, um zu beten. Leise murmelten die Anwesenden ein Vaterunser und der Pfarrer gab ihnen seinen Segen. Man bekreuzigte sich und starrte hauptsächlich auf den rotbraunen Steinboden des schmucklosen Raums. Den anzusehen war leichter, als die eigene Schuld in den Augen des Nachbarn zu erblicken. Nach einer Weile trotteten die Dorfbewohner zögerlich in die Überreste ihrer Leben zurück. Die neueste Nachricht war noch nicht bei allen angekommen und in dieser Situation war sie so weltbewegend wie belanglos. Der Mesner sprach sie dennoch aus: »Der Hitler ist übrigens auch tot«, sagte er.

8

Dass der alte Bäckermeister gleich ins Gras beißen würde, damit hatte Django nicht gerechnet. Und er hat es nicht gewollt. Verdient hat es der alte Tattergreis trotzdem, dachte er.

Es war ein heißer Sommertag gewesen, wenige Wochen vor der Bürgerversammlung, als Djangos alte Wunden wieder aufbrachen.

Er hatte gerade ein großes Bauprojekt in Arbeit, ein Altenheim im Nachbarort, und sein einziges Problem war, ob er es ohne Prestigeverlust schaffen würde, seinen dementen Vater, den Altbürgermeister Lorenz Schickaneder, dorthin zu verfrachten, sobald es fertig wäre. Danach könnte er endlich das marode Bauernhaus abreißen, in dem der Alte vor sich hin dämmerte. Der Vater war zu nichts mehr zu gebrauchen. Seit ein paar Jahren schon wartete Django nun auf dessen Tod, aber er starb einfach nicht. Kostete nur. Pflegedienst, Putzfrau, Essen, Medikamente. Als angesehener Unternehmer durfte er sich da nicht lumpen lassen.

»Er soll in seinem Bürgermeisterbüro sterben dürfen«, sagte er jedem, der ihn nach dem Gesundheitszustand seines alten Vaters fragte. Das brachte Sympathien. Dabei hatte der Alte keinen Schimmer mehr, wo er war.

Er lebte schon lange in einer verwirrten Welt aus seiner Vergangenheit und war nur ganz selten so klar im Kopf, dass er verständliche Worte über die Lippen brachte.

Heute war es wieder so weit. Django wollte nach der Arbeit auf der Baustelle kurz nachschauen, ob der Pfleger alles so abgesperrt hatte, dass der alte Mann nicht an den Ofen kam und womöglich den ganzen Hof in Brand steckte. Er warf einen kurzen Blick in die ehemalige Bürgermeisterstube und der Alte saß nicht wie gewohnt am Küchentisch und brummelte vor sich hin, sondern stand aufrecht mitten in der Stube zwischen den Holzgeländern, schaute ihn mit überraschend klaren Augen an und tischte ihm diese skandalöse Geschichte auf, die alles ins Rollen brachte.

»Du warst nicht dabei, Bäck!«, sagte der Alte zu Django, der es gewohnt war, von seinem Vater für irgendjemand anderes gehalten zu werden. »Der Hermann hat's dir gestanden.«

»Was redest du da, Vater?«, fragte Django und packte ihn grob am Arm, um ihn zurück zu seinem angestammten Platz zu zerren. Sein Vater wehrte ihn ab. Er legte einen Finger an den Mund und starrte Django an. »Der Vater hat ihn umgebracht«, fuhr er fort. »Den Schmied. Ein Mörder war er, mein Vater.«

Django riss die Augen auf. Noch nie hatte der Vater das alte Familiengeheimnis offen ausgesprochen.

»Des weiß keiner«, antwortete er, der die Wahrheit seit der Nacht kannte, die mit dem Tod des Kranseder geendet hatte. Und die er, genauso wie seinen tödlichen Besuch bei Kranseder, weiterhin im Dunkeln belassen wollte. Das fehlte noch, dass sie der blöde Alte nach so langer Zeit jetzt ausplapperte. Blitzschnell ging Django die Pfleger durch, als ihn sein Vater aus den Gedanken riss.

»Der Bäck«, beharrte der Vater und fing an zu weinen, ohne den Blick von Django abzuwenden.

»Jaja«, antwortete Django gespielt gelangweilt und versuchte, ihn zu beruhigen. Damit die alte Geschichte wieder in den dunklen Ecken der verworrenen Hirnwindungen seines Vaters verschwand. Django hatte für sich die Untat seines Großvaters längst verharmlost. Auch wenn es stimmte, dass der angesehene Ignaz Schickaneder in Wahrheit ein Mörder war. Der Großvater hatte nach geltendem Recht gehandelt, und das im Nachhinein als Unrecht zu klassifizieren, war überflüssig, sagte sich Django. Und der Onkel hätte sich ohnehin vor die Ami-Panzer geworfen. Immerhin hatte Großvater durch diese kleine Schuldverschiebung, die niemandem geschadet hatte, viel leisten können. Das ganze Dorf sollte eigentlich tägliche Dankesprozessionen an sein Grab veranstalten, wiederholte Django im Kopf, da brachte ihn etwas aus der Ruhe. Was faselte der grenzdebile Alte da eigentlich vom Bäcker?

»Was hat der Bäcker mit der ganzen Sache zu tun?«, fragte Django also, nachdem er seinen Vater endlich zum Küchentisch hatte führen können.

»Hab ihn bezahlt und er war still.«

Django setzte sich zu ihm. Er versuchte es noch ein paarmal, aber nach diesen Worten kam kein vernünftiger oder auch nur verständlicher Satz aus dem Alten heraus.

Am nächsten Morgen wachte Django mit einem bitteren Verdacht auf. Kann es sein, dass der alte Bäcker von der Familienlüge wusste und den Vater deswegen erpresst hat? Ja klar. »Hab ihn bezahlt und er war still«, hatte der Vater gesagt. Selbst wenn er wenig Vernünftiges über die Lippen brachte, der alte Narr, zu einer Lüge war er garantiert nicht mehr fähig. Der Bäcker war ein Erpresser! Während er sich Kaffee machte, stieg die Wut in Django auf wie Hochwasser. Diese Drecksau, dieser Schnorrer. Hat sich einfach bedient. Von dem Geld, das eigentlich ihm, Django, zugestanden hätte. Sein ganzes Leben lang ist er zu kurz gekommen. Hat nichts geschenkt bekommen. Hat sich alles selbst verschaffen müssen. Geholfen hat ihm keiner. In Wahrheit haben alle immer nur von ihm profitiert. Und jetzt hat sich noch einer, schon wieder einer, auf seine Kosten bereichert!

Django war entschlossen zu handeln. Die Karten mussten auf den Tisch und es musste abgerechnet werden. Er stand auf und fuhr in seinem BMW, einem orangegefarbenen Liebhabermodell aus den 1970er-Jahren, mit einem Affenzahn ins Dorf. Er parkte vor der ehemaligen Bäckerei. Der alte Bäckermeister saß an seinem Küchentisch, beide Hände um eine schmutzige Tasse gelegt, und sah erstaunt hoch, als Django über den ehemaligen Laden eintrat, ohne anzuklopfen. Er setzte sich gegenüber an den Tisch.

»Hast du meinen Vater erpresst?«, fragte er geradeheraus.

Der betagte Mann fing an zu zittern.

»Hast du Drecksau meinen Vater erpresst?«, schrie Django jetzt.

Der Bäcker fing an zu stammeln. »Ich habe nichts als Arbeit gehabt. Allein mit einem Blagen. Und er hat alles gehabt. Bürgermeister wollte er werden … Es war ja nicht viel, was ich wollt …«

Django sprang auf, packte den Greis am Kragen und zog ihn von seinem Stuhl. Am liebsten hätte er ihn gegen die Wand gedonnert. Aber er beherrschte sich. Einmal war genug. Außerdem hatte er einen anderen Plan. Die Sau musste ihm das Geld zurückgeben. Langsam ließ er ihn los. Der alte Bäckermeister schnaufte, stützte sich am Tisch ab und glitt langsam zurück auf seinen Stuhl.

Django setzte sich wieder gegenüber und versuchte, sich zu beruhigen. Zunächst musste er herausfinden, was der Bäcker wirklich wusste. »Du hast also meinen Vater erpresst. Und was, glaubst du, hast in der Hand gehabt gegen ihn?«

Der Bäcker fing wieder an zu zittern, allerdings nicht mehr so stark. Er hatte sich damit abgefunden, dass die Sache herausgekommen war.

»Dass der Ignaz ein Nazi war und keine weiße Fahne hat hissen wollen, als die Amis gekommen sind. Dass er einen umgebracht hat. Und dass er nach der Kapitulation so getan hat, als ob es sein Bub gewesen wäre.«

Also doch. Der Bäcker kannte die Wahrheit von damals. Django tat sich schwer, sich im Zaum zu halten, schaffte es aber.

»Wie viel hat er dir geben müssen?«

»50.000 Mark«, sagte der Bäcker leise und blickte Django nicht mehr an.

»Mark? Wie lang ist das denn her?«

»Wie er Bürgermeister werden wollte, dein Vater. Wie der Ignaz tot war.«

»Also vor 40 Jahren. Und was hast du mit dem ganzen Geld gemacht?«

Der Bäckermeister dachte nach.

»Weg ist es«, antwortete er zögerlich und fing wieder stärker an zu zittern. Zu Recht, denn Django schlug mit der flachen Hand auf den Tisch.

»Du Dreckhammel, du elendiger!«, schrie er. »Das ist mein Geld! Das ist mein Geld, das du verfressen hast!«

Eine Weile saßen beide erschöpft am Küchentisch im alten Bäckerhaus. Da hatte Django eine neue Idee. Ein Geistesblitz schoss ihm ins Hirn: Der Bäcker sollte ihm zur Wiedergutmachung sein Haus überschreiben. Gutes Grundstück hier mitten im Dorf.

Obwohl er alles richtig gemacht hat, wälzt sich Django durch schlaflose Nächte in diesen spätsommerlichen Tagen nach der Beerdigung des alten Bäckermeisters. Es ist alles komplizierter geworden, als er gedacht hat. Erst wollte er sich nur sein Geld zurückholen vom alten Bäcker. Dann kommt der Sackbauer mit dieser beschissenen Idee von einem Mahnmal und anschließend plaudert der Bäcker mit seinem letzten Atemzug beinahe alles aus. Und jetzt lässt sich dieser hochnäsige Professor von der Warnung mit dem Hund nicht beeindrucken und die neugierige Bäcker-Gundi stochert in der Sache herum. Verbündet sich mit dem Sackbauer und fragt alle möglichen Leute aus über damals. Neulich hat sie ihm sogar öffentlich unterstellt, dass er sich das Grundstück von Sackbauer unter den Nagel reißen wolle. Das läuft alles zu sehr aus dem Ruder, denkt Django. Irgendwann wird wieder über den Selbstmord vom Kranseder gere-

det. Es könnten Steine umgedreht werden. Sein Großvater ist die eine Sache, wichtiger ist jedoch, dass sein
eigenes Verbrechen vor mehr als 20 Jahren nicht auf-
gedeckt wird. Das braucht kein Mensch, denkt er, dass
der Sackbauer und die Bäckerstochter die alte Sache mit
dem Kranseder wieder aufkochen. Und weil die Lage
verfahren ist, hat Django langsam das Gefühl, dass er
vielleicht irgendwo einen Fehler gemacht hat.

9
WINTER 1995

»Der Teufel scheißt immer auf den größten Haufen«, sagt man in Hintersbrunn. Als es nach dem Krieg allen wieder besser ging, bekamen die Kranseders nichts davon ab. Bis zu ihrem Tod lebten die beiden Eheleute auf ihrem heruntergekommenen Hof wie vor hundert Jahren, abgeschottet vom Fortschritt der modernen Welt.

Mitten im Zweiten Weltkrieg hatte Josef Kranseder geheiratet. Die Eheleute bewirtschafteten ihr kleines Anwesen auf einem Hügel über Hintersbrunn, das nicht viel hergab, und doch rangen sie dem Boden Gemüse und Getreide ab. Sie hatten schwielige Hände, einen krummen Buckel und ein karges Auskommen. Ein paar Felder, Stall und Wohnung unter einem Dach, zwei Kühe, sieben Hühner und zwei schrundige Apfelbäume. Keinen Strom, kein fließendes Wasser. Einen Brunnen vor dem Haus, einen Abort dahinter. Glücklich zu werden, war damals noch nicht erfunden gewesen, man hatte seine Arbeit zu tun an dem Platz, den der Herrgott für einen vorgesehen hatte. Auch im Krieg. Nicht einmal seine schwere Kriegsverletzung ließ den Kranseder am rechten Willen Gottes zweifeln. Nur von der Welt wandte er sich ab in stummem Protest. Seine Frau fügte sich gottergeben in das Leben ein, das der Mann ihr vorgab und vorlebte. Und während draußen nach dem Krieg das Wirtschaftswunder über Deutschland rollte, die Landwirte in Hintersbrunn sich Maschinen kauften und Kunstdünger, während Elektroherd und Waschmaschine, Telefon und Fernseher Einzug hielten, während Gundi und Franz »Schickeria« hörten, verweigerten sich die Kranseders all diesen Neuerungen. Sie klaubten weiter die Kartoffeln mit bloßen Händen aus der Erde und wurden zu den Schreckgespenstern der Kinder im Dorf. Für die wenigen Einkäufe, die er zu machen hatte, für Mehl, Salz und Petroleum ging der hagere Mann ins Nachbardorf. Zweimal im Jahr brachte die Kransederin ein paar gesammelte Kräuter zur Kramer Res, im Austausch für andere Lebensmittel. Ansonsten besuchten sie weder Nachbarn noch die Sonntagsmesse und lebten zurückgezogen in ihrer selbst gewählten Einsamkeit. Die Dorfkinder erzählten sich Schauergeschichten über die beiden. Dass der Kranseder Besucher mit der Mistgabel töte. Dass die Kransederin eine Hexe sei, die jeden verwünschte, der sie länger anschaue. Sich dem Kransederhaus zu nähern, wagten deshalb nur die Mutigsten. Selbst Django, der als Neunjähriger noch nicht Django hieß, aber schon einmal einer lebendigen Maus den Kopf abgebissen hatte, traute sich nur wie der Teufel rennend daran vorbei. Einen wahren Kern hatten die Schauergeschichten tatsächlich, das wussten die Älteren im Dorf: In den 1960er-Jahren vertrieb Kranseder einen besonders hartnäckigen Beamten der Flurbereinigung mit der Mistgabel vom Hof. Und die Kräuter der Kransederin wirkten wirklich wahre Wunder. Was Kranseder so verbittert hatte, darüber gab es nur Spekulationen. Dass dem Kriegsheimkehrer die Rente verweigert worden sei, sagten die einen. Dass er nicht mehr richtig im Kopf gewesen sei nach dem Krieg, sagten die anderen.

Fünf Jahrzehnte lebten sie am Rand von Hintersbrunn still vor sich hin, es hätte auch der Rand der Welt sein können. Die Kranederischen wollten so leben. So arm und so einsam. Und das Dorf ließ sie.

Es war kurz nach Weihnachten 1994, da musste die Kranederin gestorben sein. Genau konnte das niemand sagen. Es ging auf alle Fälle auf Neujahr zu, als der Kranseder mit seinem von einer Kuh gezogenen Heuwagen am Pfarrhof läutete. Sehr zur Verwunderung des damaligen Pfarrers Kobl, der Kranseder noch nie in der Kirche gesehen hatte. Auf dem Heuwagen, in eine grindige Decke gehüllt, lag die tote Kranederin. Der Pfarrer rief den Gemeindediener und mit ein paar Mannen brachte man den Leichnam ins Pfarrhaus. Der Arzt aus dem Nachbarort wurde gerufen, der feststellte, dass die Kranederin zwar extrem abgemagert, aber nicht daran, sondern an Altersschwäche gestorben sei. Vom Pfarrer erfuhr die Naderin, dass die Kranederin ganz blau gewesen sei. Das beflügelte ihre Fantasie. Ebenso die Tatsache, dass sie nicht in der Christmette gewesen war. Sie schloss daraus selbstständig, dass Kranseder seine Frau erwürgt hatte, weil sie zur Mette gehen wollte.

Kranseder bekam das Gerede im Dorf nicht mit. Er war, nachdem er seine tote Frau beim Pfarrer abgegeben hatte, mit Kuh und Wagen wieder heimgefahren. Zur

Beerdigung kam er nicht. Zwar wurde der Gemeindediener vor der Beisetzung wegen all der Formalitäten und Modalitäten noch einmal bei Kranseder vorstellig, doch er konnte den apathischen alten Mann zu nichts bewegen. Und so beschloss der Gemeinderat, für alle Unkosten aufzukommen. Nach der Beerdigung der Kransederin blickte man im Dorf ein paar Wochen lang gespannt auf den Kransederhof, da oben auf dem Hügel. Ob sich da was rührte, ob sich da was veränderte. Man sah nur Rauch aus dem Kamin aufsteigen und Kranseder, wie er Holz reinholte oder mit umgeschnalltem Rucksack ins Nachbardorf zum Einkaufen ging. Die Kramerin dort, in Bruck, berichtete, er sei wie immer gewesen.

Das neue Jahr begann mit einem frostigen Wintereinbruch, in Hintersbrunn lebte man weiter und das Interesse an Kranseder ließ bald nach. Man hatte mit den eigenen Dingen genug zu tun.

Nur die Kramer Res dachte länger über Kranseder nach. Weil die Kransederin immer so dankbar gewesen war für die Lebensmittel, die sie ihr bei deren Feiertagsabstechern ins Dorf zusätzlich zu den zwei Mark Kräutergeld gegeben hatte. Manchmal hatte sie ihr auch ein paar frische Kirschen oder ein paar Orangen zugesteckt. Manchmal Lebkuchen oder eine Packung Kekse oder zwei Dosen Sauerkraut. Einmal sogar eine ganze Salami. Wegen der christlichen Nächstenliebe. Beim letzten Mal, es muss dann wohl Pfingsten gewesen sein oder Fronleichnam, da hatte die Kransederin erzählt, dass ihr Mann alles durcheinanderbringe und dass sie manchmal Angst habe, er könne sich auf seiner Einkaufstour verlaufen und nicht mehr heimfinden. Und weil die Kramer Res eine wirklich gute Seele war, die sich immer um andere kümmerte, ging sie mit einer Idee zum nächsten Treffen des Frauenvereins.

»Ich muss mit euch über den Kranseder reden«, begann sie. »Ich glaub nicht, dass der sich allein versorgen kann.« Und dann erzählte sie vom letzten Besuch der Kransederin und von den Vorwürfen, die sie sich jetzt machte.

»Ich hätt das merken müssen, die gute Frau war ja im Sommer schon so mager. Ich will ja nichts sagen, aber ehrlich, wenn ihr mich fragt, ich glaub ja, dass die verhungert ist. War ja nur Haut und Knochen.«

»Habt ihr nicht gehört, dass die ganz blau war?«, frischte die Naderin ihren Verdacht wieder auf. »Der Kranseder war ein Zorniger, das haben wir alle immer gewusst«, sagte sie. »Ich sag euch, der hat sie umgebracht.«

»Unsinn«, antwortete die Kramer Res. »Ich habe geredet mit ihr, im Sommer, als sie das letzte Mal da war. Da hat sie mir erzählt, dass er langsam zu alt wird für die schwere Feldarbeit. Dass er sich nicht mehr recht auskennt. Ausgemergelt hat sie ausgeschaut, nicht verprügelt! Und jetzt ist Winter. Wann war er letztens unterwegs zum Einkaufen? Weiß das wer? Wahrscheinlich hat er's auch nicht warm da oben. Und seine Speisekammer ist ganz gewiss nicht voll!«

»Aber die hätten irgendwann was sagen müssen, wenn die nichts mehr zum Fressen hatten«, kam ein Einwand, den die Res nicht gelten ließ.

»Weißt es doch, wie stolz die waren.«

»Das gibt es nicht! Verhungert! In der heutigen Zeit!«

Langsam dämmerte den Frauen, dass es das vielleicht doch gegeben haben könnte. Aus dem anfänglichen Unglauben wurde Fassungslosigkeit, danach Mitleid, und eine Weile ging es ziemlich durcheinander. Ob es grundsätzlich möglich sei, dass man heutzutage verhungere, ob das der Arzt nicht hätte merken müssen und ob das eine Sache für die Polizei gewesen wäre.

»Wie alt sind die beiden jetzt eigentlich, oder er? Wie alt ist denn er?«, fragte schließlich eine.

»Der war im Krieg, als Soldat. Also muss der jetzt Mitte, Ende 70 sein«, wusste eine Ältere.

»Unsere Oma war zum Schluss auch so durcheinander, dass sie das Essen vergessen hat«, trug eine andere bei, und man kam im Reden überein, dass die Kransederin verhungert sei, weil die beiden Eheleute vielleicht nicht zu stolz, sondern schlicht zu alt und verwirrt gewesen seien, um sich ihrer lebensbedrohlichen Situation bewusst zu sein. Die Schlussfolgerung lag auf der Hand: Kranseder schwebte in Lebensgefahr und es musste dringend etwas getan werden.

Also buk die Scheidangerin, kaum dass sie wieder zu Hause war, ihren berühmten Hefezopf und tat so viele Rosinen hinein wie sonst nur an Festtagen. Die Hallbergerin spendierte einen großen Presssack. Einen Kasten Bier, drei Dauerwürste und ein Stück Geräuchertes, zwei Laibe Brot, ein paar Rohrnudeln, drei Stück Butter und fünf Pfund Mehl gaben die anderen Frauen dazu. All das packten sie anderntags auf einen Handwagen und karrten ihn in einer Art Prozession, angeführt von der Kramer Res und ihrer Tochter Liesi, die jetzt im Laden der Mutter mitarbeitete, den Berg hinauf zum Kransederhof.

Eigentlich hätten die Glocken läuten müssen, so erhebend war die Stimmung unter den Frauen.

Aber Kranseder war nicht da.

Zuerst klopfte man zaghaft, dann fester. Liesi trat schließlich ein. Sie war das einzige Dorfkind gewesen, das die Kransederin im Laden ihrer Mutter leibhaftig zu Gesicht bekommen hatte. Und diesen Anblick hatte sie nie mit den Erzählungen von einer Hexe vereinbaren können.

Ein grober Holztisch stand in der Mitte der dunklen Stube, darauf eine kleine Schüssel und ein verbeulter Kochtopf. In der Ecke der Holzofen, in dem ein paar Holzscheite die Stube leidlich wärmten, am Ofenrohr hingen ein Hemd und ein Paar Socken zum Trocknen. Dahinter lag ein mit einem schmutzigen Tuch spärlich abgetrennter Schlafbereich. Liesi spähte hinein. Er war nicht da, der Kranseder. Und weil es nicht besonders gut roch und weil jetzt die Schauergeschichten der Dorfkinder doch die Oberhand gewannen, machte sie kehrt und schloss die Haustür von außen. Man einigte sich darauf, den kleinen Wagen vor der Tür stehen zu lassen. Man war ja nicht auf Dank aus.

Nach diesem ganzen Aufheben stand dem Kranseder nicht der Sinn. Er wollte nur seine Ruhe. Die bekam er aber nicht. Denn die Stimmung im Dorf in den ersten Wochen des Jahres 1995 sollte sich noch mal drehen.

»Der Hund, der miserablige!«, begrüßte Bernleitner seine Mitstreiter. Wie jeden Dienstagabend saß der neu gegründete »Gewerbestammtisch Hintersbrunn« beim Bräu zusammen: der ehrgeizige, junge Django, der gerade seinem Vater, Bürgermeister Lorenz Schickaneder, die alte Scheune des elterlichen Bauernhofes abgetrotzt hatte, um aus ihr Baustofflager und Gerätehalle seiner neuen Baufirma zu machen; sein Schulkamerad und ergebener Freund Alois Münchinger, der sich in Anlehnung an Django selber »Gringo« nannte und seit Kurzem eine kleine Möbelschreinerei hatte; der gerade aufgetauchte und offenbar sehr verärgerte Georg Bernleitner mit seiner dahinsiechenden Landmaschinenwerkstatt und der junge Bräu, Sebastian Greimer, der aus dem alten Gasthof, den er vor fünf Jahren von seinen Eltern übernommen hatte, einen richtigen Landgasthof machen wollte, mit Fremdenzimmern mit Dusche und WC. Das rasante Wachstum des neuen Flughafens, nur 40 Autominuten von Hintersbrunn entfernt, beflügelte die Geschäftsfantasien der vier jungen Männer, die sich einig darin waren, dass Hintersbrunn davon profitieren konnte. Der Bau eines Airport-Centers mit Hotels, Büros und Restaurants im vor drei Jahren eröffneten neuen Münchner Flughafen verhieß Arbeitsplätze, Zuzug von Familien, Fremdenverkehr, kurz: Geschäfte.

»Ihr glaubt es nicht, was ich gerade gehört hab von meinem Kumpel bei der Bank. Ganz im Vertrauen«, fuhr der Bernleitner fort. »Der Kranseder, der Hungerleider, dem seine Frau wir gerade auf Gemeindekosten eingegraben haben, der hat Geld! Hat ein fettes Konto in Bruck, wo er ein Vermögen hortet. Weiß der Teufel, wo er das herhat. Und unsere Weiber haben gesammelt für den. Dabei sitzt der auf einem dicken Bankkonto und lacht uns aus.«

Bernleitner setzte sich an den Stammtisch und bestellte mit einem Handzeichen eine Halbe. Er war wirklich sauer, weil er selber mit seinem Geschäft nicht aus den Schulden herauskam.

Alois alias Gringo ließ sich davon nicht anstecken. »Ich weiß ja nicht, ob man da neidisch sein muss. Selbst wenn er Geld auf der Bank haben sollte. Der hat sein ganzes Leben nichts davon gehabt. Schaut's ihn an, der lebt wie vor hundert Jahr in seinem Dreckloch mit Kartoffelacker. Nichts als Arbeit, kein Fernseher, kein Auto, kein gar nichts.«

»Hast jetzt vielleicht Mitleid?«, trumpfte Django auf. »Der hat sich doch selber zum Außenseiter gemacht.« Django bemerkte, dass ihn das ärgerte. »Manche Leute wollen ganz einfach nicht dazugehören. Die halten sich für was Besseres. Und Kranseder ist so einer. Glaubt, er kann gegen den Strom schwimmen. Aber wer nicht mit dem Strom schwimmt, der geht unter!«, rief er, denn genau das hatte er am eigenen Leib erfahren. Damals, als er jung und dumm gewesen war. Als er zugeschlagen hatte und die Strafe dafür nicht bezahlen konnte. Niemand im Dorf, auch nicht sein sauberer Freund, der Gringo, hatte ihm damals geholfen. Und sein Vater, der Bürgermeister, hatte ihm eine Lehre erteilen wollen. Damals, in den langen Wochen im Gefängnis, da hat er eines gelernt: Wer sich nicht selbst hilft, dem hilft keiner. »Man muss sich einfach anpassen, da, wo man lebt«, fügte er wieder etwas ruhiger hinzu. »Das ist das Natürlichste von der Welt. Das ist im Tierreich so und bei den Menschen. Wer sich nicht anpasst, der hat ausgeschissen!«

Bernleitner hatte sich nach wenigen Schlucken Bier beruhigt.

»Mitleid oder nicht. Außenseiter oder Vereinsmeier. Wurscht. Tatsache ist, dass der Notleider Geld hat. Von seinem Grundbesitz braucht man gar nicht reden. Der ist was wert. Und wir haben die Beerdigung seiner Frau bezahlt!«

Der Bräu, der rittlings auf dem Stuhl Django gegenüber saß, hatte zuletzt nicht mehr zugehört. Er war mit seinen Gedanken längst genau da. Bei diesem Stück Land. »Sacklzement, das wär ein Grundstück, wo du ein Hotel bauen könntest! Mit Ausblick. Da siehst du die Berge, von da oben beim Kranseder, wisst ihr das?«

»Aber nur bei Föhn«, warf eine Frauenstimme ein. Die junge Frau des Bräus stand hinter der Theke und warf ihm einen strafenden Blick zu. Es war genug Arbeit, aus diesem alten Gasthaus etwas zu machen. Im Grunde wusste sie, dass er nur träumte. Jede Mark, die sie besaßen, steckten sie in den Ausbau des Greimerbräu.

»Wer erbt denn des Ganze einmal, wenn der Kranseder tot ist?«, fragte Django.

»Dein Vater!«, lachte der Bräu. »Im Ernst. Gibt keine Erben. Geht einmal an die Gemeinde, das Grundstück.«

Jetzt zündeten bei Django die grauen Zellen. Er wollte eine neue Siedlung bauen. Das war sein Traum. Einen ganzen Ortsteil mit Mehrfamilienhäusern, einem Fitnesscenter und einem Schwimmbad. Mit Möglichkeiten für Läden und Arztpraxen. Und ein Bistro. Wohnungen und Häuser für die vielen neuen Angestellten, die der Ausbau des Flughafens anlockte. Hintersbrunn lag geradezu ideal. Von der Anbindung her. Nah genug am Flughafen, abseits der Einflugschneise und ideal für Familien mit Kindern. Das war Djangos große Vision.

In Gedanken waren seine Pläne schon lange klar. Und jetzt wusste er, wo er anfangen konnte.

»Sacklzement«, murmelte er wie kurz vorher der Bräu in Anerkennung seiner eigenen bedeutenden Planungen. »Dem Kranseder kann man das doch abkaufen«, sinnierte er weiter. »Für einen Austrag.«

»Dir verkauft der Kranseder seinen Grund garantiert nicht.« Die harte Antwort des Bräu riss Django aus seinen Träumen. »Der hat nie vergessen, wie man ihm nach dem Krieg mitgespielt hat. Ich würd an deiner Stelle lieber aufpassen, dass der nicht auspackt.«

»Wieso, was soll der groß wissen?«

»Ich wundere mich bloß, dass ganz Deutschland voller Nazis war, bloß in Hintersbrunn, da soll's keinen einzigen gegeben haben.«

Der Bräu grinste vielsagend in die Runde, Alois alias Gringo schaute unangenehm berührt auf den Boden und Bernleitner wurde neugierig.

»Willst du damit sagen, dass unser Altbürgermeister ein Nazi war?«, fragte er.

»Willst du behaupten, dass mein Großvater ein Nazi war?«, fragte Django.

»Also, Leut, weiß der Teufel, wo die ganzen Persilscheine herkamen, aber einige Hintersbrunner sind ganz schön schnell wieder auf die Füße gefallen«, antwortete der Bräu.

»Mein Großvater war kein Nazi!« Django wurde wieder laut. »Mein Großvater wurde nach dem Krieg mit dem Segen der Amis zum Bürgermeister. Der hatte keinen Dreck am Stecken! Und er hat sein Lebtag lang an nichts anderes gedacht als an Hintersbrunn. Bis er

tot umgefallen ist, hat er sich für das Dorf aufgearbei-
tet!«

»Irgendeine alte Rechnung war da offen mit Kranseder. Das wissen alle«, konterte Bernleitner, der in jedem
Dorfverein aktiv war und immer wusste, was die Leute
redeten.

Der Bräu, von Berufswegen ebenso gut vernetzt,
nickte zustimmend.

»Jetzt lasst einmal die alten Geschichten!«, mischte
sich Alois ein und man schwieg eine Weile. Es war ja
alles lange her und eigentlich saß man ja zusammen, weil
man miteinander Geschäfte machen wollte. Und Django,
der war der Beste für gute Geschäfte, und jeder wollte
von seinen vielfältigen Bauplänen profitieren.

»Also, wenn ich das Grundstück vom Kranseder
kauf«, nahm Django schließlich das Gespräch wieder auf,
»egal ob jetzt von dem alten Deppen selber oder später
von der Gemeinde, dann bau ich dort eine Wohnanlage
für mindestens 100 Familien. Für die Leute vom Air-
port-Center. Airport-Mitarbeiter. Innenausbau gehört
dir, Gringo. Und dass die für euch ein Haufen Geschäft
bringen«, Django nickte dem Bräu und dem Bernleitner zu, »das versteht sich von selbst.« Jetzt waren sich
wieder alle einig und darauf stießen sie an.

Es wurde eine unruhige Nacht an diesem Dienstag im
noch jungen Jahr, als beim Bräu die Stühle des »Gewerbestammtisches« längst auf dem Tisch standen. Einer der
letzten Stürme dieses ungewöhnlich frostigen Winters
pfiff scharf um das morsche Bauernhaus hoch oben auf
dem Hügel über Hintersbrunn. Der alte Kranseder war

es noch nicht gewohnt, allein zu sein, nachdem seine Frau erst vor wenigen Wochen gestorben war. Es hatte im Sommer angefangen mit ihrem Leiden, ein hartnäckiger Husten, der immer schlimmer wurde. Manchmal hatte er geglaubt, sie würde ersticken. Sie hatte sich Tee gekocht, der nicht half, aller Kräuterkundigkeit zum Trotz. Obwohl sich alles in ihm dagegen gesträubt hatte, hatte er den Doktor holen wollen, aus der Stadt, aber sie hatte ihm das verboten, war sogar laut geworden deswegen, was in ihrer über 50-jährigen Ehe vorher nie vorgekommen war. Eines Morgens im Herbst hatten sie ihre Beine nicht mehr getragen. Dazu war ein Nervenzucken gekommen, sie hatte vor Schmerzen geschrien. Eine Woche hatte sie in einer Art martervollem Delirium verbracht und dann, während Kranseder neben ihrem Bett gesessen hatte, ihren letzten Atemzug getan.

Sie hatte immer gebetet in stürmischen Nächten wie heute und ihm fehlte das beruhigende Gemurmel. Er schlief lange nicht ein, träumte wirr, horchte nach den beiden Kühen hinter der Wand und schnarchte schließlich doch, als ihn ein fremdes Geräusch weckte. Jemand war an der Tür, rüttelte daran, es klang nicht nach dem Rütteln des Windes. Kranseder erschrak und war hellwach. Da flog die Haustür auf und ein großer schwarzer Schatten stand in der Stube, die vom schneewolkenverhangenen Mond nur dämmrig beleuchtet wurde. Einen Moment lang glaubte Kranseder, dass der schwarze Reiter der Apokalypse gekommen sei, um ihn zu holen. »Himmelsakrament«, murmelte er, richtete sich auf und fügte zwei Schrecksekunden später etwas lauter hinzu: »Wer bist du?«

»Verkauf mir deinen Hof«, sagte der schwarze Riese und legte ein Bündel Geld auf das grobe Holz des Küchentisches. Immer noch heulte der Wind ums Haus.

Kranseder, jetzt halb aufgerichtet in seiner Bettstatt, rührte sich nicht. Nach einigen Augenblicken griff er langsam nach den Streichhölzern und der Petroleumlampe auf seinem Nachtisch und zündete sie an.

»Wer bist du?«, fragte er wieder.

»Der, der die Beerdigung deiner Frau gezahlt hat und der auch die deinige zahlen wird«, kam es grimmig zurück.

Etwas umständlich wand sich Kranseder aus dem Bett, stopfte das Nachthemd in die grobe Cordhose, die er für die Nacht nicht ausgezogen hatte, und schlüpfte in eine Weste, die über dem Stuhl hing. Die Petroleumlampe brachte er mit, platzierte sie auf dem groben Holztisch in der Mitte der winzigen Stube, setzte sich und starrte den unheimlichen Besucher lange und scharf an. Plötzlich flackerte Zorn in ihm auf, so stark, wie nur ein lebenslang gehegter Groll es vermochte.

»Bist du das, Schickaneder?«, fragte er schließlich, überzeugt davon, seinen Erzfeind Ignaz Schickaneder vor sich zu haben, und als keine Antwort doch Antwort genug war, fügte er leise, aber entschlossen hinzu: »Du Hundskrüppel, du elender. Über meine Leiche geht dein Weg!«

Django hatte sich an diesem Abend nach dem Stammtisch noch eine ganze Weile geärgert über die dummen Bemerkungen der anderen im Wirtshaus. Über seinen Großvater ließ Django nichts kommen, und was immer damals geschehen war, zwischen ihm und Kranseder, Django war sich sicher, dass sein Großvater im Recht gewesen war. Er konnte sich nur vage erinnern an seinen Opa, denn er war noch klein gewesen, als er starb. Dass er stattlich gewesen war und freundlich, erinnerte er. Und dass alle Menschen sofort still gewesen waren, wenn er geredet hatte. Dass alle Menschen ihn gemocht hatten und ihm immer die Hand hatten schütteln wollen. Sein Großvater war ganz anders gewesen als sein Vater. Im Gegensatz zu seinem Großvater, der immer im Zentrum gestanden hatte, stand sein Vater immer in den Ecken herum. Und während sein Großvater allen immer direkt in die Augen geschaut hatte, schaute sein Vater so von unten. Als er etwas größer geworden war, hatte Django gelernt, dass man sich in Acht nehmen musste, wenn sein Vater so von unten schaute. Jedenfalls war er sicher, dass, wenn es irgendwann einmal etwas gegeben hatte zwischen seinem Großvater und Kranseder, sein Großvater keine Schuld gehabt hatte.

Djangos Wunsch, das Kransedergrundstück zu besitzen, wuchs. Vielleicht aus Trotz, auf jeden Fall steigerten zwei weitere Biere zu Hause in seiner provisorischen Bude seine Entschlossenheit. Und die Wut auf alle, die ihm immer nur Steine in den Weg legten. Wie immer bei dieser Art von angetrunkener Schuldzuweisung war an diesem Abend einer Djangos erster Adressat.

»Bist noch wach?« Das Bauernhaus der Schickaneders war zu dieser Zeit eine Kampfzone mit abgesteckten Frontlinien. Unten, auf der einen Seite des Flurs, der die alten Stallungen vom Wohnhaus trennte, regierte der Alte. In seinem sogenannten Bürgermeisterbüro, zu dem er die ehemalige Stube mit dem Kachelofen und der angrenzenden Küche umfunktioniert hatte. Inzwischen schlief er dort, nachdem ihm Django, sein aufmüpfiger Sohn, das Obergeschoss abgetrotzt hatte. Und weil der Bürgermeister Lorenz Schickaneder, Sohn des großen Ignaz Schickaneder, immer älter und versoffener wurde, war es Django vor Kurzem gelungen, die ehemalige Scheune zu Lager und Büro seiner neuen Baufirma zu machen.

»Bist noch wach?« Mit diesen Worten öffnete Django die Stubentür des Alten in den späten Abendstunden dieser verhängnisvollen Nacht. Es roch erbärmlich nach Schnaps und Django fand seinen Vater schnarchend auf der Bank hinter dem Küchentisch.

»He, Alter!«

Der Bürgermeister schreckte hoch, richtete sich auf und sah Django verwirrt an. Django setzte sich ihm gegenüber und verbat sich unter großer Anstrengung den üblichen Konfrontationskurs.

»Ich muss dich was fragen«, begann er. »Der Kransederhof. Der hat keinen Erben, stimmt's?«

»Nein. Keine Kinder, keine Erben«, war die Antwort.

»Und jetzt, wo die Kransederin tot ist?«, fragte Django weiter.

»Gehört er dem Kranseder allein!« Der Alte wurde ungeduldig und kramte ein paar Gemeindepapiere auf dem Tisch zusammen, über denen er offensichtlich betrunken eingenickt war.

»Um den muss sich jetzt jemand kümmern …«, tastete sich Django weiter vor, doch sein Vater wollte nicht darauf eingehen.

»Der hat sein Leben lang niemanden gebraucht! Möchtest du ihm jetzt ein Almosen schicken? Wie die Weiber?«

»Natürlich nicht«, konterte Django. »Ich meine, der gehört ins Altersheim. Oder vielleicht ins leere Schusterhaus im Dorf, wo ihn jemand von den Weibern versorgen könnte.«

Der Alte schaute seinen Sohn ungläubig an.

»Bist du jetzt unter die Samariter gegangen? Machst ausgerechnet du dir jetzt Sorgen um den Narren da oben auf dem Berg? Was willst du denn wirklich?«, fragte er und Django ging in die Offensive.

»Sein Land möchte ich ihm abkaufen. Der kann es eh nicht mehr bewirtschaften. Das Haus ist eine Bruchbude, das gehört abgerissen …« Django stockte. Hatte er zu viel von seinen Wünschen verraten?

»Jetzt kapier ich«, grinste der Alte. »Der Kranseder ist dir wurscht. Du willst gar nicht, dass man sich um den kümmert. Du willst seinen Grund!« Er machte eine Kunstpause und fügte orakelhaft hinzu: »Da musst du ihn schon umbringen, dass der von seinem Grund ablässt!«

Django überlegte. So kam er nicht weiter. Er stand auf, ging ein paar Schritte zur Tür, kam zurück und setzte sich wieder seinem Vater gegenüber, der unter der Bank nach der Schnapsflasche gegriffen hatte, sie aber wieder abstellte.

»Wie alt ist der Kranseder jetzt eigentlich?«, begann Django von vorn, doch Lorenz Schickaneder blieb misstrauisch. Eine alte und sorgfältig begrabene Erinnerung blitzte in seinen Augen auf.

»Das weiß ich nicht«, lenkte er ab. »Seit dem Krieg ist der vertrottelt gewesen.«

Django nickte. »Der Kransederhof fällt doch an die Gemeinde, wenn der Kranseder stirbt. Dann kauf ich ihn halt der Gemeinde ab.«

»Du?«, rief der Bürgermeister und wurde ärgerlich, weil er dringend einen Schluck brauchte. »Du hast da oben nichts zu suchen. Und Geld hast du auch nicht genug. Solang ich was zu sagen hab, geht der Grund nicht an dich. Und an keinen anderen aus der Gemeinde. Planieren muss man das ganze verfluchte Land. Und dreimal umgraben. Die Kransederin war ein guter Anfang. Wenn der Kranseder verreckt ist, ist die ganze Sache ein für alle Mal erledigt.«

Djangos Magen krampfte sich zusammen. Wie hatte er nur glauben können, dass sein Vater ihm irgendwie helfen würde? Er zwang sich, ruhig zu bleiben. Aufgeben wollte er nicht.

»Was ist denn da dran, mit dem Großvater und dem Kranseder?«, versuchte es Django in Erinnerung an die Andeutungen des Bräus.

Den Bürgermeister verließ die Geduld nun endgültig. »Nichts als Gerede!«, schimpfte er.

Django kannte die wunde Stelle im Herzen seines Vaters und beschloss, sie einzukreisen.

»Der Großvater war sein Leben lang für die Gemeinde da«, begann er und wählte sorgsam genau diesen Wortlaut, den der Vater im Mund führte, seit Django denken konnte.

»Und hat sein eigenes Schicksal hintangestellt«, ergänzte der Vater arglos den jahrzehntelangen Sprachgebrauch der Familie.

»Von seinen Buben bist nur du übrig geblieben«, fuhr Django fort und wusste, dass er ihn jetzt hatte.

Die Augen des alten Lorenz Schickaneder wurden feucht. »Dieser Krieg war ein Verbrechen an den Deutschen«, klagte er und Django wusste, was kommen würde: »Wenn der Hitler so ein Verbrecher war, warum haben die nicht schon 1933 eingegriffen? Wenn die Deutschen so schlimm waren, warum wollten dann alle heim ins Reich, hm?« Der Alte machte eine Pause und Django ließ ihn weiterdenken.

»Von den Verbrechen der Siegermächte redet keiner«, fuhr er fort und stellte jetzt die Schnapsflasche auf den Tisch. »Die haben den Krieg gewonnen, weil sie Krieg gegen die Zivilbevölkerung geführt haben. Ganze Landstriche haben sie verwüstet. Ganze Städte und Dörfer ausgelöscht.«

Die ewige Leier, dachte Django, und der Alte nahm einen großen Schluck aus der Flasche. Manchmal konnte Django die Rechtfertigungsarien seines Vaters sogar nachvollziehen, wenn er bedachte, dass dessen Brüder alle dem Krieg zum Opfer gefallen waren. So was durfte ja nicht fürn Arsch gewesen sein. Der kleine Lorenz hatte nur noch seinen Vater gehabt, den großen Nachkriegshelden von Hintersbrunn. So zumindest lautete die Familienlegende.

»Was hat denn der Kranseder dem Opa angetan?«, fragte Django erneut und er traute in den nächsten Minuten seinen Ohren kaum. Denn er bekam etwas zu hören, das in all den Jahren nach dem Krieg in seiner Familie nie erzählt worden war.

»Der Kranseder und der Schmied, das waren Que-

rulanten«, begann der Alte. »Kommunisten. Bolsche-
wiken oder so was. Die wollten, dass Deutschland den
Krieg verliert. Die haben zu den anderen gehalten. Und
weil dein Großvater ein aufrechter Deutscher war, der
immer für sein Dorf eingetreten ist, haben die meinen
Bruder in den Tod gehetzt.«

Django bekam große Augen, beherrschte sich aber, um
den Alten nicht zu verschrecken. »Wer ist der Schmied
und was genau ist damals passiert?«, fragte er so beiläufig wie möglich.

Und der Alte sprach tatsächlich weiter. »Der Kranseder und der Schmied, das waren Landesverräter. Die
wollten die Kapitulation des Dorfes. Dein Großvater
wollte einen Friedensvertrag mit den Amis aushandeln.
Damit die Menschen weiterleben konnten. Darum ist
gestritten worden. Und mein Bruder, der Hermann …«

»Ist beim Einmarsch der Amis ums Leben gekommen«, ergänzte Django. Lorenz Schickaneder ver-
stummte und schaute Django sehr wachsam an.

Eine Frage stellte Django noch, obwohl er ahnte, dass
der Alte nichts weiter herausrücken würde. »Und dieser Schmied, was ist aus dem geworden?« Er irrte sich.

»Der ist erschossen worden. Vom Hermann«, log der
Alte, obwohl er es seit seiner Wahl zum Bürgermeister
vor fast 20 Jahren besser wusste.

Wieder zurück in seinem Obergeschoss fand Django
keine Ruhe. Dass der Kranseder, dieser hinterwäldlerische Bauer, ein Partisan gewesen sein soll, war ihm
neu. Er hatte nie viel über den alten Eigenbrötler nachgedacht, bevor die Rede auf dessen Grundstück kam.

Was ihn richtig verwirrte, war die Aussage über seinen Onkel. Von dem er immer geglaubt hatte, dass er in den letzten Kriegstagen gefallen sei. Der soll einen Widerstandskämpfer, einen gewissen Schmied, erschossen haben? War sein Onkel ein Nazi gewesen? Und diese blöde Bemerkung vom Bräu heut, von wegen, dass hinterher keiner ein Nazi sein wollte, obwohl sie vorher alle dabei gewesen waren … Hatte er sich da auf seinen Onkel bezogen?

Django schüttelte den Kopf. Wurscht, dachte er. Alle tot, alles Geschichten, die heute keine Rolle mehr spielen. Heute ging es um die Zukunft. Und um dieses Grundstück da oben am Hang, auf dem dieser alte Zausel saß, der, wie Bernleitner gesagt hatte, in Wahrheit ein Betrüger war. Das Grundstück, das ihm sein Vater, der zukünftige Besitzer, verweigern würde. Er musste sich schnell etwas einfallen lassen. Django fischte sich noch Bier aus der Kühlbox neben dem Bett in seinem provisorisch eingerichteten Zimmer. Langsam wurde ihm das viele Denken zu kompliziert. Es war bereits kurz vor Mitternacht und einige weitere Biere später fiel ihm ein, dem Kranseder »ein Angebot zu machen, das er nicht ablehnen konnte«. Einer von Djangos Lieblingssprüchen aus einem seiner Lieblingsfilme.

Dass er dem Kranseder wie eine Heimsuchung durch den Leibhaftigen vorkam, als er in dieser stürmischen Winternacht die Tür des Kransederhofes aufriss, war Django nicht bewusst. Ein paar Tausend Mark und eine bezahlte Unterkunft irgendwo im Dorf war die betrunkene Idee, und schlecht war sie nicht. Sah doch jeder, dass sich der alte Mann nicht mehr versorgen konnte. Daher hatte Django nicht mit der Angriffslust des dürren Alten gerechnet, in dem jetzt, da er sich seinem Widersacher Ignaz Schickaneder endlich wieder gegenüberwähnte, der seit 50 Jahren schwelende Zorn wie ein Feuersturm ausbrach. Der feige Mörder, der hintertriebene Betrüger, der abgefeimte Lügner, der ihn jahrelang hingehalten hatte mit der Versehrtenrente, die ihm eigentlich von Rechts wegen zustand. Nur damit er das Maul hielt. Dessen verfluchten Judaslohn er nie angerührt hatte. Dieser Mann, der nicht nur das Leben von Andreas Schmied ausgelöscht hatte, sondern über die Jahre auch seines. Der stand endlich vor ihm! Mitten in der Nacht, allein in seiner Stube. Der klapprige alte Kranseder verspürte eine immense Kraft. Langsam stand er auf und nahm einen Schürhaken zur Hand, der am Ofen in der Ecke lehnte.

»Ruhe soll ich geben, hat sie gesagt. Ruhe habe ich gegeben. Jetzt war lange genug Ruhe«, sagte er heiser. »Dass du jetzt wieder daherkommst mit deinem Blutgeld, bringt niemandem Glück. Mir nicht und dir nicht. Weil die Wahrheit kannst nicht kaufen und sie muss ans Licht.« Der Greis holte tief Luft. »Ein Mörder bist du, Ignaz Schickaneder. Ein feiger Mörder und ein gemeiner Lügner. Du hast den Schmied erschossen, nicht dein Bub. Deinem eigenen Fleisch und Blut hast du es untergeschoben. Gelogen hast du vor den Amis und dein Lebtag lang. Nichts ist dir genug. Bestimmen willst du. Über alle. Meinen Hof kriegst du nicht!« Während er sich in Rage redete, bewegte sich Kranseder auf Django zu und hob den Schürhaken hoch in die Luft.

Django hörte die Rede des Alten wie durch eine Wand. Ihm wurde immer kälter. Und schließlich, als ihm ganz kalt war, wusste er, was er zu tun hatte. Er legte dem Alten die Maurerhände um den Hals. Kranseder keuchte, riss die Augen auf. Kurz standen die beiden wie eingefroren in ihrer beiderseitigen Mordlust. Am Ende fiel der Haken zu Boden, Kranseder ging in die Knie. Es dauerte etwas länger, als Django vermutet hätte, aber es war einfacher, als er dachte.

Zehn Tage später fanden zwei Waldarbeiter Kranseder aufgehängt im Scheideggerholz. Man war sich schnell einig, dass er wohl seine Frau umgebracht hatte und die Reue ihn dazu getrieben hatte, Hand an sich zu legen. Die Leiche sah grässlich aus, von den Stürmen und den Unwettern entstellt. Einige Dorfbewohner meinten, ein Selbstmörder gehöre nicht auf den Hintersbrunner Friedhof. Dann wurde er doch neben seiner Frau beerdigt. Wie sich herausstellte, war der Tod des alten Kranseder für die Gemeinde ein Riesengeschäft. Er hinterließ nicht nur ein Grundstück in bester Lage, sondern auch einen großen Batzen Geld, womit der Bürgermeister Lorenz Schickaneder die Hunde- und Pferdesteuer streichen konnte. Mit diesem Steuervorteil köderte er einen stinkreichen Professor aus der Stadt, der der Gemeinde Kranseders Grundstück überteuert abkaufte.

Erst als Django wieder zu Atem gekommen war, wurde ihm bewusst, was er gehört hatte. Vor ihm lag der alte Kranseder auf dem Lehmboden der von der Petroleumlampe schwach beleuchteten Stube des baufälligen Hofes und rührte sich nicht mehr. Der Schürhaken, mit dem er Django angegriffen hatte, lag neben ihm. Django schloss die Tür, die er offen gelassen hatte, in dem Glauben, dass dieser Besuch nur von kurzer Dauer sein würde und er den Alten schnell überzeugt hätte. Er setzte sich an den schäbigen Holztisch in der Mitte der Stube, starrte in die Flamme der Lampe und dachte nach. Dass eine Leiche zu seinen Füßen lag, kümmerte ihn nicht. Er fühlte sich im Recht. Er musste sich schließlich wehren. Der närrische Alte war auf ihn losgegangen wie eine Furie. Was war jetzt zu tun?

Sollte er sagen, dass es Notwehr gewesen sei? Würde man ihm das glauben, dass er sich eines alten, gebrechlichen Mannes hatte erwehren müssen? Sollte er einfach abhauen? Django warf einen prüfenden Blick auf den Toten zu seinen Füßen. Es würde eine polizeiliche Untersuchung geben, denn dass der Greis keines natürlichen Todes gestorben war, das sah man ihm an.

»Konzentrier dich, Depp!«, sagte er laut zu sich selbst.

Er konnte immer noch nicht fassen, dass der Alte ihn angegriffen hatte. Was hatte er noch mal gesagt?

Ein Mörder bist du, Ignaz Schickaneder. Django stützte seine Ellbogen auf und fuhr sich durch die schütter werdenden Haare.

Du hast den Schmied erschossen, hatte er gesagt. *Deinem eigenen Fleisch und Blut hast es untergeschoben*, hatte er gesagt. Also war die Geschichte gelogen, die ihm sein Vater am Abend aufgetischt hatte. Alles war eine einzige große Lüge. Sein Großvater war ein Mörder gewesen. Ein Nazi, wie es der Bräu beim Gewerbestammtisch angedeutet hatte. Und ein Lügner. Genau wie sein Vater. Seine ganze Familiengeschichte war eine einzige große Lüge.

Django war durcheinander, und er ärgerte sich über das viele Bier heute und darüber, dass er keinen klaren Gedanken fassen konnte. Er schlug sich mit dem Handballen ein paarmal gegen die Stirn.

»Denk nach, Depp! Denk nach!«, rief er sich selber zu. Da fiel es ihm ein. Er richtete sich auf unter der plötzlichen Erleuchtung. Ja klar. Auch das hatte der Kranseder gesagt: »Über meine Leiche geht dein Weg!«

Django beugte sich zum toten Kranseder hinab.

»Recht hast, du alter Spinner«, sagte er.

Er musste es wie einen Selbstmord aussehen lassen. Dann gäbe es keine Polizei und der Hof fiele an die Gemeinde. Und dann wäre alles, die Lüge über den Großvater, die Lüge über den Onkel und das Grundstück hier, nur eine Sache zwischen ihm und seinem Vater.

Django ging hinaus zu seinem Pritschenwagen und versicherte sich, dass er ein Seil dabeihatte. Der Wind hatte nachgelassen und es war stockdunkel. Er hob den Toten, der erstaunlich leicht war, auf die Schulter und ließ ihn auf die Ladefläche fallen. Gerade als er losfahren wollte, fiel ihm noch etwas ein. Er sprang aus dem Wagen und stürzte ins Haus. Er hatte sein Geldbündel liegen gelassen. Anschließend fuhr er langsam in die Nacht Richtung Scheideggerholz. Er wusste da eine perfekte Stelle.

10

Im Grunde ist sein Vater an allem schuld, findet Django heute, viele Jahre nach dieser fast vergessenen Winternacht. Hätte der ihm damals die Wahrheit gesagt über den Großvater, hätte der alte Kranseder nicht ins Gras beißen müssen. Hätte sein Vater ihm das Grundstück überlassen, wäre der Sackbauer nie nach Hintersbrunn gekommen. Hätte sein Vater sich nicht erpressen lassen, hätte er mit dem Geld vielleicht … Nein, er war seinem Vater nicht so wichtig. Nicht so wichtig, wie das alte Familiengeheimnis zu bewahren. Bitter denkt Django daran, dass er in den Anfangsjahren seines Bauunternehmens Schulden hatte und ihm deswegen seine Frau davongelaufen ist. Dass sie ihm den Kontakt zur Tochter verweigert, hat anfangs sehr geschmerzt. Inzwischen ist er darüber weg. Weil die Kuh so blöd war, wieder zu heiraten, muss er wenigstens nicht zahlen. Trotzdem wäre alles anders geworden, wenn sein Vater kein Lügner wäre.

Jetzt aber musste er den Sackbauer und die Bäcker-Gundi loswerden. Deswegen lässt er keinen Abend aus im Wirtshaus.

»Hier geht es ums Prinzip«, doziert er dort. »Der feine Herr Kunstprofessor will sich nur wichtigmachen. Uns stellt er als Nazidorf hin und er kann sich als Held feiern lassen in allen Zeitungen.«

Mit am Biertisch sitzen der Bräu, Alois alias Gringo und ein junger Rinderzüchter aus der Gegend, der Djangos Hundstötung gerade als »echt zu krass« verurteilt hat.

»Mein Großvater war nie ein Nazi«, schneidet ihm Django das Wort ab und blickt in die Runde. In Wahrheit ist es ihm egal, was die Leute im Dorf über das Verbrechen des legendären Ignaz spekulieren. Sollen sie nur glauben, dass es ihm um den Ruf seines Großvaters geht. Wichtig ist, dass Kranseder als verbitterter Selbstmörder beerdigt bleibt. Und dazu muss Sackbauer weg. Was einen praktischen Nebeneffekt hätte. Django hat eine Gelegenheit erkannt, nach so langer Zeit endlich an den Kransederhof zu kommen.

»Die ist bei der Zeitung, die Bäcker-Gundi«, fährt er fort. »Neulich ist sie stundenlang bei Sackbauer gesessen. Die machen eine große Geschichte über Hinterbrunn, das Nazidorf, das sage ich euch! Und der Kranseder, das war ein Sonderling. Der hat alle gehasst im Dorf. Möglich, dass der die Geschichte mit dem Mord am Schmied sogar erfunden hat!«

»Ach was«, mischt sich der Bräu ein. »Mir hat das mein Vater auch erzählt. Es ist wahr, dass damals zwischen deinem Großvater und dem Kranseder eine Feindschaft …«

»Kreuzkruzifix!«, haut Django auf den Tisch und ärgert sich, dass er selbst Kranseder in die Diskussion gebracht hat.

»Jetzt gebt endlich Ruhe, Kreuzkruzifix«, pflichtet Gringo Django bei und es klingt wie ein Echo.

Eine Weile wird geschwiegen und nachgedacht. Aber irgendwann lassen es alle gut sein. Weil diese alte Geschichte ja weit zurückliegt und ein toter Hund es nicht wert ist, Unfrieden im Dorf zu haben.

Gundi hat es sich derweil mit Franz' Hilfe etwas wohnlicher gemacht in ihrem alten Elternhaus. Seit sie beschlossen hat, sich von Django nicht einschüchtern zu lassen, will sie keinen Boden preisgeben. Sie sitzt in der warmen Abendsonne auf der Bank vor der Haustür mit Blick auf die Dorfstraße, als Franz plötzlich vor ihr steht.

»Hab mir denkt, dass du vielleicht einen Kasten Bier brauchen kannst«, sagt er etwas schüchtern. Ein Träger baumelt an seinem rechten Arm, als hätte er kein Gewicht.

»Das ist eine riesige Idee!«, springt Gundi auf und ist sich bewusst, dass ein Kasten Bier eigentlich keine solche Begeisterung auslösen sollte. Aber die Ablenkung kommt ihr gerade recht, weil ihr der Kopf schwirrt.

Gundi hat die mysteriöse Nachricht von einem angeblichen Sparbuch ihres Vaters gerade mit Ferdl besprochen.

»Mit einem Erbschein kommst du nicht nur an das Sparbuch von deinem Vater, sondern kannst zum Grundbuchamt«, hat er erklärt. »Dann weißt du, ob das Haus von deinem Vater wirklich Django überschrieben worden ist.«

Gundi hat sich die ganze Sache mit Hintersbrunn und dem Haus viel einfacher vorgestellt.

Natürlich hat Franz einen Flaschenöffner in der Hosentasche. Er fummelt ihn umständlich heraus, nachdem er zuerst den Bierträger abgestellt und sich so raumgreifend neben Gundi gesetzt hat, dass sie zur Seite rutschen muss.

»Prost, du alte Scheißhausfliege«, sagt er und knallt seine Flasche an die von Gundi. Sie lachen. Wieder Prost. Die Sonne scheint auf ihre Gesichter und Franz und Gundi grinsen ihr mit zusammengekniffenen Augen eine ganze zufrieden wortlose Weile entgegen. Gundi fühlt sich zum ersten Mal, seit sie hier in Hintersbrunn ihren Vater beerdigt hat, ganz leicht. Freunde, denkt sie.

Ohne sich anzuschauen, trinken sie in Ruhe ihr Bier aus. Franz lehnt den Kopf nach hinten an die Mauer.

»Das war total schön, dass du nicht gelacht hast, da auf der Beerdigung, wie ich das gesagt hab, vom Hund, der sich aufgehängt hat«, sagt er unvermittelt.

»Du warst doch bloß total geschockt …«

»Nein, Gundi … Du musst wissen … Es ist so … Ich habe schon einmal jemanden gefunden im Wald …«

»Huhu!«, ruft Liesi. Wackelnd, mit einem großen Wäschekorb auf der Hüfte, kommt sie auf die beiden zu. »Beeil dich, Franz, Generalprobe!«

Franz springt auf. »Beinah vergessen!«, ruft er.

»Darf ich mitkommen?«, fragt Gundi.

»Keine Chance«, grinst Liesi. »Das wird eine Überraschung. Aber du kommst am Sonntag, oder?«

Die Theaterproben sind streng geheim. Die Akteure haben sich unter der Leitung des pensionierten Lehrerehepaars heimlich getroffen und geprobt. Jetzt zur Generalprobe findet man sich im großen Saal oben beim Greimerbräu ein, in dem die denkwürdige Bürgerversammlung stattgefunden hat. »Kein Platz für Idioten« haben sie sich vorgenommen, einen Dreiakter von Felix Mitterer, und sie sind sich bewusst, dass nicht alle Hintersbrunner das Stück gut finden werden.

Es geht gerade auf 7 Uhr zu. Beim Greimerbräu in der Gaststube hat sich die Schafkopfrunde versammelt. Mariele Greimer hat einen Topf Wiener mit Kartoffelsalat vorbereitet, damit sie während der Generalprobe nicht gebraucht wird in der Gaststube, falls einer etwas essen will. Es ist ihre Idee gewesen, mit dem Theaterstück.

Bei den Greimers haben sich viele Hoffnungen nicht erfüllt und Mariele sieht man all die zerbrochenen Träume an. Als sie Sebastian Greimer, kurz Bast, kennenlernte, waren die Disconächte, die der junge Wirtssohn veranstaltete, legendär und der Greimerbräu Anziehungspunkt für viele junge Leute der Umgebung. Nachdem sie später den Gasthof geerbt hatten, baute er das Dachgeschoss aus und richtete Gästezimmer ein. Sie träumte von Theater- und Filmabenden. Alles in der Hoffnung auf Zuzug und Wachstum des Dorfes. Dann kam Marieles Sohn, der ersehnte Stammhalter des Bräus, geistig behindert zur Welt. Die beiden Eltern waren neben der Renovierung des alten Wirtshauses mit dem kranken Buben vollkommen überfordert und gaben sich gegenseitig die Schuld an ihrem Unglück.

»Du bist keine gute Mutter«, sagte er.

»Du hast nur deine Saufkumpane im Kopf«, sagte sie. Und so weiter. Wegen der vielen Arbeit gaben sie den Jungen nach ein paar verzweifelten Jahren in Pflege und wegen der hohen Schulden blieben sie zusammen. Verbittert und inzwischen meist schweigend. Trotz des nahen Flughafens zog es niemanden nach Hintersbrunn. Die regelmäßigen Veranstaltungen beschränken sich auf vierteljährliche Schafkopfturniere und das Sommerfest des Turnvereins. Und seine Zimmer vermietet der Bräu hauptsächlich an die Saisonarbeiter von Django Schickaneder, der unten am Biertisch sitzt, zur selben Zeit als oben die geheime Theatergruppe am einstigen Traum der Mariele Greimer arbeitet.

»Im Saal proben sie für ein Theaterstück und tun ganz wichtig«, beginnt Alois alias Gringo. Er sitzt mit Django und Bernleitner am Stammtisch und der Bräu ist gerade aufgestanden, um eine frische Runde zu zapfen.

»Die Bräuin ist auch dabei«, flüstert Alois, aber der Bräu hört es und beeilt sich mit den Bieren.

»Die proben ein Stück, das die Hintersbrunner als Hinterwäldler vorführt«, ergänzt Alois, dessen Träume von einer florierenden Schreinerei sich ebenso nicht erfüllt haben. Ohne die Kleinstaufträge, die Django ihm immer wieder zuschanzt, wäre er längst pleite.

»Weißt du was davon, Bürgermeister?«, stupst Django Bernleitner an, der jedoch um die Antwort herumkommt, weil der Bräu sich mit vier Halben wieder in die Runde setzt.

»Was hat denn sie schon wieder damit zu tun?«, fragt er, und jeder weiß, dass er mit »sie« seine Frau meint.

»Sie macht mit«, antwortet Alois.

»Und was für ein Stück ist das?«, fragt Django.

»Eins, bei dem es um ein Dorf, einen Buben und um hinterwäldlerische Ansichten geht«, antwortet Alois und ergänzt: »Um einen Buben, der wegen seiner Behinderung wegmuss.«

»Mir brennt's gleich alle Sicherungen raus«, entfährt es dem Bräu und mit »Der zeig ich's!« springt er auf und stapft die Treppen zum Saal hoch.

»Wird nicht viel ausrichten«, prophezeit Django.

Alois und Bernleitner nicken. Sie widmen sich wieder ihren Bieren, weil sie den Ausgang der Auseinandersetzungen der Wirtsleute seit vielen Jahren kennen.

Zur Premiere erscheint Gundi viel zu früh, weil sie Franz und Liesi unbedingt »toi, toi, toi« wünschen will, wie sie es in München als Reporterin für das Tagblatt gelernt hat. Aber Franz ist noch nicht da und Liesi ist viel zu nervös für Gespräche, und so stellt sich Gundi – auch das eine Gewohnheit aus alten Reportertagen – an den Eingang, um das eintrudelnde Publikum zu beobachten und zu belauschen. Vor ein paar Tagen hätte Gundi es nie für möglich gehalten, dass sie heute im Wirtshaus ihres Heimatdorfes stehen würde. Eigentlich sollte sie jetzt auf dem Oktoberfest Promis jagen. Nächstes Jahr wieder, denkt sie.

Es kommt das ganze Dorf, um sich den Schwank beim Greimerbräu anzusehen. Es wird voll, es ist laut, man redet durcheinander, man rückt die Stühle zurecht, und der Bräu und die Nandl kommen mit dem Ausschank und mit den Würsteln, die sie auf Papptellern reichen, fast nicht hinterher. Da hetzt Franz durch die Saaltür. Gundi will ihn aufhalten und ihm über die Schulter spucken, doch Franz ist zu schnell, und sie bekommt ihn nicht zu fassen, als er sich durch die vielen Leute drängelt und hinter der Bühne verschwindet. Gundi lächelt ihm kurz nach und schaut sich im Saal um. In der ersten Reihe sitzt Georg Bernleitner mit einem Stück Papier in der Hand, weil er gleich ein paar Grußworte zum Besten geben will. Sogar der Herr Professor ist gekommen und Gundi nickt ihm einen Gruß zu. Mitsamt seinen Angestellten ist er da, mit dem Pferdewirt und der Hausdame. Nur der Hund fehlt, was allen sofort auffällt, aber keiner anspricht, auch außerhalb der Hörweite des Professors nicht.

Als endlich der Vorhang aufgeht, ist Gundi so aufgeregt wie zuletzt bei ihrem ersten Interview mit einer inzwischen verstorbenen TV-Quizmaster-Legende. Sofort kichert das Publikum, als der Fürbitten-Franz mit einer Donald-Trump-Maske auf die Bühne kommt. Er spielt den behinderten Jungen mit langsamen, schüchternen Bewegungen, und wie er auf dem Boden sitzt und lautlos mit dem Fernseher spricht, ist die Pantomime auf höchstem Niveau, findet Gundi. Und als dieser clowneske Donald Trump sich angstvoll unter dem Tisch der Bauernstube versteckt, weil ein Besucher, der alte Plattl-Hans, gespielt vom Lehrer, die Bühne betritt, da brüllt das Publikum vor Lachen. Ein bisschen unpassend, wenn man bedenkt, dass es in dem Stück um die ernsten Probleme dieses eingeschüchterten armen Jungen unter dem Tisch geht. Ist trotzdem eine Brüller-Idee, die Clownsmaske des Originalstückes mit Donald Trump zu ersetzen, denkt Gundi. Danach nimmt das Stück Fahrt auf und die unfassbare Hartherzigkeit der Mutter gegenüber ihrem hilflosen Kind macht allen Zuschauern den Ernst des Themas wieder bewusst.

Der zweite Akt beginnt, wenige Minuten nachdem

der etwas zurückhaltende Applaus nachgelassen hat. Die Bühne besteht auch jetzt, da das Stück im Gasthaus spielt, nur aus ein paar Tischen und Stühlen vor weißen Leintüchern. Ein Gast fühlt sich vom Jungen mit der Behinderung gestört und ein geradezu brillant Besoffener hetzt alle gegen den Plattl-Hans und seinen Schützling auf. Als der Dialog schließlich auf den ausbleibenden Fremdenverkehr kommt, hört Gundi, die sich seitlich an der Wand platziert hat, um nicht nur die Bühne, sondern auch das Publikum im Blick zu haben, hinter sich Django lachen. Er hat in der letzten Reihe gleich bei der Tür seinen Platz gefunden. Im ersten Akt ist er Gundi gar nicht aufgefallen. Gundi wundert sich ein wenig über sich selbst, als sie bemerkt, wie stolz sie ist, dass Franz den zurückgebliebenen Jungen so selbstsicher gibt.

Im dritten Akt kommt es zu einer kleinen Störung in der Szene, in der Franz vor dem Radio sitzt und im »Wunschkonzert« seinen Namen hört. »Sebastian!!«, ruft er laut und dem Bräu hinter dem Ausschank fällt ein Maßkrug klirrend zu Boden. Sebastian, so heißt auch sein behinderter, in einem Heim lebender Sohn.

Das Publikum lässt sich nur einen Seitenblick lang stören, denn es wird herzzerreißend auf der Bühne, als man den Buben wegen eines vermeintlichen sexuellen Übergriffs ergreifen will, um ihn wegzusperren. Franz schluchzt, der Dati solle nicht weggehen.

Der Herr Lehrer weint, als er den Jungen hergeben muss.

Und als der Franz schließlich verzweifelt fleht und doch fortgerissen wird, da verdrücken viele Zuschauer ihre Tränen.

Ein paar Sekunden bleibt es still, als der Vorhang zuge-
zogen wird. Dann bricht der Applaus los. Der Vorhang
geht auf und die Akteure verbeugen sich. Noch mal. Die
Leute trampeln auf dem Boden. Franz grinst wie ein
Honigkuchenpferd. Nach einer Weile wird das Klatschen endlich spärlicher und Gundi quetscht sich an der
Seite hinter die Bühne.

»Ihr wart echt super!«, ruft sie. »Die Leute sind
begeistert!«

Liesi und Franz sitzen backstage nebeneinander auf
einer Bank und sehen glücklich und erschöpft aus. Der
Lehrer drückt allen die Hand, reihum und wieder von
vorn, einer lässt einen Korken knallen und alle lachen
wild durcheinander.

»Franz, du bist ein Naturtalent!« Gundi legt ihm die
Hand auf die Schulter und Franz grinst glücklich zu
ihr hoch.

»Echt jetzt?«

»Freilich«, pflichtet ihr Liesi bei. »Den verzweifelten
Buben hab ich dir so was von abgenommen! Du warst
besser als in jeder Probe!«

»Ich geb einen Schnaps aus!«, ruft Gundi, die sich
dazu ein Weißbier holen will.

»Schön, dass du wieder da bist.« Der Franz ist aufgestanden und umarmt Gundi, die sich zuerst ein bisschen erschreckt, dann aber den alten Freund fest an sich
drückt.

Da dringen aufgeregte Stimmen aus dem Zuschauerraum
hinter die Bühne. Eine eigenartige Unruhe. »Beim Sackbauer brennt's!«, krakeelt einer.

Gundi schaut vor die Bühne. Der Zuschauerraum ist noch immer halb gefüllt, aber der Professor mit seiner Entourage ist nicht mehr da. Die Leute stehen zwischen den Sitzreihen, unterhalten sich aufgeregt, trinken ihr Bier aus. Einige sitzen auf den Treppen, wo die Luft besser ist, andere rauchen vor der Tür. Die Raucher haben das Feuer zuerst bemerkt. Schon hört man entfernt ein Martinshorn und der Saal leert sich. Draußen auf dem Vorhof des Wirtshauses starren die Leute gebannt auf den hell erleuchteten Hügel über dem Dorf.

»Mein Gott, die armen Rösser!«

»Da ist alles aus Holz, das brennt wie Zunder!«, rufen sie durcheinander. Einige springen in ihre Autos, um an den Ort des Geschehens zu gelangen. Der Rest bleibt aufgeregt plappernd vor dem Wirtshaus und die Theatergruppe hinter der Bühne fühlt sich ein wenig um ihren Triumph gebracht. Das sagt natürlich keiner. Aber die Feierstimmung ist weg.

Die Feuerwehr ist die ganze Nacht im Einsatz. Glücklicherweise können alle Tiere rechtzeitig ins Freie getrieben werden und eine Ausbreitung des Brandes auf das Wohnhaus des Professors gelingt es zu verhindern. Die gesamten Stallungen sind bis auf ein paar verkohlte Pfosten komplett zerstört. Als der Morgen dämmert, ist alles gelöscht. Nach dem nächtlichen Lärmen durch die Löscharbeiten herrscht jetzt Stille. Die Feuerwehrleute sind abgezogen. Vor dem Wohnhaus steht der Professor ganz allein und betrachtet die Katastrophe. In ein paar Stunden werden die Feuerpolizei und die Kripo ihre Arbeit aufnehmen.

Zwei Tage später ist es rum in Hintersbrunn: Brandstiftung. Es muss einer aus dem Dorf gewesen sein. Nur Gundi hat nichts mitbekommen. Weil sie damit beschäftigt war, weitere Möbel ihres Vaters im Hinterhof der Backstube aufzutürmen, damit Franz sie abholt. Einiges an Papierkram hat sie erledigt. Rente, Telefon abmelden, Krankenkasse informieren und tausend andere Dinge. Jetzt muss sie sich um den Erbschein kümmern.

Da klopft es an der Ladentür und Gundi fährt zusammen, weil sie sofort denkt, dass es nur Django sein kann, der seiner Drohung, sie aus dem Haus zu werfen, jetzt Taten folgen lässt. Dann geht die Tür auf und Liesi steht vor ihr.

»Servus, Liesi!«, ruft Gundi erleichtert, »das ist schön, dass du vorbeischaust bei mir.« Zugleich bemerkt sie die krause Stirn ihrer alten Freundin. »Ist was passiert?«

»Du weißt es noch nicht, oder?«, sagt Liesi und schaut sich in der inzwischen fast leer geräumten Küche des alten Bäckerhauses um.

»Komm rein«, sagt Gundi und deutet auf den Durchgang, der zum Wohnzimmer führt. Hier hat sich Gundi mit einem Hocker und einem Couchtisch provisorisch eingerichtet. Die Sonne, die durchs Fenster scheint, macht den Staub in der Luft der alten Wohnung sichtbar, und Gundi ist es ein wenig peinlich, dass sie nichts anzubieten hat. Sie trinkt aus dem Wasserhahn und ernährt sich von Wurstsemmeln und dem Rest von Franz' Bierkasten.

»Ich kann nicht bleiben«, sagt Liesi, »ich hab meinen Laden offen. Ich wollte nur schauen, ob der Franz bei dir ist.«

»Den habe ich seit eurem Stück nicht mehr gesehen.«
Liesi nickt und setzt sich jetzt doch.

»Was soll ich noch nicht wissen?«, fragt Gundi.

»Es war Brandstiftung«, antwortet Liesi. »Beim Sack-bauer. Irgendjemand ist mit Kanistern durch die Stallun-gen gegangen. Muss einer aus dem Dorf gewesen sein, sagt die Polizei, weil es keine Reifenspuren gibt. Ich kann mir nicht vorstellen, wer das gewesen sein könnte! Einer von uns? Das gibt's doch gar nicht! Wir kennen uns alle. Das kann gar keiner von uns gewesen sein. Es waren doch alle beim Theater.«

Einer ist später gekommen, denkt Gundi, sagt aber nichts, weil das wirklich vorschnell wäre. Außerdem muss sie aufpassen, dass sie sich nicht durch ihre Abnei-gung gegen Django zu falschen Verdächtigungen hin-reißen lässt.

Liesi schaut auf die Uhr und steht auf. »Die Sache ist die«, sagt sie im Hinausgehen. »Seit dem Brand hat kei-ner mehr den Franz gesehen. Ist nicht daheim und nir-gendwo. Sein Unimog ist auch weg. Und jetzt fängt ein Gerede an im Dorf. Ob Franz noch alle beieinander hat, verstehst du? Die ganzen Vorurteile.«

Da klingelt Gundis Handy. Die Redaktion. Passen tut das jetzt gar nicht. Mittendrin in dem ganzen Schlamas-sel mit dem Haus und dem Erbe und dem Franz und der besorgten Liesi. Die sprintet aber hinaus, zurück in ihren Laden, und Gundi geht ran. Es ist Christa.

»Du musst antanzen, meine Liebe. Heute um 16 Uhr beim Chef.«

»Muss denn das jetzt sein? Ich fühl mich ehrlich nicht gut …«

»Es ist Oktoberfest. Der Chef sagt, das muss jetzt reichen.«

»Ich brauch noch ein paar Tage, bis ich wieder fit bin ...« Gundi wollte sich eigentlich heute Abend in aller Ruhe mit Liesi beratschlagen. Wegen Franz. Dass der grundlos aus Hintersbrunn verschwindet, will ihr einfach nicht in den Kopf. Doch sie beißt auf Granit bei Christa.

11

Pünktlich um 16 Uhr steht sie im Vorzimmer ihres Chefs vor Christa, die sie mit mitleidigem Blick begrüßt und dem Chefredakteur meldet, dass Gundi da ist. Er blickt zunächst gar nicht auf, als Gundi vor ihm steht, und hämmert in seine Tastatur. Gundis Blick schweift durch die Fensterwand hinter ihrem Chef auf die alten Bäume im Innenhof des ebenso alten Verlagsgebäudes in der Münchner Innenstadt. Sein Büro ist groß und edel möbliert. Ein silberfarbener Büroschrank, eine Wand mit Zeitungsseiten und ein gläserner Schreibtisch. Kein Bild, keine Pflanze, keine Unordnung. Da steht der Chef auf und zieht sich die Anzugjacke an, die über seinem Stuhl hängt und farblich mit seinen Haaren übereinstimmt. Er geht zu dem kleinen Konferenztisch in seinem Zimmer. Gundi beschleicht ein mulmiges Gefühl, als sie sich zeitgleich setzen. Sie ist sich im Klaren darüber, dass die Berichterstattung vom Oktoberfest ohne sie läuft. Wahrscheinlich ist der Chef stinksauer. Hätte sie sich eigentlich denken können. Sie erkennt es am Blick seiner Augen, denen nie etwas zu entgehen scheint. Um ihre Krankheitsgeschichte zu untermauern, hustet sie künstlich.

»Gundi«, sagt der Chef, und Gundi ist auf einmal froh,

dass man sich in der Redaktion hierarchieübergreifend duzt. »Ich habe schlechte Nachrichten für dich.«

Gundi muss laut schlucken. Den Satz hat sie vor Kurzem schon einmal gehört. Und er bedeutet nichts Gutes. Wahrscheinlich muss sie ihre lange Abwesenheit mit Arbeiten in der Serviceredaktion büßen.

»Du weißt ja, dass es dem Tagblatt, der ganzen Printbranche nicht besonders gut geht. Die Auflage bröckelt. Nicht, weil wir schlechte Arbeit leisten. Die Jungen kaufen einfach keine Zeitungen mehr.«

Gundi schluckt noch einmal und jetzt bekommt sie schwitzige Hände.

»Das heißt, wir müssen sparen«, fährt der Chef fort, macht eine Pause und sieht Gundi an, als ob sie wissen müsse, worauf er hinauswill.

»Und was bedeutet das?« Gundis Stimme ist überraschend heiser.

»Ich möchte niemandem kündigen. Wir sind hier ausschließlich lang gediente Mitarbeiter. Redakteure, die seit Jahrzehnten mit Herzblut für ihr Blatt schreiben«, spricht er weiter und Gundi schöpft für einen Sekundenbruchteil Hoffnung. »Aber ich kann mir keine Pauschalisten mehr leisten. Das ist in der heutigen Lage nicht mehr adäquat.«

Gundis Magen krampft sich zusammen. Sie ist eine von denen. Nicht fest angestellt. Kein Redakteursvertrag. Eine Pauschalistin. Wie das in vielen Redaktionen üblich ist, arbeitet sie für ein vereinbartes pauschales Fixhonorar. Seit wie vielen Jahren eigentlich? 18? Sie hat sich nie Gedanken über ihre unsichere Jobsituation gemacht. Sie hat sich darauf verlassen, dass sie gebraucht wird. Gundi wischt sich die Hände unter dem Tisch an der Hose ab. Sonst kann sie nichts mehr denken, nur an ihre Hände und dass nach so einem Gespräch ja ein Händedruck kommt. Sie hört nicht mehr zu, als der Chef viele Worte zu verschärfter Gesetzeslage und Compliance findet. Gundi horcht erst wieder auf, als der Chefredakteur zur Tür geht.

»Bin ich gekündigt?«, fragt sie etwas dümmlich.

»Selbstverständlich kannst du weiterhin sporadisch auf Zeilenhonorarbasis für das Tagblatt arbeiten«, sagt er. »Sobald ich was habe, melde ich mich. Ich würde mir das sogar sehr wünschen, Gundi«, sagt er, als auch Gundi aufsteht und Richtung Tür geht. »Aber du musst deinen Arbeitsplatz räumen.«

Gundi sagt nichts.

Dafür sagt der Chef zum Abschluss den blöden Satz »Ich hoffe auf dein Verständnis«. Dann gibt er ihr tatsächlich die Hand.

Saufen mit Ferdl. Das ist das Einzige, was Gundi einfällt. Aber Ferdl ist in einem Mitarbeitergespräch. Also geht sie allein in die verlassene Kellerbar und schenkt sich einen Brandy ein, den sie hinter dem Tresen sofort hinunterkippt. Weißbier genügt heute nicht. Und obwohl sie eigentlich geglaubt hat, dass sie wütend sei, laufen ihr Tränen über das Gesicht. Sie setzt sich auf einen der Barhocker und legt ihren Kopf auf den kühlen Tresen. Alles bricht zusammen, denkt sie. Erst die verhasste Beerdigung, dann macht ihr dieses miese Großmaul ihr Elternhaus streitig, all die Verwicklungen und Unklarheiten, die Sache mit Franz … und jetzt das! Wahrscheinlich kann sie bald ihre Miete in München nicht mehr zahlen. Und mutterseelenallein bin ich auch noch, denkt sie und wischt sich mit dem Zeigefinger die Nase trocken, weil sie wieder einmal kein Tempo einstecken hat. Als Ferdl nach einer Stunde endlich da ist, hat sie den vierten Brandy intus. Ferdl geht in die Küche, kommt mit einer großen Schale heißer Kartoffelsuppe zurück, und Gundi ist froh, dass sie ihn hat.

»Eins nach dem anderen«, hat Ferdl gesagt. Erst mal die Sache mit dem Haus klären und einen Erbschein besorgen. Das sei jetzt das Wichtigste, meinte er. Wegen der Kündigung werde er ihr einen Anwalt besorgen, versprach er, und Gundi schnaufte innerlich tief durch. Irgendwie wird's weitergehen. Schreiben könne sie ja, hat Ferdl gesagt.

Und so fährt Gundi am nächsten Tag zwar ziemlich verkatert, aber wieder aufgeräumter und mit frischer Wäsche für die nächsten Tage nach Hintersbrunn zurück und schaut abends bei Liesi vorbei.

»Ist Franz wieder da?«

»Nein«, antwortet Liesi.

Sie sitzen in Liesis Wohnzimmer und Liesi tischt eine Kanne Pfefferminztee auf.

»Hast du kein Bier da?«

Liesi steht auf und kommt eine Minute später mit einer Bierflasche zurück, die sie am Wohnzimmertisch in zwei Wassergläser verteilt.

Schon besser, denkt Gundi, als die ersten Schlucke ihren Kater einlullen. »Was genau ist denn eigentlich passiert?«

»Also das Letzte, was ich weiß, ist, dass der Franz nach unserem Theaterstück noch aufräumen wollte …«

»Vielleicht ist er ja zu Verwandten gefahren?«

Gundi weiß eigentlich, dass Franz außer seiner verstorbenen Mutter keine Verwandten hat, und Liesi schüttelt nur den Kopf.

»Er ist am Montag nicht auf sein Bier gekommen. Da habe ich mir noch gar nichts gedacht. Dann hat der Werner angerufen, weißt schon, vom Lagerhaus, wo Franz arbeitet. Und der hat gesagt, dass Franz seit dem Theater nicht zur Arbeit erschienen ist. Manchmal ist der Franz ja ein bisschen nachlässig. Geht im Wald spazieren, das braucht er manchmal. Dann haben sie bei mir im Laden ganz offen darüber geredet, dass die Polizei nach ihm fragt. Wegen dem Brand und ob den Franz die Sache mit dem toten Hund im Wald irgendwie mitgenommen hat. Da habe ich mir wirklich Sorgen gemacht. Und als er heute wieder nicht aufgetaucht ist, da hab ich gewusst, dass was passiert ist.«

»Warst du schon bei ihm in der Wohnung?«

»Natürlich. Bin gleich hin. Hat ausgeschaut wie immer. Sein Unimog ist immer noch weg.«

Gundi kommt das Ganze ein bisschen hysterisch vor. Außerdem ist ihr Bier alle. Kein Job, kein Geld, kein Haus, denkt sie und ist kurz ein wenig neidisch auf Liesi mit ihrem schnuckeligen Eigenheim. Sie will Liesi aber nichts von ihrer eigenen Misere erzählen.

»Ich weiß nicht, Liesi, der Franz ist erwachsen und …«, sagt sie stattdessen.

»Der war noch nie weg von Hintersbrunn. Und wenn, hat er das vorher tagelang jedem erzählt!« Liesi fühlt sich offensichtlich nicht ernst genommen. »Irgendjemand hat mit der Polizei geredet und angezeigt, dass der Franz mit dem Brand beim Sackbauer etwas zu tun haben könnte. Auch im Wirtshaus reden sie drüber, dass beim Franz eine kleine Schraube locker ist im Oberstübchen, dass er vielleicht der Brandstifter ist …«

»Lass mich raten, wer da das Maul aufreißt. Django, oder?«

»Der und ein paar andere.«

»Du weißt schon, dass du dich einklagen könntest.« Ferdl ist am Telefon, als Gundi später wieder auf dem schäbigen Sofa ihres Vaters hockt. Als Hotelmanager hat er ständig mit Arbeitsrechtlichem zu tun. Gundi schüttelt nur den Kopf und geht mit dem Handy am Ohr durch den alten Laden vor die Haustür. Hier ist der Empfang besser. Sie setzt sich auf die Bank vor der Tür und betrachtet den Nachthimmel, während Ferdl ihr etwas von Scheinselbstständigkeit und Sozialversicherungen erzählt. Unglaublich, wie viele Sterne man hier auf dem Land sieht.

»Das will ich nicht, Ferdl. Ich bin ja froh, wenn ich in Zukunft wieder ab und zu einen Auftrag bekomme vom Tagblatt.«

Doch Ferdl gibt nicht auf. Zu wütend ist er auf Gundis Chef, der seiner Freundin so übel mitgespielt hat. »Der schlägt zwei Fliegen mit einer Klappe. Wenn man sich anschaut, wie du gearbeitet hast, mit Arbeitsplatz und Telefonnummer, könntest du ihm richtig Ärger machen.«

»Häh?«

»Der hat sich bei dir jahrelang die Sozialversicherung gespart. Dem steht das Amt auf den Füßen, das sag ich dir. Deswegen ködert er dich mit weiterer Beschäftigung. Der will dich geräuschlos loswerden …«

»Ferdl, ich mag das nicht hören.« Es ist einfach zu viel für Gundi. Die Tränen laufen wieder. Am liebsten würde sie den ganzen Scheiß in Hintersbrunn stehen und liegen lassen, sich in ihrer Münchner Wohnung verkriechen und an nichts mehr denken. Ihr Rauswurf hat sie schlimmer aus der Bahn geworfen, als sie gedacht hätte. Sie hat eigentlich geglaubt, dass sie das berühmte Aufstehen und Abbürsten besser hinbekäme. Stattdessen fühlt sie sich mickrig und wertlos. Hat sogar Albträume gehabt letzte Nacht. Trotz Brandy. Und sie hat keine Ahnung, was sie jetzt tun soll und wie es weitergeht.

»Meld dich, wenn du deinen Erbschein hast«, sagt Ferdl.

Gundi bleibt eine Weile sitzen, die Septembernacht ist angenehm lau. Ich muss endlich zum Amtsgericht, denkt sie. Und zum Grundbuchamt. Und sie muss schauen, dass sie sich beruflich neu aufstellt. Muss schauen, dass sie Geld verdient, damit sie ihre Wohnung in München nicht verliert. Sie muss dringend einen Kassensturz machen. Einen Überblick bekommen, was sie wirklich monatlich zum Leben braucht. Sie muss alles neu ordnen.

Momentan kann sie nicht mal aufstehen. Als wären ihre Füße aus Mühlsteinen. Sie schaut wieder hoch in die spätsommerliche Nacht.

Fast unheimlich, wie still die Nacht auf dem Land ist. Nur kurz stört ein fernes Motorengeräusch. Das Dorf ist leer, kein Auto fährt, die Menschen sind in ihren Häusern, die Rollläden unten. Gundi schaut von ihrem Platz vor dem alten Bäckerladen auf die von zwei schwachen Laternen beleuchtete Dorfstraße. Liesis Laden schräg gegenüber ist geschlossen, beim Bräu weiter vorn ist die Außenbeleuchtung an, aber die Fenster der Wirtsstube sind dunkel. Mit Blick Richtung Kransederhügel sucht sie den Horizont, findet ihn aber nicht. Nur Sterne und eine Mondsichel am schwarzen Himmel. Abnehmend, denkt Gundi und erinnert sich, dass Franz es war, der ihr das damals beigebracht hat. Abnehmend oder zunehmend? »Schau auf den Mond«, hat der Franz gesagt, »schreib ein kleines ›a‹ in die Luft und dann ein kleines ›z‹ und schon weißt du's.«

Franz, wo bist du?

Irgendwann steht Gundi doch auf, als sie endlich überzeugt ist, schlafen zu können, und geht ins Haus. Da hört sie hinter sich ein metallisches Quietschen und dann ein Klicken. Das Geräusch ist eindeutig. Jemand hat hinter ihr die Ladentür abgesperrt und Gundi dreht sich ruckartig um. In dem nur schwach von der Wohnung erleuchteten ehemaligen Verkaufsraum steht Django mit dem Rücken zur Eingangstür und hält einen Schlüssel in der Hand.

»Wie bist du hier reingekommen?«, fragt sie etwas zu laut und weiß gleichzeitig, dass er von hinten über die ehemalige Backstube gekommen sein muss. Django lässt den Schlüssel in seiner Hand kreisen, kommt auf sie zu, bleibt etwas zu nah vor ihr stehen und beginnt langsam zu nicken. Anschließend schnauft er laut durch die Nase aus. »Hast jetzt deine Sachen endlich draußen?«

»Ich, äh, ich bin ja dabei …«, stottert Gundi und spürt, wie ihr Angst die Kehle hochkriecht.

Django beugt sich weiter vor. »Lange schau ich mir das nicht mehr an.«

Gundi unterdrückt ihr Verlangen, sich umzudrehen und wegzulaufen, nach hinten ins Freie zu rennen. Stattdessen geht sie einen Schritt zur Seite, positioniert sich hinter dem hüfthohen Verkaufstresen und reißt sich zusammen. »Das glaub ich schon, Django.«

»Was soll das jetzt wieder heißen? Willst du es wirklich mit mir aufnehmen, du Mausdreck?«

Gundi spürt Djangos mühsam im Zaum gehaltene Wut fast körperlich. Aber sie ist entschlossen, nicht weiter zurückzuweichen. Nicht jetzt! »Dass du meinem Vater deinen Schrieb, diesen lächerlichen Vertrag, abgepresst hast, das soll das heißen! Dass der Wisch rechtlich keinen Bestand hat, das soll das heißen! Ich bin bei einem Anwalt gewesen und beim Notar!«

Zu Gundis Erstaunen nimmt ihr Django diese Lüge ab. Er scheint plötzlich unsicher, seine Augen flackern kurz, er dreht sich zur Seite und zündet sich eine Zigarette an. Schweigend nimmt er ein paar Züge und Gundi fragt sich, worüber er wohl nachdenkt. Einen Augenblick später wendet er sich ihr wieder zu und bläst ihr den Rauch ins Gesicht. »Des Haus gehört schon lange mir.«

Gundi hofft, dass man in ihrer Stimme kein Zittern hört. »Das wär ja ganz was Neues …«

»Ein Beutelschneider war er, dein Vater, hat jahrelang auf meine Kosten gelebt, der Saukerl, der elende!« Django wird laut, doch Gundi lässt sich nicht mehr einschüchtern.

»Was redest du da für einen Scheiß? Der Gierschlund bist du! Du bist scharf auf mein Grundstück hier mitten im Dorf, bloß zahlen willst du nicht. Und du hast geglaubt, dass ich einfach aufgebe und wieder verschwinde.«

»Du hast hier überhaupt nichts zu suchen. Was glaubst du, wer du bist? Glaubst, du kannst hier mitmischen? Glaubst, du kannst dich einschmeicheln bei den Leuten im Dorf …?«

»Liesi und Franz haben damit überhaupt nichts zu tun«, unterbricht ihn Gundi und in diesem Moment geht ihr ein Licht auf. »Dir passt das nicht, dass ich mit dem Sackbauer über die alte Geschichte geredet hab. Hängst du deswegen dem Franz den Brand an? Damit ich das Maul halte?«

Django zieht die Augenbrauen hoch, lässt die Zigarette auf den Ladenboden fallen und tritt sie aus.

»Es gibt ja keinen anderen Irren im Dorf, der nicht ganz sauber ist da droben.« Django kreiselt mit einem Finger vor seiner Stirn herum und grinst, weil er glaubt, mit Franz Gundis wunden Punkt erwischt zu haben.

Die schüttelt nur langsam den Kopf. »Ich weiß genau, dass du im ersten Akt nicht da warst. Hat nicht gereicht mit dem Hund, hm? Deswegen hast du den Hof angezündet!«

Django wird knallrot im Gesicht, was Gundi in der schummrigen Beleuchtung zwar nicht sieht, aber spürt. Jetzt bin ich zu weit gegangen, denkt sie.

»Pass bloß auf, dass dir nicht dasselbe passiert wie dem Dorfdeppen!« Django springt fast auf Gundi zu, beugt sich über den Tresen und kommt ganz nah ran an ihr Gesicht. »Wir sind noch lang nicht fertig miteinander«, keucht er. »Wenn du Krieg willst, kannst du Krieg haben!«

Gundi bekommt es mit der nackten Angst zu tun. Er wird gleich zuschlagen, denkt sie. Der bringt mich jetzt um, denkt sie. Doch Django wendet sich ab, geht an ihr vorbei nach hinten durch die Küche in die Backstube und verschwindet durch den Hinterausgang in der Nacht. Gundi zittert am ganzen Körper. Den Schlüssel zu ihrem Elternhaus hat er mitgenommen. Das ist alles, was sie im Moment denken kann, und sie fühlt sich überhaupt nicht mehr sicher hier.

Die Kameras blitzen. Gundi hat ihre Haare für die Abendgala hochgesteckt und steigt aus einem Cabrio, auf dem Beifahrersitz liegen Unterlagen für die heißeste Geschichte des Jahres. Ein Knüller. Jeder weiß, dass sie einen Knüller hat. Franz Beckenbauer kommt auf sie zu, lächelt sie an, verbeugt sich angedeutet und reicht ihr seinen Arm. Sie gehen über den roten Teppich auf den Eingang einer hell erleuchteten Säulenhalle zu. Da fällt ihr Blick auf jemanden, den sie kennt. Unter den Zaungästen steht er. Er will etwas von Gundi, und sie spürt, es ist nichts Gutes. Mit dem Zeigefinger bedeutet er ihr herzukommen, und Gundi kann dem unscheinbaren Befehl nicht widerstehen. Es ist ihr Chefredakteur, und ein wenig hinter ihm steht der unvermeidliche Karsten, dieser widerliche Arschkriecher, und lacht. Weil er weiß, dass das, was der Chef von ihr will, nichts Gutes bedeutet für Gundi.

»Weitsprung mit Pferd«, mokiert sich ihr Chef, als Gundi vor ihm steht. Ihr Knüller … Woher kennt der meinen Knüller?, denkt Gundi und weiß auf einmal gar nicht mehr, wie sie überhaupt auf die Sache gekommen ist.

»Das kannst du nicht und das geht nicht«, sagt ihr Chef, und zu Gundis großem Erstaunen sitzt sie jetzt auf einem Pferd und schwebt mit Leichtigkeit durch die Luft. Das Pferd springt eine Art Dreisprung durch eine Feuersbrunst, und Gundi denkt, so leicht ist das also. Sie ist klatschnass, als wäre sie nicht durch Feuer, sondern durch Wasser gesprungen, die Leute jubeln und applaudieren, und aus dem Augenwinkel sieht Gundi ihren Chef und Karsten ganz klein in der Ecke. Besiegt, geschlagen und vernichtet. Da wacht sie auf.

Nach der unruhigen Nacht auf dem Sofa ihres Vaters fährt Gundi am Tag nach Djangos nächtlichem Besuch in aller Herrgottsfrühe los. Um den dummen Traum aus dem Kopf zu bekommen. Sie ist viel zu früh dran für die Ämter in der Kreisstadt, aber sie will lieber in irgendeinem Café sitzen und auf die Bürozeiten warten als in ihrem unsicheren Elternhaus auf weitere böse Überraschungen. Dass sie es nicht absperren konnte, dass Django die Schlüssel mitgenommen hat, beunruhigte sie die ganze Nacht. Das war mehr als eine Besitzergeste. Er hat sie in der Hand. Nach dem Termin beim Amtsgericht muss sie sich dringend in München verkriechen.

12

Am liebsten wäre Gundi, sie müsste gar nicht mehr nach Hintersbrunn zurück. Sie wünscht sich, sie wäre nie hingefahren. Doch nach einem erfolgreichen Behördengang und ein paar Nächten in ihrer kleinen Münchner Wohnung in Sicherheit, weiß sie, dass sie es muss.

Sie sitzt bei Ferdl in der Kellerbar am Tresen, sie trinken kein Weißbier, weil es erst Vormittag ist, und Gundi hat ihrem Freund gerade ihren dummen Traum von ihrem Chef und dem Dreisprung-Pferd erzählt.

»Du weißt, dass ich Leute kenne, die deinem Chef mal ordentlich die Fresse polieren könnten?«, fragt Ferdl und Gundi schaut ihn mit hochgezogenen Brauen an.

Ferdl meint es ernst. »Die muss ich nur anrufen«, sagt er. »Die hauen den windelweich, dass er mal weiß, wie sich das anfühlt, keine Macht zu haben.«

Gundi denkt nach und kann nicht glauben, dass sie ernsthaft so etwas in Erwägung zieht. Es war einfach zu erniedrigend, vor aller Augen ihren Schreibtisch auszuräumen.

»Ich hab an Reifenaufschlitzen gedacht«, antwortet sie. »Und Sackkrebs wünsch ich ihm sowieso. Aber im Moment muss ich die Sache in Hintersbrunn regeln.«

Gundi erzählt Ferdl von den beunruhigenden Vorkommnissen in ihrem Heimatdorf. Von ihren Beobachtungen beim Theaterstück, von Franz' Verschwinden und den Verdächtigungen im Dorf und von Djangos nächtlichem Besuch.

»Du glaubst also, dass Django der Brandstifter ist?«, fragt Ferdl.

»Ja, der will Professor Sackbauer vertreiben. Der schreckt vor nichts zurück.«

»Dass er ihn zum Schweigen bringen will, wissen wir. Er will keinen Gedenkstein und er will kein Gerede über die Nazi-Vergangenheit seines Großvaters.« Ferdl denkt ein paar Sekunden nach. »Und wenn ich mir vorstelle, dass der sich dein Häuschen einverleiben will, glaube ich, dass der das ganze Dorf als seinen persönlichen Besitz betrachtet.«

»Und er braucht einen Schuldigen für den Brand. Da kommt ihm Franz gerade recht.«

Die beiden sitzen eine Weile wortlos nebeneinander auf ihren Barhockern, jeder eine leere Espressotasse vor sich, und schauen auf die Wand hinter dem Tresen mit den vielen bunten Flaschen. Wieder hat Ferdl den nächsten neuen Gedanken.

»Glaubst du, Django hat mit dem Verschwinden von Franz etwas zu tun?«

Gundi nickt.

»Zutrauen würd ich es ihm. Vielleicht hat er ihm sogar etwas angetan.«

»Und was willst du jetzt machen?«

»Ich fahr zurück nach Hintersbrunn. Django hin oder her. Ich muss mit Professor Sackbauer reden und ihm sagen, wer das war mit dem Hund. Und dass ich den Verdacht habe, dass Django darüber hinaus der Brandstifter ist, weil nur er nicht von Anfang an dabei war beim Theaterabend.« Sofort verlässt Gundi der mühsam erkämpfte Mut wieder. »Vielleicht kann ich ja bei Liesi schlafen …«

»Meinst du, dass Sackbauer dir glaubt? Es ist ja bloß ein Verdacht, den du da hast …«

»Das weiß ich nicht. Nicht einmal, ob er Interesse daran hat. Der hat bestimmt eine Versicherung. Ich muss ihn dazu bringen, mit der Polizei zu reden. Das ist auf alle Fälle besser, als wenn ich zu den Bullen gehe mit meinen unbewiesenen Verdächtigungen.« Gundi sucht nach Zustimmung in den Augen ihres Freundes, und als der nichts sagt, fährt sie fort.

»Ich will einfach, dass dieser schlimme Verdacht aus der Welt geräumt wird. Der arme Franz kann sich gegen so was nicht wehren. Vielleicht versteckt er sich, weil er weiß, dass man ihm den Brand anhängen will, wer weiß …?«

»Ich hoffe ja wirklich, dass der nicht tot und begraben ist, Gundi. Weil wenn das so wäre und Django das war, dann bist du in Lebensgefahr.«

Gundi schluckt. »Das ist richtig. Richtig ist aber auch, dass ich jetzt nicht klein beigeben darf. Ich muss klare Verhältnisse schaffen, was mein Haus betrifft. Es gibt keinen entsprechenden Eintrag im Grundbuch. Django hat keinerlei Anspruch auf das Haus von meinem Vater.«

»Und dieser Schrieb, den er dir da präsentiert hat, gilt nicht mal als Vorvertrag, sagt mein Anwalt.«

Gundi grinst. »Abkaufen kann er es mir. Billig wird das für ihn nicht.«

Und weil Gundi ihren Erbschein beantragt hat und wahrscheinlich ein kleines Sparbuch erbt, trinken die beiden jetzt doch ein Weißbier und schwelgen ein paar Schlucke lang von der Ostsee und lachen über ihre kühnen und ein bisschen unrealistischen Träume.

Zum Abschied wird Ferdl wieder ernst. »Vielleicht brauchen wir meine Schläger zweimal«, sagt er. »Zuerst für deinen Chef und danach für Django.«

Im Greimerbräu macht derweil eine weitere Neuigkeit die Runde: »Der Sackbauer gibt auf.« Ein Landwirt von der anderen Seite des Kransederbergs bringt die Nachricht mit, als er sich zu den Bauarbeitern von Django, die hier einen günstigen Mittagstisch abonniert haben, an den Tisch setzt. Auch Django ist dabei. Der Nachbar ist heute Vormittag auf das Gestüt gerufen worden, und ihm wurden der Traktor, eine Kutsche und weiterer Metallschrott aus Tränkebecken, Fässern und Drahtrollen zum Kauf angeboten.

»Der Harry, der Pferdewirt dort, der hat's mir gesagt. Der ist stinksauer, weil Sackbauer, wie es scheint, längst einen neuen Hof hat. Und zwar im Oberland. Nicht der nächste Weg für Harry«, berichtet er.

»Das ging aber schnell«, wirft der Bräu ein.

»Harry meint, das muss der schon länger geplant haben«, antwortet der Nachbar.

»Was für eine verdruckste Drecksau der Sackbauer ist«, sinniert Django. Heimlich reibt er sich die Hände. Er weiß, dass er jetzt so nah an der Verwirklichung seiner Pläne ist wie nie zuvor. Diesmal wird ihm den Kransederhof keiner vorenthalten.

»Du bist mit meinem Geld Bürgermeister geworden, vergiss das nicht!«, schnaubt Django. Am späten Abend sitzen er und Georg Bernleitner allein an einem hinteren Tisch beim Bräu. Die Wirtsstube ist leer und das Licht über dem Tresen wirft einen schwachen Schein auf die verlassenen Tische und Stühle. Aus der Küche hört man jemanden aufräumen. Django wollte eigentlich nicht gleich aufbrausen. Bernleitner hatte nur kurz gezögert. Was damals passiert ist, auf dem Kransederhof vor über 20 Jahren, und der verlorene Kampf um das Grundstück, für das er ein großes Risiko eingegangen ist, das alles sitzt wie ein nicht heilender Abszess in Djangos Gedächtnis.

Der Bürgermeister nimmt einen neuen Anlauf. »Deine früheren Pläne, die waren gar nicht so verkehrt. Wir werden alle immer älter hier in Hintersbrunn. Altersgerechte Wohnungen, das wär's. Und ein Ärztehaus. So was Soziales.«

Django winkt ab. »Und wer hat den ganzen Verwaltungsaufwand? Das muss doch verwaltet werden!«

»Das könnte die Gemeinde machen.«

Django denkt kurz nach. »Bullshit!«, sagt er dann. »Ein Golfplatz. Neun Loch. Und ein Klubhaus. Ist schließlich mein Geld!«

»Aber …«

»Ich warne dich, Bernleitner! Dass du mir jetzt ja keinen Strich durch die Rechnung machst! Die Gemeinde hat ein Vorkaufsrecht …«

»Zum Wohl der Allgemeinheit. Aber ein Golf-platz …«

»Das braucht ja im Moment keiner wissen! Bernleit-ner, ich sag's dir ein letztes Mal: Wenn du mich da jetzt hängen lässt, wenn du mir jetzt den Kransedergrund nicht gibst, kannst du schauen, wo du bleibst mit dei-nem Sportverein. Verstehst du mich, Bürgermeister?«

Gundi erscheint diesmal unangemeldet auf dem Gestüt des Professors Sackbauer, und als sie das Auto abstellt, fürchtet sie erst, dass er vielleicht gar nicht da sein könnte. Das Anwesen ist nicht wiederzuerkennen. Die beiden Ställe, die im rechten Winkel zueinander standen, sind bis auf ein verkohltes Gerüst komplett abgebrannt. Die Erde auf dem ganzen Gehöft ist rußschwarz. Sogar das toskanisch anmutende Wohnhaus sieht verändert aus. Obwohl es nichts abbekommen hat. Irgendwie wirkt es jetzt fremd. Wie ein Iglu in der Wüste.

Gundi klopft mit dem Pferdekopf aus Metall an der Tür. Sofort öffnet die Haushälterin, die Gundi beim Theaterabend, jedoch nicht bei ihrem ersten Besuch hier zu Gesicht bekommen hat.

»Ich habe Informationen für den Professor bezüglich des Brandes«, fügt Gundi ihrer Frage, ob der Hausherr zu sprechen sei, hinzu, weil die Haushälterin abwei-send blickt.

Die hebt ihre Hand kurz an und schließt die Tür wie-der. Gundi interpretiert es als Aufforderung zu warten. Ein paar Minuten später öffnet die Haushälterin die Tür erneut und bittet Gundi herein. Sie geht ein paar Schritte voraus und führt Gundi wieder in das riesige zweistöckige Arbeitszimmer, in dem der Professor gerade hinter seinem Schreibtisch aufsteht.

»Frau Starck, richtig?«, begrüßt er sie und deutet wieder auf das Samtsofa. Auch diesmal setzt sich der Professor ihr gegenüber auf den Hocker, macht jedoch keine Anstalten, etwas zu servieren.

»Was kann ich für Sie tun?«

»Ich möchte mit Ihnen über meine Beobachtungen bezüglich des Brandes sprechen …«, beginnt Gundi, doch der Professor unterbricht sie sofort.

»Brandstiftung«, sagt er. »Es war Brandstiftung, das steht eindeutig fest. Es gibt Hinweise aus der Bevölkerung, dass dieser geistig behinderte …«

Jetzt ist es an Gundi, dem Professor ins Wort zu fallen, bevor er diesen Gedanken ausformuliert. »Herr Professor! Sie haben mit eigenen Augen gesehen, dass Franz auf der Bühne stand, als ihr Gestüt abgebrannt ist!«

Der Professor breitet die Hände aus. »Ich konnte bei der Polizei jedenfalls nicht bezeugen, wer bei der Theateraufführung hinter dieser Maske steckte.« Einen kurzen Moment ist Gundi sprachlos, fasst sich jedoch schnell. »Ist Ihnen nie in den Sinn gekommen, dass die Brandstiftung etwas mit Ihrem geplanten Denkmal zu tun hat?«

»Mit dem Gedenkstein«, verbessert sie der Professor. »Ein Denkmal wäre per definitionem …«

»Herr Professor!« Gundi hebt ihre Stimme ein wenig und der Professor verstummt. »Liegt es nicht auf der Hand, dass die Brandstiftung etwas mit dem geplanten Mahnmal und der Vertuschung des damals begangenen Mordes zu tun hat?«

»Zumindest ist mir nicht entgangen, dass meine Idee im Dorf nicht auf Gegenliebe stößt. Aber gleich Brandstiftung?« Der Professor zuckt fast unsichtbar mit den Schultern und Gundi entschließt sich, ihre Bombe platzen zu lassen.

»Ich weiß, wer Ihren Hund getötet hat.«

»Was?«, entfährt es dem Professor.

»Auch das hatte etwas mit dem Denk… mit dem Gedenkstein zu tun. Ich glaube, es sollte ein Warnschuss in Ihre Richtung sein.«

»Und wer hat es getan?«

»Joachim Schickaneder. Der Enkel des damaligen Mörders.«

Der Professor schüttelt den Kopf. »Der junge Herr Schickaneder? Der hat damals, als ich dieses Grundstück erwarb, alles hier gebaut. Er ging hier ein und aus. Das ist ganz einfach unmöglich!«

»Er wollte Ihr Mahnmal verhindern, Herr Professor! Er wollte Sie einschüchtern!«

Der Professor schüttelt wieder den Kopf. »Gibt es für Ihre Anschuldigung irgendwelche Beweise?«

»Brauche ich nicht. Sie können jeden fragen im Dorf. Jeder weiß es. Django … also Joachim Schickaneder, brüstet sich ganz offen damit, ihren Hund getötet zu haben. Um Ihnen eine Lektion in puncto Wer-hat-hier-das-Sagen zu erteilen.« Gundi zögert einen Moment. »Obwohl, wenn ich's mir recht überlege, wird wohl keiner aus dem Dorf den großen Baumeister hinhängen …«, ergänzt sie.

»Ich kann nicht glauben, dass wegen eines Gedenksteins …«

»Es geht nicht nur um den Mord in den letzten Kriegstagen, Herr Professor. Es geht um dieses Grundstück.
Als Sie dieses Grundstück kauften, wann war das? Mitte
der 1990er-Jahre?«

»1996.«

»Damals haben Sie Joachim Schickaneder das Anwesen quasi weggeschnappt. Er wollte es selbst haben.
Doch dann haben Sie den Zuschlag bekommen. Das
hat er nie verwunden.«

»Dennoch … er hat mit seiner Firma hier die Ställe
errichtet. Er hat mein Haus gebaut.«

»Halte deine Freunde nahe bei dir, aber deine Feinde
noch näher«, sagt Gundi und ist sich nicht bewusst, dass
sie aus Djangos Lieblingsfilm zitiert.

Der Professor blickt irritiert. »Brandstiftung wegen
eines verlorenen Geschäfts? Ein Verbrechen?«

»Sie haben sich mit Ihrem Gedenkstein einen mächtigen Feind gemacht. Der will Sie loswerden und sich
bei der Gelegenheit Ihr Grundstück unter den Nagel
reißen.«

»Haben Sie Beweise dafür?«

»Ich weiß, dass er am Abend des Brandes erst während des zweiten Aktes im Theatersaal war. Vorher hat
er unbemerkt den Brand gelegt.«

»Das ist Ihr Verdacht …«

»Herr Professor! Ihr Hund! Das war Joachim Schickaneder! Und er war es auch, der Ihre Ställe abgefackelt
hat!« Langsam ärgert sich Gundi über die Begriffsstut-
zigkeit ihres Gegenübers, beschließt jedoch, nicht locker
zu lassen. Immerhin braucht sie Sackbauer, um dieses
unselige Gerede, der Franz sei ein Brandstifter, aus der

Welt zu schaffen. Sie lässt ihn eine Weile nachdenken. Dann greift sie die Angelegenheit von einer anderen Seite her auf. »Wie geht es jetzt bei Ihnen weiter, Herr Professor? Mit Ihrem Gestüt?«

Anscheinend ist der Professor froh über diesen Themenwechsel.

»Die Versicherung wird mir den Schaden hier ersetzen. Ich werde mich woanders niederlassen, das Grundstück hier verkaufen. Die Gemeinde hat ein Vorkaufsrecht, wir haben bereits darüber verhandelt …« Der Professor stockt mitten im Satz, und es sieht so aus, als ob ihm ein Licht aufginge. »Kennen Sie die politischen Verhältnisse hier im Dorf?«, fragt er schließlich.

»Klären Sie mich auf.«

»Der derzeitige Bürgermeister, der parteilose Georg Bernleitner, kam ins Amt, da war ich schon etliche Jahre hier in Hintersbrunn. Sein Vorgänger, übrigens Joachim Schickaneders Vater, hat mir damals dieses Anwesen hier verkauft. Dass er seinem Sohn nicht den Vorzug gab, das ist durchaus eigenartig, finden Sie nicht?«

»Worauf wollen Sie hinaus, Herr Professor?«

»Bei der einen oder anderen Gelegenheit im Laufe der Bauarbeiten auf meinem Gestüt hat Joachim Schickaneder relativ offen über seine Ambitionen mit dem Herrn Bernleitner gesprochen. Dass er ihn aufbauen wolle. Ich habe damals über die Klüngeleien in der Dorfpolitik gelächelt. Es klang alles ein bisschen korrupt, ja, aber irgendwie auch harmlos. Also, mich hat es auf jeden Fall nicht betroffen.«

»Und wie hat er das angestellt, dass Georg Bernleitner tatsächlich zum Bürgermeister gewählt wurde?«

»Joachim Schickaneder hat seinem Freund ein professionelles Fußballteam finanziert. Verpflichtete einen professionellen Trainer und ein paar Spieler aus höheren Ligen. Ganz Hintersbrunn stieg auf.« Der Professor schüttelt lachend den Kopf.

»Damit wurde Herr Bernleitner gewissermaßen zum Helden im Dorf. Den ›Hoeneß von Hintersbrunn‹ hat man ihn genannt. Und als die Bürgermeisterwahl anstand, da gab es keinen Gegenkandidaten. Sie können sich denken, wer in den folgenden Jahren bei der Vergabe von gemeindlichen Bauvorhaben zum Zuge kam. Wie gesagt, mir war das egal und niemand im Dorf störte sich daran.«

Gundi ist irritiert. »Das heißt also …«

»Wenn mein Grundstück von der Gemeinde zurückgekauft wird, heißt der neue Besitzer Joachim Schickaneder.«

Wow, denkt Gundi. Das ist es. Damit wird sie Franz retten. Doch der Professor muss ihr helfen. Sie beugt sich vor und spricht ganz langsam.

»Herr Professor Sackbauer, Sie müssen mit Ihrem Wissen über die korrupte Dorfpolitik zur Polizei gehen. Franz Kreitmeyer, der – wie Sie wissen – den behinderten Buben gespielt hat am Abend des Brandes, der hat mit all dem nichts zu tun!«

Der Professor zögert. »Haben Sie Ihre Beobachtungen während des Theaterabends der Polizei gemeldet?«

»Noch nicht. Ich glaube, das ist zu wenig, um die Ermittlungen in die richtige Richtung zu lenken. Ich brauche Ihre Unterstützung. Sie müssen zur Polizei gehen!«

Zu Gundis Überraschung zieht der Professor die Augenbrauen hoch und erhebt sich. Langsam geht er Richtung Tür und öffnet sie.

»Das werde ich nicht tun«, sagt er und Gundi trifft es wie ein Schlag.

»Was?«, ruft sie. »Warum nicht?«

»Bitte gehen Sie jetzt. Es tut mir leid, Frau Starck. Ich möchte einfach abschließen mit Hintersbrunn.«

»Das glaube ich jetzt nicht«, sagt Gundi im Hinausgehen.

Wie in Trance rollt sie mit ihrem Auto den Hügel hinunter und kommt ohne feste Absicht vor Liesis Laden zum Stehen. Sie muss mit ihr über die Neuigkeiten reden. Und sie muss sich darüber klar werden, was jetzt zu tun ist. Liesi ist nicht zu sehen und Gundi ruft in den leeren Laden.

»Liesi? Wo bist du?«

Liesi kommt zwischen den Regalen hervor. »Hallo, Gundi«, sagt sie, geht hinter ihren Tresen und rückt umständlich die ausgelegten Schalen mit Süßigkeiten zurecht.

»Liesi, stell dir vor«, beginnt Gundi, »ich war gerade beim Sackbauer. Weißt, was ich erfahren habe? Der Django, der hat ein ganz offensichtliches Motiv für die Brandstiftung beim Sackbauer. Ich hab gesehen, dass der nicht da war, beim Theater, mein ich …« Sie unterbricht sich und ermahnt sich innerlich, eins nach dem andern zu erzählen, als sie etwas stocken lässt. Irgendetwas ist anders.

Nachdem Franz auch am dritten Morgen nicht zu seinem Frühstücksbier erschienen war, sperrte Liesi ihren Laden zu und fuhr zur Polizeidienststelle in die Kreisstadt, um eine Vermisstenanzeige aufzugeben, was ihr allerdings nicht gelang. Weil sie nicht beweisen konnte, dass Franz in Gefahr war oder Opfer eines Verbrechens. Gegen Mittag war sie zurück und stand erneut vor der abgeschlossenen Ladentür des alten Bäckerhauses und bemerkte erst jetzt, dass Gundis Auto nicht da war. Sie wollte es abends noch mal versuchen. Die Sorgen ließen ihr keine Ruhe. Sie hätte längst ihre beliebte Kirschmarmelade einkochen sollen, aber sie konnte sich einfach nicht darauf konzentrieren. Also sperrte sie ihren Laden erneut zu und ging ein weiteres Mal hinüber zum alten Schulhaus. Der Unimog war immer noch weg. Sie betrat das alte Schulgebäude und sofort schlug ihr der vertraute Geruch entgegen. Der ist einfach nicht wegzukriegen, dachte sie, dieser Mief nach Linoleum und Bohnerwachs. Jahrzehntelang hatten die zwei Klassenzimmer im Erdgeschoss leer gestanden, bis vor ein paar Jahren an die 20 Flüchtlinge hier vorübergehend Unterschlupf gefunden hatten. Sie hatte mitgeholfen wie viele im Dorf, hatte Lebensmittel vorbeigebracht, jedoch nur eine Familie aus Syrien, mit der Franz sich angefreundet hatte, ein bisschen näher kennengelernt. Franz hatte den Mann einmal zu seinem Morgenbier mitgebracht, allerdings mochte der Fremde kein Bier trinken. Und Liesi konnte sich, anders als Franz, dem die Kommunikation ohne Worte immer schon besser gelungen ist, nicht verständlich machen.

Liesi ging an den Klassenzimmern vorbei, ohne einen Blick hineinzuwerfen, und stieg die breite Treppe hoch.

Den größten Teil des oberen Stockwerks bewohnte das inzwischen pensionierte Lehrerehepaar, das hier einst unterrichtet hatte und den Ruhestand in der alten Wirkungsstätte genoss. Alt-Hippies. Liesi lächelte beim Hinaufgehen in sich hinein und erinnerte sich an den jungen Lehrer von damals, der einen Vollbart getragen und Gitarre gespielt hatte. Und an die Lehrerin mit ihren hüftlangen Haaren, die den Mädchen das Weben am Webstuhl beigebracht hatte. Sie war etwas strenger gewesen, hatte den Kindern mehr abverlangt. Er dagegen hatte seine Schulstunden wann immer möglich gern ins Freie verlegt. Schöne Schuljahre. Liesi dachte gerne daran zurück.

Die Tür zu Franz' kleiner Wohnung hinten im oberen Gang war offen und sie ging hinein.

»Franz?«, rief sie, doch Franz war nicht da. Wie erwartet. Genau wie vor ein paar Tagen stand eine abgewaschene Tasse verkehrt herum auf der kleinen Spüle und im angrenzenden Schlafzimmer war das Bett immer noch unberührt. Liesi sah sich um. Irgendwelche Anhaltspunkte musste es geben. Sie öffnete die Schublade des Küchentisches, fand aber nur einen Jahreskalender, auf dem ein paar Termine eingetragen waren. Holzarbeiten, Sperrmülltage, Feuerwehrübungen. Da hörte die Küchenuhr auf zu ticken und Liesi bemerkte erst jetzt, dass sie überhaupt getickt hatte. Urplötzlich überkam sie eine schreckliche Vorahnung. Sie war sich sicher, dass Franz etwas Schlimmes passiert sein musste.

Beklommen ging sie zurück auf den Gang und klopfte an die Tür der Lehrerwohnung. Heute trug der alte Herr Lehrer keinen Vollbart mehr, dafür einen Zopf, der nur seinen Hinterkopf verzierte, weil sein Haaransatz mit den Jahren nach hinten gewandert war.

»Liesi«, sagte er und schaute sie fragend an.

»Grüß dich, Herr Lehrer«, sagte Liesi. Nach Dorfsitte duzte man sich in Hintersbrunn, nur der Lehrer und der Pfarrer wurden mit »Herr« und ihrer Berufsbezeichnung angesprochen. Eine Zeit lang hatte das Lehrerehepaar vergeblich versucht, die Vornamen Tonio und Evelyn durchzusetzen, der »Herr Lehrer« und die »Frau Lehrerin« hielten sich freilich hartnäckig.

»Wisst ihr was von Franz?«, fragte Liesi, nachdem sie hereingebeten, von der Frau Lehrerin begrüßt und in der mit orientalischen Teppichen und allerlei Mitbringseln aus fernen Ländern vollgestopften Wohnung auf dem uralten Chesterfield-Sofa platziert worden war.

»Ich habe ihn zuletzt bei unserem Theaterabend gesehen«, antwortete der Lehrer und blickte zu seiner Frau, der man die früheren Hippie-Jahre nicht mehr ansah. Sie hatte immer noch diesen strengen Blick drauf, der vermutlich daher rührte, dass ihre Augenbrauen so hoch auf ihrer Stirn lagen.

»Ich kann nicht sagen, ob ich ihn habe heimkommen hören«, ergänzte sie. »Wir haben den Theaterabend mit Rotwein gefeiert, und als wir aus den Federn sind am nächsten Tag, da war sein Unimog weg, da bin ich mir sicher.«

»Ich war heute Morgen bei der Polizei«, begann Liesi und die beiden Ex-Lehrer warfen sich erneut einen kurzen Blick zu.

»Die haben sich überhaupt nicht für meine Vermisstenanzeige interessiert und nur versucht, mich auszufragen, ob der Franz früher schon einmal gezündelt hat und was genau er bei der Feuerwehr treibt im Ort.« Sie machte eine kurze Pause. »Und ob es sicher der Franz war, hinter der Maske. Auf alle Fälle wollten sie genau wissen, wann wer beim Theater gesehen worden ist. Hab nicht viel gewusst, ich war ja hinter der Bühne …«

»Liesi, die Polizei wird dir keine Hilfe sein«, antwortete der Lehrer, der seine Stirn in tiefe Falten gelegt hatte, während Liesi erzählte.

»Uns sollte es nur darum gehen, dass Franz gesund heimkommt«, sagte er und Liesi fühlte sich auf der Stelle schuldig, dass sie bei der Polizei gewesen war. Man regelte die Dinge unter sich in Hintersbrunn.

»Ich hab gehört, dass du bei der Polizei warst«, wusste Django keine zwei Stunden später, als er am Nachmittag unvermittelt bei ihr im Laden stand.

»Hast du denen gesagt, dass Franz ein Alkoholproblem hat?«

»Wie kommst du denn darauf? Das stimmt doch gar nicht!«, antwortete Liesi.

»Jeden Tag zum Frühstück ein Bier …«, Django wiegte seinen Kopf, »das nenn ich ein Alkoholproblem.«

»Bisher hat das nie jemanden gestört …«

»Und ein bisschen plemplem ist er auch, der Franz, das weiß jeder …«

»Jetzt hör aber auf! Ich war den ganzen Abend mit Franz auf und hinter der Bühne.«

»Aber dass der Sackbauer nicht der Brandstifter sein kann, hast du denen auch bezeugen können, oder?«, fuhr Django fort.

Liesi war verwirrt. »Ich habe gar nichts bezeugen können«, antwortete sie. »Ich weiß bloß, dass Franz kein Brandstifter ist!«

»Und warum ist er dann untergetaucht?«

Langsam kapierte Liesi. Django wollte Franz unter allen Umständen den Brand anhängen. Aber warum?

»Dieses Gerede im Dorf«, begann sie, »bist du da vielleicht beteiligt? Warum willst du unbedingt einen Schuldigen finden?«

»Ist er dir sooo wichtig, der Fürbitten-Franze?«

Langsam wurde Liesi die Sache unheimlich. »Nein, nur dieser Tratsch im Dorf über den Franz …«, setzte sie an, doch Django unterbrach sie scharf.

»Wenn du gescheit bist, kümmerst du dich nur um Sachen, die dich was angehen. Was kümmert dich der Dorfdepp? Lebst du vielleicht von den fünf Bieren, die dieser blödgesoffene Nichtsnutz bei dir trinkt, oder lebst du von Leuten, die dir deine Schmankerl abkaufen? Und von meinen Arbeitern, die sich jeden Tag ihre Brotzeit bei dir holen?«

Liesi wusste nicht recht, warum sie sich unausgesprochen bedroht fühlte.

»Oder kauft diese Unruhestifterin, die nicht mehr zu uns gehört, so viel?«, machte Django weiter.

»Wo ist die denn, hm? Nur anwesend, wenn sie etwas braucht. Du und dein Spinner gehen dieser Stadtschnepfe in Wahrheit am Arsch vorbei!« Django hielt kurz inne.

»Es wird Zeit, dass wieder Ruhe ist im Dorf. Der Brand beim Sackbauer ist ein Unglück, aber einer wie der Fürbitten-Franz kann wegen seinem Oberstübchen

mildernde Umstände bekommen. Und sobald der Sackbauer weg ist …«

»Der Sackbauer geht weg?« Liesi ging ein Licht auf.
»Kriegst du dann das Grundstück da oben?«

»Ja. Und jetzt ist Ruh.« Django kam mit dem Gesicht
näher. »Der Dorfdepp hat gezündelt, in der Geschlos-
senen geht's ihm besser als daheim, der Sackbauer kann
irgendwo neu anfangen und jedem ist geholfen.«

»Du kriegst den Grund erst, wenn die Ermittlungen
abgeschlossen sind«, schlussfolgerte Liesi und Django
wurde laut.

»Misch dich nicht ein, sonst geht's den Bach runter
mit deinem Laden und deinem Franzi! Glaub nicht, dass
du an mir vorbeikommst!« Damit stapfte er aus dem
Laden und ließ eine hilflose Liesi zurück, die sich ganz
allein auf der Welt fühlte und an den guten Absichten
ihrer alten Freundin Gundi zweifelte.

»Was hast du denn beim Sackbauer gewollt?«, fragt Liesi
beiläufig und wird nicht fertig damit, die Schalen mit den
Süßigkeiten auf ihrem Tresen hin- und herzuschieben.
Jetzt spürt Gundi die plötzliche Ablehnung.

»Liesi, was ist denn los? Die wollen Franz den Brand
anhängen, das hast du selber gesagt. Und ich wollte, dass
Sackbauer weiß, wer seinen Hund aufgehängt hat …«

»Du hast dem Sackbauer gesagt, dass Django seinen
Hund gekillt hat?«

»Ja. Das stimmt doch auch! Hab mir gedacht, wenn
der Professor das weiß und wenn er weiß, dass Django
als Einziger nicht beim Theater war, kann er die Ermittlungen der Polizei in die richtige Richtung lenken …«

»Du hast dem Sackbauer gesagt, dass der Django sein Gestüt angezündet hat? Bist du irre?«

Gundi breitet fragend ihre Hände aus.

»Ich weiß nicht, was dich das Ganze angeht, Gundi, und außerdem hab ich die Nase voll davon, dass du mich in deine Verdächtigungen mit hineinziehst!«

»Aber Liesi, der Franz …«

»Der Franz ist abgehauen«, lügt Liesi und Tränen laufen über ihr Gesicht, denn sie ist sich sicher, dass Django Franz in seiner Gewalt hat.

»Wo warst du denn die letzten Tage, als ich krank war vor Sorge um Franz? Du hast dein Leben anderswo! Ich habe mein Leben hier, und bevor du aufgetaucht bist, war ich eigentlich ganz zufrieden. Also tu mir den Gefallen …« Sie öffnet ihre Ladentür und das Glöckchen bimmelt. »Lass mich in Zukunft einfach in Ruhe!«

Gundi geht und versteht die Welt nicht mehr.

13

Trotz der Brandkatastrophe auf dem Gestüt des Professors fühlte Franz sich glücklich, als er spät in der Nacht nach der Theateraufführung alleine im Saal war. Sie waren noch hinter der Bühne beisammengesessen. Ein bisschen stimmungsgedimmt zwar, wegen des unerwarteten Ausgangs des Abends, aber Liesi, Gundi, Mariele und noch ein paar hatten trotzdem in allen Einzelheiten wieder und wieder über ihren Erfolg geredet. Wie Liesi einmal den Text improvisiert hatte, wie der erste Lacher gekommen und wie still es zum Schluss gewesen war – und wie herrlich der Applaus. Franz war schier in Trance gewesen während der gesamten Vorstellung, und alle hatten gesagt, dass er großartig gespielt hätte. Er wusste, dass ihm das keiner im Dorf zugetraut hatte.

»Du bist ein sehr begabter Theaterschauspieler«, hatte Gundi gesagt. Ein Theaterschauspieler, dachte er stolz. Dabei hatte er eine Scheißangst gehabt vorher. Er hatte – es war ein bisschen wie früher bei den Fürbitten – gelernt wie ein Verrückter. Jetzt, nachdem Liesi und Gundi sich verabschiedet hatten, saß er alleine auf der Bühnenkante und ließ die Beine baumeln. Er brauchte eine Weile für sich. Musste noch einmal den leeren Zuschauerraum einatmen. Die Bierbänke in den ersten Reihen standen leicht verschoben herum, die Stühle im hinteren Bereich waren zum Teil umgefallen und lagen durcheinander im Saal. Auf dem Boden lagen Pappteller mit Senfresten und Papierservietten, die Luft war stickig.

Franz stand auf, zog alle Vorhänge zurück und öffnete die zwei hinteren Fenster des Saales. Die Nacht war lau und man roch den Brand. Franz nahm trotzdem ein paar tiefe Züge. Zurück hinter der Bühne, legte er die herumliegenden Kostüme auf einen Haufen, obenauf die Trump-Maske. Er wollte sich ein wenig nützlich machen, sammelte den gröbsten Unrat auf dem Saalboden zusammen und stapelte die herumstehenden Biergläser auf dem provisorischen Schanktisch. Als er damit fertig war, ging er die Treppe in den Wirtsflur hinunter. In der Gaststube brannte noch Licht und Franz glaubte, ein paar Stimmen zu hören, doch er hatte keine Lust mehr auf Gesellschaft und trat ins Freie. Die Dorfstraße war leer, Hintersbrunn war zu Bett gegangen. Am Horizont konnte er keinen Feuerschein mehr sehen, nur der Brandgeruch war immer noch deutlich. Auf dem Nachhauseweg dachte Franz über das Unglück nach. Gott sei Dank hat man die armen Tiere retten können. Morgen früh wollte er hinfahren mit seinem Unimog, nahm er sich vor. Es gab bestimmt viel zu tun. Mit diesen Gedanken und schwebend wegen seines Erfolges trottete er langsam in Richtung Schulhaus. Er war kurz vor der Pforte auf dem ehemaligen Schulhof, als er von hinten eine Stimme hörte.

»He, Gemeindedepp!«, rief sie und Franz drehte sich um.

Schon wieder der Django, dachte er. Erst erkannte er nichts in der Dunkelheit, dann sah er den Greimer Bast auf sich zukommen. Hab ich was vergessen?, fragte er sich, und in diesem Moment sah er, wie sich die Faust des Bräus ballte und Schwung nahm. Augenblicklich fühlte er einen rasenden Schmerz. Blut rann ihm aus der Nase.

»Glaubst, du bist jetzt wer, hm?«, hörte er den Bräu zischen, als ihn ein zweiter Fausthieb traf.

Franz torkelte.

»Du elender Krüppel, du Missgeburt, meinst, du bist was Besseres, hm?«, schrie der Bräu, der das Stück vom Mitterer Felix über die Zumutung von Behinderung nie gelesen hatte und glaubte, dass man in den Text eine persönliche Anklage gegen ihn eingebaut hatte.

»Glaubst, du kannst mir blöd kommen, hm?«

Er drosch weiter auf Franz ein. Der lag jetzt am Boden und als Letztes sah er, wie der Bräu mit dem Fuß ausholte.

Unten in der Gaststube saßen Leute zusammen, während die Feuerwehr löschte und Franz sich von seinen Mitspielern oben hinter der Bühne loben ließ.

»Gott sei Dank waren alle beim Theater.«

»Nicht auszudenken, wenn wer zu Schaden gekommen wär.«

»Na, ein mordsmäßiger Schaden ist das trotzdem, mein Lieber.«

»Sind nur Sachen. Die kann man immer ersetzen.«

»Kommt darauf an. Manchmal kann man leichter die Menschen ersetzen.«

»Spinnst jetzt? Was redest du denn da?«

»Wenn mein Zuchtbulle verbrennen würde, wäre das ein größerer Schaden, als wenn meine Alte verbrennen
 tät.« Immer wieder ein guter Witz. Das Theaterstück, der Brand, das war alles sehr aufregend und hob die Stimmung. Sie lachten laut am Stammtisch. Endlich war mal wieder etwas los in Hintersbrunn. Nur der Bräu beteiligte sich nicht am Stammtischgerede. Er war sauer und das sah man ihm an. Wortlos und mit finsterer Miene servierte er eine Halbe nach der anderen.

»Er wird versichert sein, der Professor.«

»Das sind Hunde bei der Brandversicherung«, wusste einer, dessen Ställe vor vielen Jahren einem Blitzschlag zum Opfer gefallen waren. »Die bezahlen erst, wenn sie sicher sind, dass du dein Zeug nicht selber angezündet hast.«

»Wieso?«, fragte Django, der bisher dem ganzen aufgeregten Gequatsche nur zugehört hatte.

»Zahlen die nicht bei Brandstiftung?«

»Das schon, aber nur, wenn der Sackbauer es nicht selber war«, klärte ihn der Alois auf, der den ganzen Abend nach der Aufführung nicht von Djangos Seite wich. Er wollte etwas unter vier Augen besprechen.

»Und wenn es jemand anderes war?«, bohrte Django weiter.

»Kriegt der Sackbauer den Schaden ersetzt«, antwortete Alois und schaute Django eindringlich an.

»Willst du behaupten, dass der Professor sein Gestüt selbst angezündet hat?«

»Warum sollte denn überhaupt irgendjemand das Gestüt anzünden wollen?«, fragte der Bauer mit der Branderfahrung.

»Ein Verrückter, was weiß ich?«, antwortete Django und sah mit hochgezogenen Augenbrauen in die Runde.

»Ein Verrückter? Da gibt's nur einen im Dorf!«, zischte der Bräu hinter dem Tresen hervor, und es war das Erste, was er von sich gab, seit dem Ende der Aufführung.

»Du warst nicht da«, sagte Alois später. Nur er und Django saßen noch vor ihren leeren Gläsern beim Bräu und es war spät. Irgendwann kam die Nachricht, dass der Brand unter Kontrolle war. Stunden später hatte sich die ganze Aufregung gelegt, das viele Bier hatte die Gemüter beruhigt und man war heimgegangen. Mariele hatte die meisten Lichter gelöscht, es roch nach abgestandener Luft und Zigaretten, weil man sich zu später Stunde nicht mehr an das Rauchverbot hielt. Nur die Lampe über den beiden ungleichen Freunden brannte noch in der leeren Gaststube.

Von den vier Mitgliedern des Gewerbestammtisches war Alois der Einzige, der es zu nichts gebracht hatte. Django war zu seinem Bauimperium gekommen, Bernleitner war Bürgermeister im Ort und selbst Sebastian Greimer lebte einigermaßen gut von seinem Landgasthof.

Alois stand genau da, wo er vor 20 Jahren gestanden hatte. Seine kleine Schreinerei am Ortsrand von Hintersbrunn brachte nichts ein. Ab und zu zimmerte er besondere Fenster oder Türen für ein Einfamilienhaus. Größere Aufträge, die ihm Django anfangs angeboten hatte, musste er ablehnen, weil ihm die Manpower fehlte und der Mut zu investieren. Alois fertigte am liebsten kunstvolle Kommoden, von denen er einige Exemplare in seinem kleinen Büro im Erdgeschoss seines Hauses ausgestellt hatte. Eine ganze unglückliche Zeit lang war er heimlich in Djangos Frau verliebt gewesen. Nachdem sie sich getrennt hatten, war er zu ihrem Seelentröster avanciert. Voller heimlicher Hoffnungen, jedoch ohne jemals den Mumm aufzubringen, sich zu offenbaren. Alois bewunderte Django, seit sie Jugendliche gewesen waren. Und obwohl er tief in seinem Inneren wusste, dass Django ihn nicht als gleichwertig anerkannte, hielt Alois an dieser Freundschaft fest wie an einem Rettungsring auf hoher See.

»Du warst das mit dem Hund und du bist zu spät zum Theater gekommen«, sagte er.

Django schaute in sein leeres Glas und antwortete nicht.

»Ich bin auf deiner Seite«, fuhr Alois fort. »Du kannst auf mich zählen, das weißt du. Jederzeit. Aber sag mir, warst du es? Hast du bei Sackbauer die Ställe angezündet?« Alois lehnte sich vor und sah Django eindringlich an.

Der antwortete immer noch nicht. »Wo ist denn der Bräu?«, fragte er stattdessen. »Ich brauch ein Bier.«

»Bast!«, schrie Alois in Richtung Küche. Von dort keine Antwort. »Vielleicht räumt er oben auf«, erklärte er sich und stellte sein ebenfalls leeres Bierglas wieder ab, das er beim Rufen erhoben hatte. »Er wird schon wieder kommen«, befand er und tatsächlich ging just in diesem Moment die Tür der Gaststube auf.

Der Bräu kam herein, sein Hemd war verdreckt und seine Hände waren voller Blut. Wortlos ging er hinter den Tresen und wusch sich an der Spüle. Nachdem er damit fertig war und sich lange und umständlich abgetrocknet hatte, schien er die beiden letzten stillen Gäste am Ecktisch zu bemerken. »Wollt ihr noch ein Bier?«, fragte er. »Ich jedenfalls kann eins gebrauchen.«

Als die drei Biere gezapft auf dem Tisch standen, berichtete der Bräu, was geschehen war.

Dass er sich nicht als Unmensch brandmarken lasse, erklärte er. Nur weil er den kleinen Sebastian habe weggeben müssen. Dass er sich von so einem Deppen nicht vorführen lasse. Und dass er in seiner Wut dem Franz gefolgt sei und ihn niedergeschlagen habe. »Ich glaub, ich hab ihn umgebracht«, schloss er seine Erzählung.

»Wo liegt er?«, fragte Django den Bräu, der sich erschöpft und einigermaßen verwirrt über seine Tat an den Biertisch gesetzt hatte.

»Vor seiner Haustür.«

Django stand auf und war nach wenigen Minuten, in denen Alois und Bast schweigend in ihr Bier gestarrt hatten, wieder da.

»Er ist weg«, verkündete er und setzte sich wieder. »Umgebracht hast du ihn also nicht. Wird im Bett sein.«

Der Bräu war sichtlich erleichtert. Dann kam ihm eine neue Befürchtung.

»Glaubt ihr, der zeigt mich an?«, fragte er und Django holte tief Luft.

»Ich kann bezeugen, dass du den ganzen Abend hinter deinem Tresen warst«, begann er. »Und du, Gringo, kannst bezeugen, dass ich den ganzen Abend beim Theater war, verstehst du mich?« Django sah Alois lange an und der hielt seinem Blick nicht stand. »Die blutige

Nase, die hat sich der Fürbitten-Franz beim Brandstiften geholt. Und dass bei dem im Oberstübchen was nicht stimmt, das ist eh klar.«

»Der war den ganzen Abend auf der Bühne«, warf Alois ein. Er lachte, weil er nicht glauben wollte, dass sie sich gerade gegen einen Unschuldigen verbündeten. »Und er hatte kein Blut im Gesicht.«

»Zuerst hat er eine Maske aufgehabt«, antwortete Django, und es war klar, dass er es bitterernst meinte. »Merk dir das, du verkrachter Holzwurm. Könnte sein, dass du sonst gar nicht mehr auf die Füße kommst.«

Alois schwante einmal mehr, dass er einen hohen Preis für Djangos Freundschaft bezahlte.

14

Kopfschüttelnd betritt Gundi das Haus ihres Vaters über die Hintertür. Sie ist geschockt, dass Liesi sie gerade rausgeworfen hat, und sie hat keine Ahnung, was sie ihr angetan haben könnte. Sie holt einen Stuhl aus der Küche, den sie unter die Klinke der Ladentür klemmt. Dass Django die Schlüssel mitgenommen hat und zu jeder Tages- und Nachtzeit an sie herankommen kann, liegt wie eine dunkle Prophezeiung im Raum. Sie geht nach hinten in die ehemalige Backstube. Der Ziegelofen mit der schmiedeeisernen Tür stammt noch aus ihren Kindertagen. Ebenso das große elektrische Rührwerk in der Ecke, daneben eine weitere Teigknetmaschine. Gundi hat hier nichts angerührt, weil Liesi gemeint hatte, dass sich ein Bäcker aus einer der Nachbargemeinden dafür interessieren könnte. Früher gab es hier Brotregale, erinnert sie sich und bemerkt jetzt, dass einige davon einem Etagenofen gewichen sind. Für einen Schreckmoment denkt sie, sie sähe ihren Vater in seinem weißen Kittel, doch es ist nur alte Arbeitskleidung an einem Haken. Sie nimmt sie ab und geht durch den Hinterausgang auf den kleinen Hof. Hier standen früher die Säcke mit Mehl. Jetzt ist alles voll mit dem aufgetürmten Müll aus der Wohnung ihres Vaters. Was ist nur mit Franz passiert?

Über den Hof muss Django neulich ins Haus gekommen sein. Sie schließt die Hintertür von innen und rückt eines der Regale davor. Besser als nichts, denkt sie, und gleichzeitig kommt sie sich neurotisch vor. Der wird mir nicht wirklich etwas antun, beschließt sie. Das ist Hintersbrunn und nicht »Medical Detectives«. Der ist kein Mörder. Oder doch?

In dieser Nacht auf dem Sofa ihres Vaters kann Gundi nicht einschlafen. Vor vier Wochen war noch alles in Ordnung. Und jetzt? Alles im Eimer. Kein Job mehr, keine Zukunft. Ein verfallenes Haus, eine verlorene Verbündete, ein Durcheinander aus Machtspielen und Dorfintrigen und ein wiedergefundener und plötzlich verschwundener Freund, dem ein Verbrechen in die Schuhe geschoben wird. Gundi ist sich sicher, dass Django etwas mit Franz' Verschwinden zu tun hat. Mit dem Gedanken, am nächsten Morgen die Sache mit der Bank zu klären, fällt sie in einen unruhigen Schlaf.

Zur selben Zeit machen sich auch andere Sorgen wegen Franz. Weit nach Sperrstunde sitzen der Bräu und Django zusammen in der dunklen Wirtsstube.

»Spinn dich aus, Bast«, sagt Django zu seinem Tischnachbarn, den die Unauffindbarkeit seines Opfers zutiefst beunruhigt.

»Der ist verschwunden! Seit Tagen! Wo könnte der denn sein? Das Wahrscheinlichste ist, dass der sich irgendwo verarzten lässt und Anzeige erstattet. Ich kann mir das nicht leisten. Das ruiniert meinen Ruf, Django!«

Sebastian Greimer hat nie zuvor jemanden derart

verprügelt. Jemanden packen und rausschmeißen, das ist er gewohnt. Mal bei einer Schlägerei dazwischengehen. Schließlich musste er sich seit frühester Jugend mit Besoffenen auseinandersetzen. Aber zu Boden geschlagen hat er nie jemanden. »Und was ist, wenn der gestorben ist?«, fabuliert er weiter. »Und irgendwo liegt?«

»Wenn er gestorben ist, gibt's auch keinen Zeugen. Du brauchst bloß nichts zugeben.« Django kam gar nicht auf die Idee, dass Sebastian Greimer nicht nur die Angst vor der Entdeckung seiner Tat quälte.

»Und außerdem ist am wahrscheinlichsten, dass sich der Trottel im Wald verkrochen hat. Kennst ihn doch, den Deppen.«

Für den Bräu war das kein Trost.

»Er wird irgendwann auftauchen. Und mich beschuldigen.«

»Deswegen gehst du vorher zum Angriff über!«

»Häh? Was?«

Django schnauft genervt. »Vielleicht hast du ja gesehen, dass der Franz erst kurz vor Beginn eingetrudelt ist. Vielleicht hast du ja gerochen, dass er nach Brandbeschleuniger gestunken hat …«

»Du warst es wirklich selber, oder? Alois hat so was gesagt …«

»Ja, Herrgott, kapierst du denn gar nichts? Bevor der Brand nicht aufgeklärt ist, kann der Sackbauer seinen Grund der Gemeinde nicht verkaufen. Und er wird sich weiter einmischen in Sachen, die ihn einen Scheißdreck angehen. Der muss weg aus Hintersbrunn, und zwar so schnell wie möglich! Und die Schnüfflerin aus München auch. Die haben sich zusammengetan, das sag ich dir. Wenn du eine Aussage machst, dass der Franz der Brandstifter war, kann keinem von uns etwas passieren.«

Der Bräu nickt und runzelt zugleich die Stirn.

»Und das Grundstück da oben, wenn ich da meinen Golfplatz baue … wer wird dann die Golfer bewirten? Ein Golfklub, der braucht einen Wirt, capisce?«

Jetzt lächelt Sebastian Greimer wieder.

Wieder andere Sorgen wegen Franz macht sich Girgl Bernleitner, der anderntags auf dem Sportplatz nach dem Rechten sieht. Der Bürgermeister und erste Vorsitzende des TSV Hintersbrunn ist besorgt, weil die Arbeiten zu der neuen Laufbahn stocken, jetzt, wo Franz nicht mehr da ist. Sehr ärgerlich das Ganze, denn Franz brauchte er nur einen Bruchteil der genehmigten Gelder zu geben. Jetzt wird er wohl jemanden beauftragen müssen. Gerade überprüft er den Zustand des Rasens und ärgert sich über die verblichene Spielfeldmarkierung, als der Bentley des Professors Sackbauer vor dem Vereinsheim hält. Dieser Angeber, denkt Bernleitner. »Für den Dorfsport hat der nichts übrig«, grummelt er. Trotzdem geht er breit lächelnd auf ihn zu.

»Ja, der Herr Professor, habe die Ehre!«

»Herr Bürgermeister.«

»Möchten Sie sich den Ausbau unserer Sportstätte ansehen?« Bernleitner macht eine große, einladende Geste über das Spielfeld mit der lehmigen Bahn drum herum.

»Ich möchte mit Ihnen sprechen, Herr Bürgermeister, und ich dachte mir, dass ich Sie hier finde.«

»Gehen wir doch hinein. Ich kann Ihnen einen Kaffee oder Tee anbieten, wir haben einen neuen Automaten hier in unserem Sportheim!«

Der Professor winkt ab und beide gehen wortlos in den kleinen Gemeinschaftsraum, in dem ein paar Tische und Bierbänke stehen, und setzen sich einander gegenüber. Bernleitner legt beide Arme über den Tisch in Richtung seines Gasts.

»Kaffee?«

»Nein danke.«

»Also, was kann ich für Sie tun, Herr Professor? Gibt es Fragen zu unserem Vorvertrag?«

»Durchaus, Herr Bernleitner. Mir ist nämlich zu Ohren gekommen, dass der Brand ein abgekartetes Spiel war.«

»Waaas?«

»Wir wissen beide, dass Brandstiftung vorliegt, nicht wahr?«

»Richtig, das ist eindeutig festgestellt worden. Glauben Sie mir, der Verantwortliche wird gefunden und zur Rechenschaft gezogen. Dann können wir den Kauf amtlich machen …«

»Wissen Sie, wer es war?«

»Natürlich nicht! Das hätte ich sofort gemeldet! Allerdings gibt es da einen Verdacht. Es ist einer untergetaucht. Und dem könnte man das zutrauen.«

»Unsinn. Ich sage Ihnen, wer es wirklich war. Ihr Freund, Herr Schickaneder. Und Sie, Herr Bürgermeister, decken ihn.«

»Das ist … das ist … Herr Professor!«

»Und jetzt kommen wir zu meinem Anliegen. Trotz Versicherung habe ich durch den Brand Schaden erlitten. Die Gemeinde Hintersbrunn erwirbt mein Grundstück zu einem Spottpreis …«

»Es ist alles fair und rechtmäßig!«

Der Professor lacht laut auf und wird sofort wieder ernst. »Sie, Herr Bürgermeister, so viel ist sicher, werden das Grundstück nach dem Kauf an Ihren, ich will nicht sagen Amigo, an Herrn Schickaneder weitergeben.«

»Wer sagt das?«

»Ich weiß das. Sie und Joachim Schickaneder stecken unter einer Decke. Doch das muss die Staatsanwaltschaft nicht interessieren. Hören Sie mir zu. Ich schweige und verkaufe Ihnen mein Grundstück. Ich möchte, dass Sie mir im Gegenzug die Aufstellung meines Gedenksteins genehmigen, und zwar wie von mir geplant auf dem Platz vor der Gaststätte Greimer.«

»Das ist ja Erpressung, Herr Professor. Sie wissen, dass die Hintersbrunner das nicht wollen.«

»Jetzt hören Sie mir genau zu, Sie Bürgermeister von Schickaneders Gnaden.« Der Professor macht eine Kunstpause. »Entweder ich stelle meinen Gedenkstein auf, mit offizieller Einweihung und Pressevertretern, oder ich rede mit der Staatsanwaltschaft über mein Wissen. Darüber, wer meinen Hund getötet und wer den Brand in Wahrheit gelegt hat. Dann geht nicht nur Herr Schickaneder ins Gefängnis. Dann hängen Sie mit!«

Etwa zur selben Zeit betritt Gundi die zuständige Bankfiliale im Nachbarort Bruck. Einen kurzen Moment hat sie gezögert, als sie an Liesis Laden vorbeigefahren ist. Sollte sie einfach hineingehen und noch mal versuchen zu reden? Nein, hat sie entschieden. Erst mal sacken lassen. Immerhin spart sie sich so die zwei Wurstsemmeln, die sie sich sonst immer zum Frühstück gegönnt hat. Dafür darf ich mir heute Abend eine Pizza bestellen, denkt sie.

Es dauert eine Weile, bis die ganzen Formalitäten mit Ausweis, Sterbeurkunde und Erbschein erledigt sind. Offenbar muss von jedem Wisch eine dreifache Kopie gemacht werden, offenbar ist der Kopierer irgendwo im Keller. Gundi weiß es nicht und es ist ihr auch egal. Sie sitzt geduldig auf der Sitzgruppe im Vorraum der Bank, blättert, ohne wirklich zu lesen, in den herumliegenden Broschüren auf dem kleinen Glastisch davor und wartet. Endlich, nach einer halben Stunde, bittet sie ein Herr mit zu viel Gel im Haar in sein Büro, offenbar der Filialleiter.

»Auf dem Girokonto Ihres Vaters befinden sich 214 Euro und 38 Cent.«

Er reicht Gundi Kontoauszüge über den Tisch und gibt ihr Zeit, sie in Ruhe durchzusehen. War ja klar, dass der alte Egoist nichts hinterlassen hat, denkt sie, doch der Filialleiter ist noch nicht fertig.

»Darüber hinaus gibt es den Sparvertrag Ihres Vaters.« Wieder reicht er ihr Papiere über den Tisch. »Ich würde vorschlagen, wir fassen alles auf einem Erbenkonto hier in der Bank zusammen …«

»Was?«, unterbricht ihn Gundi und dreht das Papier um, als ob auf der Rückseite die Wahrheit zu finden wäre. »Was steht da?«

Der pomadige Banker lächelt milde.

»Sehe ich das richtig? 150…?« Gundi kann nicht glauben, was sie liest. Sie hält ihren Finger unter die Summe und dreht das Papier zum Bankdirektor hin.

»Tausend«, ergänzt er. »150.387 Euro und 46 Cent, um genau zu sein.«

Gundi schaut ihn einen Moment lang mit offenem Mund an. »Wie geht das? Woher hatte mein Vater so viel Geld? Ich meine, ich wusste nicht, dass er …«, stammelt sie.

Der Filialleiter lächelt immer noch wie eine Lottofee.

»Ihr Vater hat vor vielen Jahren 50.000 Mark hier angelegt. Lassen Sie mich nicht lügen …« Er schaut in seinen Bildschirm auf dem Schreibtisch.

»1978 war das. Langfristigkeit zahlt sich immer aus. Man kann sagen, dass sich die Summe versechsfacht hat.« Ein gewisser Stolz schwingt jetzt mit beim Filialleiter, aber Gundi hört nicht mehr hin, als er beginnt, ihr etwas von Zinsen und Prozentzahlen vorzulabern.

»Ich muss das jetzt erst mal verdauen«, unterbricht sie ihn und steht auf. »Kann ich in ein paar Tagen noch mal vorbeikommen, dann machen wir den Erbenkontoscheiß … die Sache, mein ich, mit dem Erbenkonto.«

»Selbstverständlich«, sagt der Filialleiter, drückt ihr ein paar ausgedruckte Fondsporträts in die Hand und verabschiedet sich mit einem festen Händedruck.

»Ich bin reich!« Gundi lässt sich auf den Fahrersitz ihres Fiestas auf dem Parkplatz der Bank fallen und atmet ein paarmal tief durch. Danach kramt sie nach ihrem Handy und wenige Sekunden später japst sie ins Telefon. »Ferdl, es gibt Schampus!«

Scheiß auf Pizza, denkt sie und steuert ihren Wagen Richtung Autobahn München.

»Vielleicht war mein Vater doch kein so schlechter Mensch«, schwelgt sie ein paar Stunden später, als sie mit Ferdl, der angekündigten Champagnerflasche und einer Tüte voller Käfer-Schmankerl, die sie eilig und ohne schlechtes Gewissen eingekauft hat, in der Kellerbar des »Monarch« sitzt. Diesmal haben sie es sich in zwei niedrigen Sesseln neben der Bar bequem gemacht. Die rote Tischlampe steht auf dem Boden neben ihnen und der kleine Tisch ist voll mit aufgerissenen Tüten und Schälchen.

»Warum?«, lacht der Ferdl, ähnlich euphorisiert wie Gundi. »Weil er reich war?«

»Nein, denk doch einmal nach. Ich war sechs, als er das Geld angelegt hat. Vielleicht hat er für mich eine Aussteuer geplant ... Vielleicht hat er mich trotz allem gern gehabt!« Gundi schenkt sich geistesabwesend nach und ignoriert Ferdls Glas, das ebenso leer ist.

»Hast du genug zu trinken?«, fragt er, aber sie bemerkt seine Ironie nicht und er schenkt sich grinsend selbst nach. Gundi ist in Gedanken weit weg.

»Weißt du, mein Vater war nicht immer ein Stinkstiefel«, beginnt sie. »Früher, als meine Mutter noch lebte, da war er manchmal sogar nett.«

»Hast du nicht erzählt, dass er mit seiner Arbeit als Bäcker die ganze Familie terrorisiert hat?«

Gundi greift mit den Fingern nach einem eingelegten Shrimp und stopft ihn zusammen mit zwei Crackern in den Mund.

»Schon. Aber weißt du, da waren die Samstage.« Sie macht eine Pause, um das leckere Zeug in ihrem Mund zu kauen und zu schlucken. »Die Samstage waren toll. Der Bäckerladen war nur bis 12 Uhr offen und dann war Wochenende, weil am Sonntagmorgen musste mein

Vater nicht aufstehen zum Backen. Weißt du, dass er mir einmal das Leben gerettet hat?«

»Das ist ja ganz was Neues!«

»Am Samstag, da sind wir öfters zum Baden gefahren, der Vati und ich, zum Eigentaler See. Ich weiß noch, dass ich einmal mit vollem Karacho ins Wasser gelaufen bin, richtig mit Vollgas, und wie ich bis zur Brust drin war, zieht es mir die Beine weg, und ich war unter Wasser. Es hat gesprudelt, ich habe durch das grüne Wasser geschaut und es war total schön. Ich bin irgendwie geschwebt und mir war ganz warm und um mich herum hat es lustig gegluckert. Ich hatte überhaupt keine Angst.« Gundi lässt ihren Erinnerungen Zeit. Außerdem dippt sie ein Grissino in die Parmesancreme, bevor sie weitererzählt. »Das Nächste, was ich weiß, ist, dass mich mein Vater gepackt und herausgezogen und mich so fest gedrückt hat, dass ich gar nicht richtig husten konnte. Da hat er um mein Leben gefürchtet, und ich glaube, da hat er mich richtig lieb gehabt, damals.«

»Du warst sein Kind, das beinahe ertrunken wäre.«

»Hm. Ich denke, dass er mit dem Tod meiner Mutter nicht zurechtkam. Gut möglich, dass er erst dadurch zu diesem Ekel geworden ist. Er kam nicht zurecht damit, alleinerziehend zu sein. Er konnte es einfach nicht.«

»Wie ist deine Mutter denn gestorben?«

»Das weiß ich nicht mehr genau. Ich weiß nur, dass sie immer im Krankenhaus war und dass ich es ganz furchtbar fand, dort hinzufahren. Ich habe ein Bild im Kopf von meiner Mutter mit einem ganz fremden Gesicht in diesem riesigen Krankenzimmer, und ich habe mich geweigert, mit ihr zu reden, weil ich das alles nicht mochte dort …«

»Kannst du dich an ihre Beerdigung erinnern?«

»Nein. Komisch, oder?«

»Warst vielleicht gar nicht dabei …«

»Vielleicht hat mich mein Vater davor beschützen wollen.«

»Kann sein«, sagt Ferdl und belässt seine Freundin in dem schönen Glauben an Vaterliebe.

»Auf alle Fälle brauchst du dir jetzt erst mal keine Sorgen mehr machen, wegen des Jobs, mein ich. Du hast ein sattes Polster mit dem Sparbuch deines Vaters. Das verschafft dir Zeit, in aller Ruhe etwas Neues zu überlegen.« Ferdl prostet ihr mit seinem Champagnerglas zu.

»Ich kann vor allem meine Wohnung behalten!« Gundi kann den ganzen Abend lang nicht fassen, dass sich ihr Schicksal innerhalb weniger Stunden zum Guten gewendet hat.

Am nächsten Morgen sitzen die beiden Freunde im Frühstücksraum des Hotels zusammen. Vor sich Spiegeleier mit Tomaten und Speck. Es sind nur wenige Gäste da, die weit verstreut sitzen.

»Und was willst du jetzt machen?«, fragt Ferdl, nachdem Gundi ihn noch einmal, jetzt nüchtern, auf den neuesten Stand gebracht hat.

»Erst mal will ich das mit Liesi klären.« Trotz Champagnerrausch und Jubelstimmung hat sich Gundi gestern heftige Vorwürfe gemacht, dass sie ihre alten Freunde, Liesi und Franz, so hat hängen lassen, als sie sich nach Djangos Drohung mit dem Schlüssel letzte Woche für ein paar Tage in ihrer Wohnung in München verbarrikadiert hat.

»Du warst waidwund«, tröstet sie Ferdl. »Das darfst du auch mal sein, Gundi. Musst nicht immer glauben, dass du nicht genug für andere da bist.«

Gundi lächelt ihn an. Sie ist dankbar für den Trostversuch ihres Freundes, verschweigt jedoch, dass sie in dieser Zeit mehrere Anrufversuche von Liesi ignoriert hat. Sie schämt sich zu sehr.

»Ich muss sie trotzdem um Verzeihung bitten. Muss ihr erklären, warum ich nicht da war. Dass ich Angst hatte. Und Sorgen. Ich hoffe, sie versteht das.«

»Natürlich wird sie das.«

»Und dann muss ich Franz suchen.«

»Glaubst du, der ist immer noch weg?«

»Ich fürchte, ja. Liesi hat gesagt, dass es noch nie vorgekommen ist, dass Franz für Tage verschwindet. Und jetzt ist es über eine Woche her, seit dem Theaterabend und dem Brand. Ich glaub also, dass ihm etwas passiert ist. Es könnte sein, dass Django mit Franz' Verschwinden etwas zu tun hat, weil er ihm den Brand in die Schuhe schieben will. Vielleicht hält er ihn ja gefangen. Oder denkst du, ich spinne?«

»Ich trau dem Django alles zu. Sogar, dass er den Franz vielleicht umgebracht hat. Der schreckt vor nichts zurück, das musst du immer im Kopf behalten, Gundi.«

»Auf alle Fälle will ich mich auf die Suche machen nach Franz. In der Gegend herumfragen. Vielleicht in seiner Wohnung nach Telefonnummern suchen von Leuten, die er kennt. Vielleicht in den Krankenhäusern der Umgebung fragen, vielleicht Vermisstenplakate aufhängen.

»Und was machst du mit deinem Feind?«

»Hm. Ich weiß nicht, ich denke, ich mache ihm ein Friedensangebot.«

»Was? Und wie stellst dir das vor?«

»Schau, ich will das Haus von meinem Vater ja nicht behalten. Nur umsonst kriegt er es nicht. Ich werde ihn mit dem fehlenden Grundbucheintrag konfrontieren und ihm, als Zeichen meines guten Willens, das Haus gegen eine Ablösesumme überlassen. Es ihm verkaufen.«

»Nach all dem, was der dir angetan hat? Der hat dich bedroht, Gundi, der hat sich dein Hab und Gut einverleiben wollen. Der ist ein Tyrann und Tierquäler und Brandstifter und was weiß ich nicht sonst noch alles!«

»Ist mir wurscht. Solange er den Brand nicht Franz anhängt, ist es mir wurscht, ob sie den Django als Brandstifter überführen. Soll der in seinem Königreich Hintersbrunn machen, was er will. Ich will einfach nur raus aus dem Scheiß, Ferdl.«

»Soll ich nicht mitkommen, Gundi? Ich würde mich irgendwie wohler fühlen, wenn du nicht alleine mit Django bist.«

Gundi lacht. »Machst du jetzt auf edler Ritter, du halbe Portion? Nein, nein, das schaff ich schon. Und außerdem kannst du dich dort nicht verständigen, du Saupreiß.«

Diesmal findet Ferdl das nicht lustig.

»Pass bloß auf dich auf, Gundi. Ich kenne solche Typen. Mit dem Django, mit dem ist nicht zu spaßen. Der kennt keine Grenzen, der schreckt vor nichts zurück. Auch nicht vor Gewalt. Glaub mir, Gundi, der ist gefährlich.«

Es ist Liesi unangenehm, dass Gundi überraschend vor ihr steht. Sie hat gehofft, es wäre Franz, als sie die Ladenglocke hörte. Doch es war Gundi, die sie vor zwei Tagen rausgeworfen hat, und sie weiß, dass Gundi ihre harten Worte nicht verdient hat. Andererseits hat Django ja irgendwie recht. Man soll sich in nichts einmischen, was einen nichts angeht.

»Liesi«, beginnt Gundi. »Es tut mir leid, dass ich dich nicht ernst genommen hab mit dem Franz. Ich hätte wissen müssen, dass du dir Sorgen machst. Ich hätte dir helfen sollen. Ich hätte da sein müssen. Schau, es ist leider so, dass ich gefeuert worden bin.«

»Was? Die haben dir gekündigt? Beim Tagblatt? Wieso?«

»Genau weiß ich das nicht. Ich habe mir nichts zuschulden kommen lassen, wenn du das meinst.«

»Natürlich nicht! Aber man wird sicher nicht einfach so rausgeschmissen?«

»Leider doch. In meiner Branche jedenfalls. Ich habe keinen Angestelltenvertrag, weißt du. Bei den Medien ist das gar nicht so selten. Wir sind feste Freie, also Redakteure, die freiberuflich, aber fest für eine Zeitung arbeiten. Und jetzt hat mein Chef beschlossen, dass er sich das nicht mehr leisten kann. Nicht, weil das Tagblatt kein Geld mehr hätte, sondern weil es arbeitsrechtlich nicht sauber ist. Neuerdings, wie es scheint. Wahrscheinlich stehen ihm die Behörden auf den Füßen.«

»Du warst dort viele Jahre beschäftigt, oder nicht?«

»Mhm. Die Zeiten werden überall härter, Liesi.«

Die Ladenglocke bimmelt und eine ältere Frau aus dem Dorf kommt herein.

Liesi grüßt. Die ältere Frau nickt und sieht Gundi misstrauisch an. Schweigend macht sie ihre Einkäufe.

»Ich geb dir ein kleines Probierglas von meiner neuen Marmelade mit«, sagt Liesi, als die Frau ihren Korb an der Kasse auf den Tresen stellt. Die ältere Dame verlässt den Laden wieder, nicht ohne Gundi erneut einen kritischen Blick zuzuwerfen. Der ist das egal.

»Und was machst du jetzt?«, nimmt Liesi das Gespräch wieder auf.

»Ich werde mich wohl oder übel nach einem anderen Job umschauen müssen. Aber erst einmal müssen wir herausfinden, was mit Franz passiert ist.«

»Ganz genau!«, betont Liesi, und es ist klar, dass sie ihrer Freundin verziehen hat.

»Ich glaube ja, dass Django dahintersteckt. Der will unbedingt, dass Franz als Brandstifter dasteht. Ich glaube, dass Django weiß, wo Franz ist. Dass er ihn vielleicht sogar versteckt.«

»Das denk ich auch. Dass Django Franz vielleicht gefangen hält. Ich muss dir etwas gestehen, Gundi. Django wollte, dass ich dem Sackbauer ein Alibi gebe. Und ich hab das gemacht, Gundi! Ich hab bei der Polizei angerufen und gesagt, dass ich den Sackbauer vor und während des Theaterstücks gesehen hab. Der Django hat mich gezwungen, Gundi. Hat gedroht, dass er meinen Laden boykottiert. Und jetzt habe ich Angst, dass der Franz erst recht im Visier der Ermittler ist. Ich bin ein Depp, Gundi!«

»Das macht nichts, Liesi. Dem Sackbauer können auch viele andere Leute ein Alibi geben. Du musst das so sehen: Wenigstens wissen wir jetzt, worauf der Django hinauswill. Wenn der Sackbauer aus dem Schneider ist, kann der seine Versicherung kassieren und das Grundstück an Django verkaufen.«

Liesi beschwichtigt. »Nicht an Django, an die Gemeinde verkauft er es.«

»Mann, Liesi, denk nach! Was macht die Gemeinde damit? Der Bürgermeister, mein ich, der Spezi von Django?«

Liesi zuckt mit den Schultern, denn eigentlich ist ihr das Grundstück egal. »Aber warum will Django denn unbedingt einen Brandstifter finden?«

»Weil er's selber war. Weil die Brandpolizei immer noch ermittelt. Er will einen Schuldigen präsentieren und seinen Kopf aus der Schlinge ziehen. Jetzt sind wir zu zweit, Liesi. Wir finden den Franz und es wird sich alles aufklären. Geh, mach mir zwei Wurstsemmeln, sei so lieb. Mit der Jagdwurst. Vier Scheiben auf jede.«

Liesi erfüllt ihr den Wunsch gerne.

Auch Django steht kurz vor der Erfüllung seiner Wünsche. Der Sackbauer verschwindet auf Nimmerwiedersehen. Die Gemeinde kauft das Anwesen und er wird endlich der neue Besitzer des alten Kransedergrundstücks. Neuerdings verbringt er seine Feierabende nicht im Wirtshaus, sondern am Zeichentisch in seinem Wohnzimmer, wo er die Pläne seines Architekten noch mal korrigiert. Er hat sich eine gute Flasche Rotwein aufgemacht, schwenkt den großen Kelch in der Hand und blickt zufrieden auf seine bisherigen Ideen. Inzwischen ist ein ganzes Golfresort daraus geworden. Ein Golfplatz mit Klubhaus im Zentrum und drum herum kleine, luxuriöse Ferienbungalows. Ein Bombengeschäft, denkt Django. Und das verfluchte Denkmal ist ein für alle Mal Geschichte. Niemand redet mehr über die damaligen Vorkommnisse und niemand redet mehr über Kranseder und sein Schicksal. Der Deppen-Franz liegt vermutlich tot im Wald, nur eine Frage der Zeit, bis er gefunden wird. Und sollte er auftauchen, wird er sich gegen die Anschuldigungen, der Brandstifter zu sein, nicht zur Wehr setzen können. Es war zwar nur der Eile geschuldet, doch im Nachhinein ist es eine grandiose Idee gewesen, sich den Brennstoff in der alten Schule zu besorgen. Das Beste ist, dass ihm jetzt die lästige Zeitungsschnüfflerin ihr Haus abtreten will, so kleinlaut, wie die geklungen hat am Telefon. Damit ist diese alte Rechnung beglichen. Django stellt sein Glas ab und geht hinüber zur Voliere in der Ecke.

»Na, du Schlawiner?«, flötet er gut gelaunt und hebt Tweety aus dem Käfig. »Wir zwei bekommen immer, was wir wollen, oder? Mit uns zwei kann es keiner aufnehmen. Aber auch gar keiner. Wir sind die Besten.« Er knutscht den Vogel ab und der schnäbelt zurück.

»Was hältst du denn davon, wenn wir zwei Champions ein bisschen feiern, hm? Magst einen Keks? Einen Honigkeks! Ja, das mag er, der Tweety. Ja, das magst du, hm?« Der Vogel pfeift und singt, als er auf Djangos Schulter zur Küche getragen wird.

15

Der plötzliche Geldsegen stimmt Gundi so zuversichtlich, dass sie glaubt, unbesiegbar zu sein. Mit 150.000 Euro im Rücken lässt es sich gut durchatmen. Aber von Franz fehlt immer noch jede Spur. Im nahe gelegenen Krankenhaus war er nicht. Und auch in den Nachbargemeinden hat ihn keiner gesehen seit dem Theaterabend. Dass er einfach weggefahren ist, scheint unmöglich. Als ob er sich zusammen mit seinem Unimog in Luft aufgelöst hätte. Und auch wenn es nicht mehr ist als ein Bauchgefühl, ist Gundi sich inzwischen sicher, dass Django seine Hände im Spiel hat. Dass er Franz mitsamt seinem Unimog versteckt hält, damit alle glauben müssen, der Franz wäre damit abgehauen. Vermutlich foltert er ihn sogar. Bearbeitet ihn. Damit er die Brandstiftung zugibt. Deshalb hat Gundi eine neue Idee. Sie wird Django anbieten, ihm das Bäckerhaus zu schenken. Im Austausch für Franz. Und sobald Franz wieder da ist, wird ihm die ganze Theatergruppe ein Alibi geben. Sie wird eine Aussage machen, damit endlich gegen Django als Brandstifter ermittelt wird. Und wenn er hinter Schloss und Riegel sitzt, weiß sie nichts mehr von einer Schenkung. Gundi kommt sich mordsmäßig schlau vor.

»Wenn du dich da mal nicht täuschst«, hat Ferdl dazu gesagt.

»Servus, Django.«

»Servus, Gundi.«

»Na, geht's gut?«

»Wie soll's mir schon gehen?«

Gundi wird wieder bewusst, dass solcherlei Höflichkeitsfloskeln im Dorf nicht nur unüblich sind, sondern als städtisches Geschwätz abgetan werden.

Sie hat Django angerufen und ihm gesagt, dass sie gerne über die Sache mit ihrem Elternhaus reden möchte. Sie hat gesagt, dass sie die ganze Angelegenheit im Guten regeln möchte. Dass sie die Sache hinter sich bringen will, hat sie gesagt und ihm einen Köder zugeworfen, den er prompt annahm. Geradezu freundlich ist er gewesen.

Und jetzt steht er da in der alten Bäckerei, wo sie sich mit ihm verabredet hat, und hat ein Gesicht auf, als hätte er einen Blumenstrauß in der Hand. Was er natürlich nicht hat. Blumen bringt man in Hintersbrunn nur zur Beerdigung mit. Es sollte ja ein Geschäftstermin werden, und da bringt keiner Blumen mit, auch nicht in der Stadt. Gundi schüttelt innerlich den Kopf über diese blöden Gedanken. Was Django durchaus dabeihat, sind die Schlüssel. Er ist über die Ladentür hereingekommen und hat sie in einer Art Versöhnungsgeste auf den ehemaligen Verkaufstresen gelegt.

Nur den Tisch und zwei Stühle hat sie stehen lassen, in der leer geräumten Küche ihres Vaters. Die Wände sind mit den grauen Schatten der vormaligen Möblierung geschmückt, und es hallt, weil sie alle Vorhänge abgenommen hat.

»Setz dich hin, Django. Ich hab Bier da«, sagt sie.

Weil er sich setzt und sie anschaut, macht sie, ohne eine Antwort zu bekommen, zwei Flaschen Weißbier auf und stellt eine davon vor Django auf den Tisch. Mit dem Bier in der Hand setzt sie sich ihm gegenüber.

»Scheiße, ich habe die Gläser weggeworfen«, entfährt es ihr, als sie sich erinnert, dass die wenigsten Leute Weißbier aus der Flasche trinken.

»Passt schon«, sagt Django und nimmt einen Schluck. Ja klar, der Bau. Da lernt man so was.

»Also, Django«, beginnt Gundi, weil sie nicht möchte, dass Django wegen weiterer Small-Talk-Versuche die Geduld verliert.

»Es ist so, dass dieses Papier nicht gilt, das mein Vater da unterzeichnet hat. Es ist kein Kaufvertrag und auch kein Vorvertrag.«

»Er hat es mir überschrieben. Das war ausgemacht. Und was ausgemacht ist, gilt. Zumindest hier bei uns!«

»Natürlich ist der Wille meines Vaters für mich verpflichtend«, säuselt Gundi.

»Na also.«

»Ich hatte an die 80.000 gedacht.«

»Waaas? Bist du vollkommen verrückt? Es gehört mir! Haus und Grund. Wegen einer Wiedergutmachung. Wegen einer alten Schuld.«

Gundi räuspert sich. Auf keinen Fall soll sich Django aufregen, denn eigentlich will sie auf etwas anderes hinaus. Sie will in Wahrheit kein Geld. Sie will Franz.

»Wie viel hat dir denn mein Vater geschuldet?«, beginnt sie erneut und Django trumpft auf.

»50.000 Mark!«

Gundi ist einigermaßen erstaunt. Wieso sollte ihr Vater einerseits ein kleines Vermögen auf dem Sparbuch haben, andererseits aber bei Django so tief in der Kreide stehen? Doch Django ist noch nicht fertig. »Ein Erpresser war er, der saubere Bäckermeister! Er hat meinen Vater erpresst!«

»Mein Vater hat deinen Vater erpresst?«, fragt Gundi verwirrt.

Der Vater war's, nicht der Bub, schießt es ihr wieder durch den Kopf und sie kapiert endlich. Ihr Vater hat sich für sein Schweigen über die letzten Kriegstage bezahlen lassen! Egal. Jetzt musste sie ihren Deal zu Franz' Freilassung durchziehen.

»Okay«, sagt sie deshalb. »Ich sehe ja ein, dass ich diese Schuld zurückzahlen muss. 50.000 Mark wären also heute etwa 25.000 Euro …«

»Ohne Zinsen«, antwortet Django und jetzt geht Gundi endgültig ein Licht auf. Das war das erpresste Geld auf dem Sparbuch! Ihr heutiger Reichtum, das war das erpresste Geld von damals. Mit den Zinsen, von denen der Bankheini gelabert hat. Gundi gesteht sich keine Zeit zu, das zu verdauen.

»Das Geld habe ich nicht, Django. Aber das Haus hat für mich einen ideellen Wert«, setzt sie an. »Ich hätte da was, was …«

Django haut mit der Faust auf den Tisch.

»Schluss!«, ruft er. »Ich hab genug von deinem Gequatsche. Das Haus gehört mir und du gehst dahin, wo du hergekommen bist, sonst …«, Django steht auf und stützt sich mit beiden Händen am Tisch ab, »… sonst lernst du mich kennen.«

Gundi lehnt sich zurück und bekommt schmale Augen. »Was lerne ich kennen?«, fragt sie und weiß, dass sie die Sache mit Franz verloren hat. »Zündest du es dann an, mein Haus? Eins tut mir wirklich leid, Django. Leider habe ich keinen Hund, den du irgendwo aufhängen könntest!«

Django erstarrt. Langsam geht er um den Tisch herum auf Gundi zu. Sie steht auf und weicht einen Schritt zurück. Gleich schlägt er mir ins Gesicht, fürchtet sie. Aber Django beherrscht sich. Langsam legt er seinen Zeigefinger an ihren Hals und drückt ihn in die kleine Grube über dem Brustbein, was zu Gundis Erstaunen heftig wehtut.

»Ich mach dich fertig«, sagt er und es ist fast ein Flüstern. Er dreht sich um und stapft hinaus, wobei er zuerst die Küchentür und danach die Ladentür derart schwungvoll aufreißt, dass sie an die Wände knallen. Gundi läuft ihm hinterher.

»Wo ist Franz?«, ruft sie, doch Django sitzt bereits in seinem Vintage-BMW und jagt davon.

Django hat keine Ahnung, was er soeben verpasst hat. Eine Hausschenkung. Doch die Gegenleistung hätte er nicht erbringen können, denn er hat auch keine Ahnung, wo Franz abgeblieben ist. Was er weiß, ist, dass er dieses Spiel verloren hat. Er fährt mit mindestens 80 Sachen zurück zu seiner Villa, bleibt auf dem Hof im Auto sitzen und betrachtet das Firmenschild über dem Eingang.

»Schickaneder Bau«. Das alles hat er ganz allein geschaffen, denkt er wie immer, wenn er sich beruhigen muss.

Da bewegt sich etwas in seinem Augenwinkel und reißt Django aus den Gedanken. Er schaut auf die Uhr. Sein Vater hat gerade das Mittagessen bekommen, und ein Pfleger steigt in das kleine grüne Auto des ambulanten Dienstes, ohne Django zu bemerken. Der alte Dreckskerl, denkt Django wieder einmal und meint seinen Vater. Der ist an der ganzen Sache schuld. Hat gelogen, hat sich gegen ihn gestellt, hat ihn beschissen. Und liegt ihm bis heute auf der Tasche. Er geht in das alte Haus seines Vaters, um ihn zu beschimpfen und zu boxen.

Eine halbe Stunde später hat er sich abreagiert und weiß, was zu tun ist. Das Bäckerhaus muss er aufgeben. Manchmal muss man eine Schlacht verloren geben, wenn man den Krieg gewinnen will. Aber das Schandmaul, das wird er der Bäckerstochter stopfen. Er muss sie zum Schweigen bringen.

Der Herr Lehrer schiebt sich die Nickelbrille hoch und greift nach der Gießkanne. In einem kleinen Verschlag hinter dem Schulhaus hat sich das Ehepaar einen Hanfgarten angelegt. Nach ihrer Pensionierung vor zehn Jahren sind sie an ihre erste Wirkungsstätte als junge Lehrer zurückgekehrt. Auch damals hatten sie in der Lehrerwohnung über den Klassenzimmern gewohnt. Neben der bedauernswerten Frau Kreitmeyer mit ihrem lernbehinderten Jungen, die sich mit Putzen in der Schule ihr Brot verdient hatte. Margarete Kreitmeyer war gestorben, bevor sie wieder hierherzogen, nur ihr Sohn, der

Franz, lebte immer noch in der kleinen Personalwoh-
nung und war inzwischen Hausmeister und Hilfsarbei-
ter. Sie hatten damals, als sie hier unterrichtet hatten, dem
über zehnjährigen Jungen in ihrer Freizeit das Lesen
und Schreiben beigebracht und wundern sich bis heute,
wie er ohne diese Kenntnisse durch die Grundschule
gekommen war. Ob Franz weiß, was sie anbauen, ist
nicht ganz klar. Aber er ist klug genug, zu bemerken,
dass der kleine Garten ein Geheimnis ist.

Franz kümmert sich um den Erhalt des alten Schul-
gebäudes, wartet die Öfen, putzt Fenster und Treppen
und ist stets ansprechbar für kleine Gefälligkeiten. Dass
er offenbar in die Vorkommnisse im Dorf verstrickt ist,
könnte ihrem kleinen Idyll hier gefährlich werden. Der
Lehrer fürchtet, dass über kurz oder lang die Polizei hier
auftaucht, wenn Franz verschwunden bleibt.

Gleich nachdem sie wieder hierhergezogen waren, als
Ruheständler, haben sie sich im Dorf engagiert. Sie haben
Leseabende veranstaltet beim Greimerbräu, einmal sogar
mit einem bekannten Schriftsteller, sie initiierten einen
Bücherbus, der regelmäßig kam, und organisierten
eine Ausstellung mit Zeichnungen des ortsansässigen
Künstlers. Allerdings hielt sich das Interesse in Grenzen. Sie waren es auch, die sich dafür stark gemacht hatten, Geflüchtete im alten Schulhaus unterzubringen, und
waren überwältigt von der Hilfsbereitschaft der Hintersbrunner, obwohl es einen Vorfall mit einem aufge-
spießten Schweinekopf gab. Auf dem klebte ein Zettel
mit der Aufschrift »Kanaken not welcome«, und Evelyn versuchte vergeblich, herauszufinden, wer in Hintersbrunn Englisch beherrschte. Alles in allem überwog

jedoch die Gastfreundschaft im Ort, und als die Flüchtlinge wieder weg waren, blieben neue Freundschaften. Zu Mariele Greimer zum Beispiel. Man traf sich auf Kaffee und Kuchen, trank Rotwein und ersann die Idee, ein Theaterstück aufzuführen, von den Leuten im Dorf für die Leute im Dorf. Es war ein großer Erfolg, vor allem für Franz, der in den Wochen der Proben richtig aufblühte. Umso irritierender ist sein Verschwinden direkt nach der Aufführung. Aber Polizei, die hier deswegen herumschnüffeln könnte, die beunruhigt das Ehepaar. In ein paar Tagen würden sie mit der Ernte beginnen können.

Hinter Tonio öffnet sich die hölzerne Tür zum Verschlag. Evelyn hat ihr Strickzeug dabei und gesellt sich zu ihm. Hier ist es immer sonnig und die beiden setzen sich auf die kleine Gartenbank, die ihnen Franz gezimmert hat.

»Ich glaube, in den nächsten Tagen können wir eine ganze Menge ernten«, sagt er. Dieser Sommer war ungewöhnlich warm und jetzt, Ende September, ist aus dem Garten ein kleiner Urwald geworden, so üppig stehen die Pflanzen und recken sich nach der Abendsonne. Sie lächelt und nickt. Einen Augenblick später lässt sie ihr Strickzeug sinken und starrt ihn an. »Ich habe eine Idee, wo Franz sein könnte«, sagt sie. »Haben wir die Nummer von Yakub noch?«

»Bast! Lass die Luft raus!« Ein Schafkopfspieler winkt mit seinem Glas und reißt Sebastian Greimer aus seinen Träumen von einem Gourmetlokal mit anspruchsvollen Gästen im künftigen Golfresort. Heute ist »Altes Bier« beim Greimerbräu, seine Frau Mariele und er haben seit den frühen Morgenstunden schweigend Schweinshaxen gegrillt und Schmalznudeln gebacken.

In der Wirtsstube ist ein Tisch mit Kartenspielern besetzt und in diesen Minuten sollten sich die ersten Gäste einfinden. Tatsächlich kommt als Allererster der Bürgermeister in die Gaststube und setzt sich an einen der hinteren unbesetzten Tische. Er grüßt mit einem Nicken. Komisch, dass er seine Frau nicht mitbringt, denkt der Bräu und konzentriert sich sofort wieder aufs Zapfen. Zum »Alten Bier« kommt jeder mit der Familie, mit den Frauen, die außerhalb großer Festlichkeiten wie Hochzeiten und Beerdigungen dem Etablissement Greimerbräu fernbleiben. Doch Georg Bernleitner treibt heute nicht die Aussicht auf einen feuchtfröhlichen Familienabend ins Wirtshaus. Er muss mit Django reden.

Es wird ein unangenehmes Gespräch werden und das hasst Bernleitner mehr als alles andere. Er will es lieber allen recht machen. Nur dieses Mal wird ihm das nicht gelingen, fürchtet er. Obwohl er Bürgermeister ist. Das Amt ist genau das Richtige für ihn, denn mit der Landmaschinenwerkstatt seines Vaters hatte er Probleme von dem Tag an, an dem er das Erbe angetreten hat. Er hat dafür gekämpft, ein richtiger Unternehmer zu werden. In Wahrheit wollte er viel lieber Teil einer Gemeinschaft sein. Er engagierte sich in seiner Freizeit im Wander- und Turnverein, gründete dort eine Ski- und Tennisabteilung, lernte seine Frau kennen, der das Kinderturnen eine Herzensangelegenheit ist, organisierte Sportfeste und Skifahrten, und seine größte Leistung und sein ganzer Stolz war die Hintersbrunner Fußballmannschaft. Der TSV Hintersbrunn ist Girgls Leben. Die Freundschaft mit Django seine größte Last.

Anfangs fühlte er sich geschmeichelt, als der umtriebige Django mit ihm über die große Zukunft von Hintersbrunn sprach. Als er ihm sagte, Hintersbrunn könne keinen besseren Bürgermeister haben als ihn, den Girgl. Django hat großzügig geholfen. Mit dem Bau des neuen Sportheims, mit der finanziellen Ausstattung der Fußballabteilung. Anfangs hat der frischgebackene Bürgermeister nichts dabei gefunden, sich bei der Vergabe von Bauvorhaben für Djangos Großzügigkeit zu revanchieren. Eine Hand wäscht die andere, dachte er sich, als ihm Django das Eigenheim renovierte. Nur diese Sache mit Sackbauer, die ist jetzt irgendwie aus dem Ruder gelaufen. Ein Golfplatz. Wer braucht denn so was in Hintersbrunn? Das kann er niemandem im Dorf als Gemeinwohl verkaufen. Und jetzt die Bedingung des Professors. Django wird stinksauer sein. Und er, Girgl, wird seinen Unterstützer verlieren.

Da kommt Django zur Tür herein. Nicht besonders gut aufgelegt. Er sieht Bernleitner in der fast leeren Gaststube sitzen und steuert sofort auf ihn zu. Damit hat Girgl nicht gerechnet. Er ist es gewohnt, dass er sich zu den Leuten setzen muss, wenn er Gesellschaft haben will. Im Wirtshaus rollen sie heimlich die Augen, wenn er sich leutselig an einen der Tische gesellt und seine langweiligen Geschichten zum Besten gibt.

»Heute Morgen habe ich ein Fenster offen stehen lassen und da hat mir der Wind einen der Blumentöpfe umgeweht«, ist eine dieser Geschichten. Die wenigen, die Bernleitner nicht wiedergewählt haben, fragen sich, warum so eine Schnarchnase Bürgermeister bleibt.

»Habe die Ehre, Bürgermeister«, sagt Django, dreht einen Stuhl um und setzt sich mit der Lehne an der Brust zu Bernleitner an den Tisch.

»Servus, Django.«

»Na, wie läuft's mit dem Prof?«

Girgl hätte sich gewünscht, dass ein paar Biere Django ein wenig aufgeheitert hätten, bevor sie auf das Thema kämen.

»Nandl!«, ruft er. »Nandl, wir haben Durst!«

Jetzt lächelt Django. »Gibt's vielleicht was zu feiern?«

Zwei Halbe erscheinen auf dem Tisch und die beiden prosten sich zu.

»Na ja«, beginnt Bernleitner. »Ganz so einfach wird das nicht.«

»Will er zu viel dafür? Was will er denn haben?«

»Er will gar nicht verkaufen.« Bernleitner legt sich seine Strategie gerade erst zurecht.

»Was? Das war doch ausgemachte Sache! Der hat seine Viecher schon weggebracht und seine Leute freigestellt. Gibt's ein Problem bei den Ermittlungen mit der Feuerpolizei?«

»Die Staatsanwaltschaft hat ein Ermittlungsverfahren eingeleitet, wegen des Verdachts der schweren Brandstiftung.«

»Na und? Der Sackbauer ist sauber. Dem haben seine Angestellten sogar für den ganzen Tag ein Alibi gegeben. Und für den Abend beim Theater gibt's auch eins. Und sobald der wahre Brandstifter, der Franz, gefunden wird …«

»Der Sackbauer weiß, wer es war«, fällt ihm Bernleitner ins Wort. Er holt tief Luft und atmet laut aus. »Du.«

Django springt auf. Dabei wischt er das halb leere Bierglas vom Tisch, das krachend zu Boden fällt.

»Hey-hey!«, ruft der Bräu hinter dem Tresen. »So ›alt‹ ist mein Bier wieder nicht!«

Der Witz beruhigt Django, und er winkt eine Entschuldigung hinüber zum Bräu, bevor Nandl eine weitere Halbe bringt und die Sauerei schweigend aufwischt.

»Hat Sackbauer irgendwelche Beweise?«, fragt Django, als sie wieder allein am Tisch sind.

»Nein. Eine Bedingung.«

Django schiebt die Halbe zur Seite, lehnt sich über den Tisch und schaut seinen Bürgermeister-Kumpan interessiert an.

»Man muss es nicht so weit kommen lassen, Django! Wenn man ein bisschen beweglich bleibt. Mit dem Wind muss man sich manchmal biegen, Django.«

»Was soll das jetzt wieder heißen?«

»Professor Sackbauer hat kein Interesse daran, dich hinzuhängen. Und im Grunde möchte er das Grundstück loswerden. Sogar zu einem sehr günstigen Preis. Das wird dich freuen, Django.« Girgl lacht ein lautes »Hoho«, doch Django stimmt wider Erwarten nicht ein.

»Aber?«, fragt er stattdessen.

»Er verkauft nur, wenn er seinen Gedenkstein aufstellen darf. Mit Einweihungsfeier und Zeitung.«

»Die Drecksau.«

Girgl ist überrascht, dass Django keinen neuerlichen Wutausbruch hinlegt, und beginnt zu glauben, dass er

ihn vielleicht dazu bringen kann, dem Mahnmal zuzu-
stimmen.

»Wir stellen den Stein auf, Django, der Sackbauer geht
hin, wo der Pfeffer wächst, die Ermittlungen führen
zu nichts Weiterem, und was wir später mit dem Stein
machen, ist ganz allein unsere Sache.«

Django lehnt sich zurück. »Das möchte ich sehen,
dass du als der eine Bürgermeister in die Geschichte ein-
gehst, der einen Gedenkstein für Nazi-Opfer demon-
tiert. Herzlichen Glückwunsch!«

Mit Wut hat Bernleitner gerechnet. Mit Ironie nicht.
Das bringt ihn aus dem Konzept und deshalb schweigt
er lieber.

»Ich muss nachdenken«, beginnt Django. »Was hat
Sackbauer genau gesagt?«

Girgl fängt ein wenig an zu stottern.

»Also ganz genau … also … dass er weiß, wer seinen
Hund aufgehängt hat. Und dass er weiß, wer den Brand
gelegt hat … Woher er das weiß, das weiß ich nicht …«
Girgl macht eine Pause, weil er trocken schlucken muss.
Anschließend fährt er fort. »Django, das mit dem Hund,
das weiß jeder im Dorf …«

Django nickt. »Aber gesteckt, gesteckt hat es dem
Sackbauer nur eine.«

Gundi ist in München in ihrer Wohnung, als ihr Handy
klingelt. Seit ihrem letzten Treffen mit Django mag sie
in ihrem Elternhaus nicht mehr übernachten. Sicher ist
sicher. Lieber fährt sie jeden Tag die knappe Stunde hin
und zurück. Sie hat sich gerade eine Pizza bestellt und
will einen netten Abend vor der Glotze verbringen. »The

Walking Dead« war ihre aktuelle Freizeitbeschäftigung gewesen, bevor ihr toter Vater und Hintersbrunn sie aus ihrem gewohnten Leben in München gerissen haben. Sie hat sich die sechste Staffel, bei der sie damals hängen geblieben war, auf DVD besorgt und will sich ablenken. Für ein paar Stunden alle Sorgen vergessen. Daraus wird nichts.

»Gundi, wir wissen, wo Franz ist!« Es ist Liesi.

»Wer ›wir‹?«

»Der Herr Lehrer und seine Frau. Er ist in Regensburg beim Yakub. Wo bist du, Gundi? Kannst du morgen früh da sein?«

Den Rest des Abends verbringt Gundi vor dem laufenden Fernsehprogramm, ohne hinzusehen. Die DVD bleibt in der Hülle. Die Pizza isst sie trotzdem.

Im Hinterzimmer von Liesis Laden haben sie auf Gundi gewartet. Liesi hat darum gebeten, sich bei ihr zu treffen, die Geschäfte gingen nicht so gut, dass sie ihren Laden einfach zusperren könne.

»Franz mag nicht heimkommen«, eröffnet Liesi die Runde, als endlich auch Gundi da ist.

»Warum nicht?«, fragt die Lehrerin. »Was ist denn eigentlich passiert?«

»Franz behauptet, dass er umgebracht werden soll. Ich bin nicht ganz schlau geworden aus ihm«, antwortet Liesi.

»Und was sagt Yakub?«, fragt der Lehrer.

»Stopp!«, ruft Gundi. »Bitte langsam für die ganz Blöden. Wer ist Yakub? Und wo ist der Franz? Und was ist passiert um Himmels willen?«

»Also, wir haben die Idee gehabt …«, beginnt die Lehrerin.

»Du hast die Idee gehabt«, korrigiert ihr Mann.

»Also, ich habe die Idee gehabt, dass Yakub vielleicht wissen könnte, wo Franz ist.«

»Wer ist Yakub?«, fragt Gundi noch mal.

»Einer von den Flüchtlingen, die vor ein paar Jahren in Hintersbrunn einquartiert worden sind«, antwortet Liesi.

»Yakub und seine Familie haben im alten Schulhaus gewohnt«, ergänzt der Lehrer. »Und Franz, der hat sich angefreundet mit ihm. War traurig für ihn, als Yakub dann anerkannt wurde und weggezogen ist.«

»Sie müssen wissen, solange wir ihn kennen, hat Franz keinen Freund gehabt«, erzählt die Lehrerin weiter. »Nicht böse sein, Liesi, auch mit dir hat er sich erst durch Yakub richtig angefreundet.«

Liesi nickt und schaut, als hätte sie etwas angestellt.

»Auf alle Fälle hat Yakub eine Stelle bekommen bei einem syrischen Verwandten, der in Regensburg ein Geschäft betreibt. Für den macht er jetzt die IT. Er ist nämlich Informatiker. Diplomiert in Syrien.«

Jetzt klingelt es bei Gundi. Der Jakob aus Sibirien, denkt sie. Ach der!

»Ich weiß übrigens nicht, ob sein Diplom schließlich anerkannt wurde«, wirft der Lehrer dazwischen.

Die Lehrerin zuckt mit den Schultern.

»Auf alle Fälle war Franz zuerst furchtbar traurig. Dennoch hat er mitgeholfen, ihr kennt ihn ja. Hat tagelang Yakubs Wohnung in Regensburg renoviert. Fenster erneuert, ein Bad eingebaut … Der weiß sich ja mit allem zu helfen, der Franz. Ja, und als er fertig war, hat er mit seinem Unimog den ganzen Umzug gemacht. Mit Anhänger und mit allen Kindern. Das war ein großes Fest für alle.«

»Und jetzt ist Franz bei Yakub«, schließt Gundi.

»Ja. Als ich endlich seine Nummer gefunden habe, habe ich sofort angerufen«, erzählt die Lehrerin weiter. »Yakub hat gesagt, dass Franz schwer verletzt sei. Und dass er nie wieder nach Hintersbrunn zurückmüsse, er würde sich um Franz kümmern. Wir haben dann Liesi informiert.«

»Ich habe auch angerufen und mit dem Franz selbst gesprochen«, sagt Liesi. »Und zu mir hat er gesagt, dass man ihn umbringen will und dass er nie wieder nach Hause kommen will. Er war nicht umzustimmen, hat sogar geweint am Telefon.«

»Und was heißt ›schwer verletzt‹?«, fragt Gundi.

»Das weiß ich nicht. Sie haben ihn gehauen, hat Franz gesagt.«

»Wenn Franz nicht heimkommt, wird ihm Django den Brand anhängen«, schlussfolgert Gundi und das Lehrerehepaar schaut sich an.

»Wir müssen der Sache auf den Grund gehen«, fährt Gundi fort. »Habt ihr die Adresse von Yakub?«

16

Gundi steht auf der unbefestigten Uferpromenade an der Donau in Regensburg und blickt auf den grauen Strom, der sich unter der Steinernen Brücke träge hindurch- und an ihr vorbeiwälzt. Langsam fröstelt sie ein wenig, es geht auf 5 Uhr zu und die Spätsommersonne verliert langsam ihre Kraft. In der »Wurstkuchl« hinter ihr haben sie sich verabredet. Touristen sitzen auf den hölzernen Bänken vor dem Gebäude und lassen sich die offenbar fantastischen Würstchen mit Bier schmecken. Gundi knurrt der Magen. Auf dem Weg hierher hat ihr Liesi stundenlang davon vorgeschwärmt.

»Was, du kennst die Historische Wurstkuchl nicht? Da müssen wir hin!«

Gundi stand eigentlich nicht der Sinn nach einem fröhlichen Ausflug. Sie wollte Franz abholen, damit er der Polizei Rede und Antwort steht. Damit Django nicht durchkommt mit seinen Verdächtigungen. Deswegen hat sie nur halb hingehört, als Liesi ihr von dem scheinbar besonderen Senf vorschwärmte, den sie offenbar palettenweise einkaufen wollte. Für ihren Laden, den sie heute – ein wenig skeptisch – Nandl anvertraut hat. Jetzt wären ein paar Bratwürste mit Senf und Sauerkraut genau das Richtige für Gundi. Wo bleiben sie denn nur?

Sie ist eine Stunde lang durch die Altstadt marschiert, hat im Dom für Franz eine Kerze angezündet und dabei an Ferdl gedacht, der sie wegen ihres »Feuermelder-Glaubens« immer wieder aufzieht.

»Das ganze Jahr pfeifst du auf himmlische Führung, aber immer wenn es brennt, schlägst du das Glas ein und schreist um Hilfe«, sagt er in diesen Momenten.

Liesi wollte zuerst allein mit Franz sprechen. Daher hat Gundi sie mit ihrem Fiesta vor Yakubs Haus aussteigen lassen und ist weiter Richtung Innenstadt gefahren, wo sie zuerst keinen Parkplatz fand und schließlich in einer Tiefgarage parkte.

Endlich kommen sie die kleine Treppe herunter Richtung Promenade. Liesi winkt ihr aus der Ferne zu. Franz ist dabei und ein dunkelhaariger, hochgewachsener Typ mit Bart. Wahrscheinlich Yakub, denkt Gundi. Als sie herankommen, bemerkt Gundi die Verletzungen in Franz' Gesicht. Über der Augenbraue trägt er ein Pflaster, seine Nase ist blau und sein linkes Auge ist blutunterlaufen. Gundi erschrickt bei seinem Anblick und Franz weicht ihrem Blick aus.

»Wollen wir uns setzen?«, schlägt Gundi vor und die vier Freunde steuern auf einen der freien Holztische vor der Wurstkuchl zu.

»Klare Sache, oder? Würstl mit Kraut und Senf? Wie viele für jeden?«, fragt sie und kann ihren Magen vor Freude glucksen hören.

»Acht Stück für mich«, sagt Liesi.

»Mindestens zehn«, sagt Franz. »Und eine Halbe Bier.«

Yakub schüttelt den Kopf.

»Nichts für mich, danke«, sagt er und Gundi fällt

ein, dass eine Schweinswürstelbude wohl nicht das ist, womit man einem Muslim eine Freude macht. Scheiße, denkt sie, da hätte man dran denken können, und ärgert sich ein wenig selbstgerecht über ihre ignorante Freundin, der dieser Fauxpas gar nicht bewusst ist. Schließlich sitzen sie vor einer riesigen Platte mit Würstchen, Kraut und einem Töpfchen Senf, und Yakub scheint es gar nichts auszumachen.

»Nicht schlimm«, sagt er und lächelt. »Bin ich daran gewöhnt.« Während Franz erzählt, was passiert ist, lässt Yakub seinen Freund nicht aus den Augen.

Der Geschmack von Eisen in seinem Mund weckte Franz auf. Er lag auf dem Kies im alten Schulhof, es war dunkel, und er wusste im ersten Moment nicht, wie er hergekommen war. Er fasste sich an den Mund und spürte eine warme Flüssigkeit. Ich blute, dachte er. Da fiel es ihm wieder ein. Der Theaterabend. Der Bast. Der Bast hatte ihn geschlagen. Panik stieg in ihm auf. Warum blute ich so stark? Hat der mich abgestochen? Er wollte aufstehen, doch alles tat ihm weh. Ich muss weg hier, schoss es ihm durch den Kopf. Die wollen mich umbringen. Weil ich den Hund gefunden hab. Weil ich weiß, dass das Django war. Weil ich weiß, dass das Mord war. Schließlich kam er auf die Beine, humpelte zu seinem Unimog, der an der Seite des ehemaligen Pausenhofs geparkt war, und als er ihn mit letzter Kraft erreicht hatte, hörte er Schritte im Kies. Sofort ging er in die Hocke und versteckte sich hinter einem der großen Räder.

Es war Django, das konnte er in der klaren Septembernacht deutlich erkennen. Er stand da und schaute sich um, ging zur Tür des Schulhauses und drückte die Klinke hinunter. Zugesperrt. Sein Blick ging hoch zu den Fenstern. Kein Licht. Er drehte sich um und betrachtete den Schulhof. Franz schlug das Herz bis zum Hals. Er konnte sich nicht vorstellen, dass Django sein Atmen nicht hörte, und riss den Mund ganz weit auf, um weniger Geräusche damit zu machen.

Wenn der Django mich entdeckt, bringt er mich um und hängt mich im Wald auf, war alles, was Franz denken konnte. Er erstarrte, als Django in seine Richtung blickte. Django entdeckte ihn nicht. Langsam schlenderte er zurück in Richtung Greimerbräu.

Franz musste eingeschlafen sein, denn als er aufwachte, dämmerte es bereits. Er saß immer noch an das Vorderrad seines Unimogs gelehnt, aber es ging ihm jetzt ein wenig besser und er schaffte es aufzustehen. Langsam kletterte er in das Führerhaus und schloss die Tür hinter sich. Jetzt fühlte er sich sicher. Mit einem öligen Lappen, der auf dem Beifahrersitz lag, wischte er sich das Gesicht ab und bemerkte, dass überall getrocknetes Blut war. Er hatte nur einen Gedanken. Weg. Dahin, wo ihn keiner erwischen konnte. Zu Jakob. Und so tuckerte Franz mit seinem Unimog über die Landstraßen, über zwei Stunden ins 90 Kilometer entfernte Regensburg, wo ihn die Frau seines Freundes sofort verarztete, ihm ein Bett in einem der Kinderzimmer bereitete und ihn lange schlafen ließ.

»Ich geh nicht mehr zurück«, sagt er, als er fertig ist mit den Würsteln und dem Erzählen. »Wenn ich das tu, bin ich tot.«

»Aber Franz, sie hängen dir den Brand an«, versucht es Gundi, weil Liesis Überredungskünste in Yakubs Wohnung offenbar nicht gefruchtet haben.

»Dann bin ich ein toter Brandstifter.«

»Wir können dir ein Alibi geben, Franz, du warst die ganze Zeit im Theater!«

»Umbringen tun sie mich trotzdem. Das hat er so geplant. Der hängt einen jeden auf, der ihm nicht passt.«

Am Nebentisch wird eine Gruppe älterer Damen aufmerksam. Sie verstummen und werfen misstrauische Blicke auf den Mann mit dem ramponierten Gesicht und den stillen Ausländer. Die vier bemerken nichts davon. Sie haben ihre leeren Teller auf einen Haufen in die Tischmitte gestellt, sich noch mal eine Runde Bier und Weißwein geholt und sprechen vor lauter Aufregung viel lauter, als es an solchen Orten üblich ist.

»Wer, Franz? Wer will dich umbringen?«

»Django. Das ist wegen dem Hund. Weil ich den gefunden hab, am Baum aufgehängt, genau da, wo ich auch den anderen gefunden hab!«

»Aber es war doch der Greimer Bast, der dich so zugerichtet hat«, wirft Liesi ein.

Franz nickt und kratzt sich am Kopf.

»Und wenn ich beweisen kann, dass es Django war, der Sackbauers Hof angezündet hat«, legt Gundi nach, »wandert er hinter Schloss und Riegel und kann dir nichts mehr tun, Franz!«

Die Damen am Nachbartisch sind inzwischen beunruhigt. Was sie da hören von Umbringen, Aufhängen, Anzünden und Schloss und Riegel, hat sie ganz steif werden lassen und jetzt rücken sie am entferntesten Ende ihres Tisches zusammen.

»Wie willst du denn das beweisen?«, wirft Liesi ein. »Dass du gesehen hast, dass der im ersten Akt nicht da war, das allein sagt noch lange nichts …«

»Ich weiß selber, dass das nicht einfach wird«, patzt Gundi ihre Freundin an, sauer, weil die ihr unerwartet in den Rücken fällt. Sie schweigen ein paar Minuten.

»Du bist bei mir willkommen«, sagt Yakub zu seinem Freund und legt ihm einen Arm um die Schultern. Aber Franz hört nicht hin. Es ist ihm nämlich etwas eingefallen. Etwas, an das er die ganze Zeit nicht gedacht hat.

»Vielleicht kann ich das beweisen«, sagt er langsam. »Der hat sich ein Öl geholt bei mir!«

»Du, mein Vater braucht dich.«

Franz fuhr zusammen. Er hatte bis zur letzten Minute laut seinen Text rezitiert, oben in seiner Stube im alten Schulhaus. Dann hatte er bemerkt, dass er zu spät dran war. Sie wollten da sein, lange bevor das Publikum eintraf. Hinter der Bühne, beim Greimer. Also raffte Franz sein Kostüm zusammen, eine kurze Lederhose, ein weißes Hemd und seine Maske, stopfte den vom Lehrer ausgedruckten Text in den Hosenbund und spurtete die große Schultreppe hinunter in den Hof. Der Lehrer und die Lehrerin waren schon gegangen, das hatte er vor einer Viertelstunde gehört. Er schloss die breite Schulpforte ab, als er hinter sich, dicht an seinem Ohr, die Stimme hörte. Franz drehte sich um. Django.

»Mein Vater braucht dich«, wiederholte er.

»I… ich hab jetzt keine Zeit, glaub ich«, antwortete Franz.

»Wir haben kein Heizöl mehr. Wirst lachen, aber der Vater friert, da oben bei mir daheim.«

»Jetzt? I… im Sommer?«

»Ist alt, der Vater.«

»Ja, u… und was soll ich da jetzt machen?«

Django lächelte. Er hob zwei Benzinkanister in die Höhe, die er schon die ganze Zeit in den Händen gehalten hatte und die Franz erst jetzt bemerkte.

»Ich habe mir gedacht, ich kann deinen Öltank anzapfen. Kriegst doch Öl von der Gemeinde für die Schule, stimmt das nicht?«

»J… ja, schon.«

»Komm, die hast du ratzfatz aufgefüllt, die zwei Dinger.«

Das sah Franz ein. Er drehte den Schlüssel wieder um und die beiden betraten den ehemaligen Gang des Schulhauses, an dessen Wänden immer noch die Garderobenhaken für die Schüler befestigt waren, die es hier seit über 30 Jahren nicht mehr gab. Die breite Schultreppe führte nach unten. Dort fummelte Franz ein wenig zu lange mit dem Schlüsselbund herum, bevor er endlich den Schlüssel zur eisernen Kellertür zu fassen bekam, aufsperrte und die schwere Tür aufschob. Es war kühl und fensterlos hier und Franz drehte das Licht an. Links war seine Werkstatt und rechts stand der große Öltank. Er fasste 5.000 Liter, dieser Tank, und mit seinem Öl wurden nicht nur die Öfen der beiden Wohnungen im Obergeschoss beheizt, sondern auch die zwei unbenutzten Klassenzimmer im Schulgebäude. Zumindest, wenn die Winter kalt waren. Damit es nicht schimmelte und die Wasserrohre nicht einfroren. Franz kümmerte sich darum. Oben am Tank befand sich eine Pumpe, von der ein Schlauch herunterhing. Franz nahm Django den ersten Kanister aus der Hand, führte den Schlauch in die Öffnung und stieg auf einen hölzernen Tritt vor dem Tank. Er begann zu pumpen.

»S... sag, wenn er voll ist«, warnte Franz, aber Django passte nicht richtig auf, und der Behälter lief über, bevor Franz den Ölfluss stoppen konnte. Als beide Kanister voll waren, schraubte Franz sie zu und überreichte sie Django, der sie nahm und gleich wieder abstellte.

»Die sind ja total ölig!«, rief er und wischte sich seine Hände an Franz' Brust ab.

»Spinnst du?«, empörte sich Franz und trat einen Schritt zurück.

»Jetzt hab dich nicht so«, antwortete Django und lachte, als ob es nur ein kleines, verzeihliches Missgeschick gewesen wäre. »Musst dich sowieso gleich umziehen.« Er packte die Kanister wieder, wandte sich ab und ging.

Franz sah ihm eine Weile nach. Er hängte den tropfenden Schlauch nach oben in die Halterung, drehte das Licht aus, verschloss die Kellertür wieder und machte sich erneut auf, hinüber zum Greimerbräu.

»Danke schön hätt er schon sagen können«, murmelte er und beeilte sich zur Theateraufführung.

»Super!«, schreit Gundi am Biertisch der Wurstkuchl, nachdem Franz mit seinem Bericht fertig ist.

»Jetzt haben wir ihn! Wenn das kein Beweis ist!« Sie packt Franz am Arm und schüttelt ihn und hört gar nicht mehr auf damit. Franz muss lachen und alle stimmen ein.

Als sie sich wieder halbwegs beruhigt haben, schauen sie alle glücklich in ihre leeren Bier- und Weingläser und schweigen. Da fällt Franz noch etwas ein.

»Du, Gundi«, beginnt er.

»Hm?«

»Was ist rot und auf dem Sitz von einem Traktor?«

Gundi grinst. »Was?«

»Eine alte Bauernregel!«

Alle brüllen los und die Damen am Nachbartisch suchen empört das Weite.

Noch nie im Leben ist Franz dermaßen überrascht worden. Noch nie im Leben hat jemand eine Willkommensparty für ihn geschmissen. Die ganze Fahrt von Regensburg zurück nach Hintersbrunn hat er sich auf der Rückbank von Gundis Fiesta in Yakubs übergroßer Sportjacke verkrochen und wortlos aus dem Fenster gesehen. Seine Freude über den saublöden Witz mit der Bauernregel ist in dem Moment verschwunden, in dem er das Auto bestiegen hat. Nach einer Weile haben es auch Gundi und Liesi aufgegeben, ein Gespräch zu führen. Während der Fahrt ist die Septembersonne untergegangen, und als sie schließlich Hintersbrunn erreichen, ist es dunkel. Schweigend fahren sie durch das menschenleere Dorf, und als sie auf den Schulhof einbiegen, schreckt ein lauter Krach Franz aus seiner Lethargie. Vor der Schulpforte hat der Lehrer einen Partykracher abgefeuert und beugt sich gerade über einen Haufen Konfettikanonen, die er an alle Wartenden verteilt hat. Über dem Eingang zur ehemaligen Schule prangt ein großes Transparent, das von der Leuchte darüber angestrahlt wird. »Willkommen daheim, Franz!«, steht da in bunten Farben gemalt. Darunter die Lehrerin und die ganze Theatergruppe und mindestens zehn andere Leute aus dem Dorf. Sie johlen und klatschen, als der verdutzte Franz hinter Liesi aus dem Wagen steigt. Die Lehrerin kommt mit einem großen Wäschekorb auf Franz zu, stellt ihn vor ihm ab und schließt Franz in die Arme.

»Ja, was ist denn …?«, stammelt der. »Ja, warum …?«

»Wir sind alle so froh, dass dir nichts passiert ist!«, klärt die Lehrerin Franz endlich auf. »Und froh, dass du wieder daheim bist!« Wieder klatschen die Leute und einer nach dem anderen kommt auf Franz zu, umarmt ihn oder schlägt ihm auf die Schulter, je nach Geschlecht.

»Schön, dass du wieder da bist«, sagt eine.

»Gut, dass dir nichts passiert ist«, ein anderer.

»Wir brauchen dich hier in Hintersbrunn.« Der Lehrer kracht mit seinen Konfettikanonen.

»Die meisten haben schon heimgehen müssen«, klärt die Lehrerin Franz auf und zeigt auf den Wäschekorb, der bis oben mit Briefen und Karten und kleinen Stofftieren gefüllt ist.

»Das alles hier sind deine Genesungswünsche, Franz. Vom ganzen Dorf! Keiner, der nichts reingetan hat für dich.«

Franz hat ja nie besonders viel zu sagen, aber jetzt ist er komplett sprachlos und weint vor Freude. Als die Dorfbewohner schließlich einer nach dem anderen zurück in ihre Häuser gehen, lotsen Tonio und Evelyn die drei Heimkehrer hoch in ihre Wohnung, wo sie Sekt in einem silbernen Kübel vorbereitet haben. Dort muss Franz seine Geschichte noch einmal erzählen. Wie Django ihn vor dem Theaterabend abgepasst und ihn mit dem Heizöl aus dem Schulkeller bekleckert hat. Wie er vom Greimer Bast auf dem Heimweg nach der Aufführung angegriffen und niedergeschlagen worden ist. Wie er sich versteckt hat, als Django nach ihm suchte, um ihm den Garaus zu machen. Und wie er schließlich in Todesangst mit seinem Unimog nach Regensburg zu Yakub getuckert ist.

»Was machst du denn jetzt mit deinem Unimog?«, fragt Gundi.

»Der Jakob mit seinem Bruder fährt ihn mir heim«, antwortet Franz. »Morgen. Der Jakob ist mein Freund.« Dann besinnt er sich. »Und ihr auch«, sagt er und grinst glücklich.

17

Sie treffen sich bei Liesi im Laden, Gundi, Tonio und Evelyn, um zu beratschlagen. Der Franz wollte nicht dabei sein. Er musste dringend eine Dankesrunde durch das Dorf machen. Wegen der vielen Karten. Viele hatten einen Zehner ins Kuvert gelegt, ein paar Teddybären waren mit Papierherzen behängt gewesen, und alle, denen Franz in den letzten Jahren die Einfahrt geräumt, den Sperrmüll weggefahren, die Hecke geschnitten oder die Bierkästen geschleppt hatte, sie alle hatten ihm liebe Wünsche für seine Heimkehr geschickt. Das war momentan das Wichtigste für Franz. Vergelt's Gott sagen. Außerdem wollte er später auf Yakub und den Unimog warten.

»Hat jemand eine Idee, was das Ganze zu bedeuten hat?«, fragt der Lehrer. »Warum um alles in der Welt sollten Schickaneder und Greimer Franz umbringen wollen?«

»Mariele hat mir erzählt, dass ihr Mann stocksauer war nach dem Theater«, erklärt Liesi. »Dass er so blöd ist und gemeint hat, wir hätten das Stück auf ihn gemünzt.«

»Und was hat Django mit dem Angriff auf Franz zu tun?«

»Vielleicht nichts«, orakelt Gundi. »Vielleicht war das gar nicht abgesprochen, wie Franz das glaubt. Vielleicht war das nur ein zufälliges Zusammentreffen der Ereignisse.«

»Also, Sebastian Greimer ist wütend wegen eines Missverständnisses das Theaterstück betreffend und reagiert sich an Franz ab. So weit, so schlecht«, fasst der Lehrer zusammen. »Und Joachim Schickaneder hat sich vor der Aufführung bei Franz Heizöl geholt und ist in derselben Nacht noch mal beim Franz gewesen, hat ihn aber nicht angetroffen, weil der sich versteckt hatte.«

»Was Django da wollte, weiß ich auch nicht«, antwortet Gundi. »Fest steht nur, dass Django in dieser Nacht den Brand bei Professor Sackbauer gelegt hat.«

»Ist das sicher?«, wirft Evelyn dazwischen. »Wieso sollte er das tun?«

Gundi klärt sie auf. »Django ist seit Jahren spitz auf das grandios gelegene Grundstück da oben auf dem Berg.«

»Das ist ein herrliches Anwesen«, bestätigt der Lehrer ein bisschen unsachlich. »Lage, Lage und noch mal Lage!«

Gundi schüttelt den Kopf und will sich nicht drausbringen lassen.

»Und weil Django den Professor vertreiben wollte, hat er dessen Hund im Wald aufgehängt. Sozusagen als Zeichen, dass er hier nicht erwünscht ist.«

»Wie der Saukopf damals«, erinnert sich die Lehrerin, doch Gundi versteht das nicht und fragt auch nicht nach. Stattdessen fährt sie fort.

»Auslöser für Djangos eskalierende Wut auf den Professor war die Geschichte von 1945, mit der der Professor auf der Bürgerversammlung um die Ecke kam. Dass der

Großvater von Django, der ehrenwerte Ignaz Schickaneder, in den letzten Kriegstagen zum Mörder geworden ist. Und zu allem Überfluss will er das Ganze auch noch öffentlich machen. Mit einem Denkmal. Oder Mahnmal.«

»Und das wollte Django auf gar keinen Fall dulden«, ergänzt Liesi.

»Also hat er nach der Drohung mit dem Hund stärkere Geschütze aufgefahren und die Stallungen des Professors in Brand gesteckt.«

»Moment.« Tonio versteht nicht ganz. »Und was hat das alles mit Franz zu tun?«

»Django wollte den Brand Franz in die Schuhe schieben, wohl wissend, dass Franz sich gegen Anschuldigungen nicht zur Wehr setzen kann. Und deswegen hat Django diese Sache mit dem Heizöl inszeniert«, erklärt Gundi.

»Umbringen wollte er ihn also gar nicht?«, fragt Evelyn ein wenig naiv.

»Nein, ich glaube, der hat nur gehört, dass ihn der Bräu verdroschen hat und wollt nachschauen, ob sein Sündenbock noch lebt.«

Alle nicken und Liesi fasst schließlich einen Beschluss.

»Also, das Wichtigste ist jetzt, dass Franz aus der Schusslinie kommt. Mir ist das, ehrlich gesagt, ziemlich egal, wer wem seinen Grund abluchsen will und wer wem das Haus deswegen anzündet. Franz ist unschuldig und das können wir beweisen.«

Darin sind sich jetzt alle einig.

Nach ein paar Tagen war alles vorbei. Die Liesi fuhr mit Franz zur Polizei und dort hat er alles erzählt. Es wurden Zeugen befragt, die Franz' Anwesenheit im Theater bei Brandausbruch bestätigten. Gundi gab zu Protokoll, dass Django als Einziger im ersten Akt nicht anwesend gewesen war. Dafür fand sich allerdings kein weiterer Zeuge. Die Sache mit dem Hund war abgeschlossen, weil Professor Sackbauer seine Anzeige zurückgezogen hatte. Django wurde wegen des Heizöls vorgeladen, doch auch diese Spur führte ins Leere.

Zwar bestätigte sich der Verdacht auf Brandstiftung, aber alle Befragungen der Feuerwehrleute und der Schaulustigen vor Ort ergaben nichts. Ein Sachverständiger für Brand- und Explosionsursachen der Versicherung schloss den Versicherungsnehmer als Verursacher aus, die Brandermittler der Polizei riefen die Bevölkerung des Ortes zur Mithilfe auf, doch niemand meldete sich. Die Brandstiftung blieb ungeklärt.

»Ich habe die Schnauze voll, Liesi«, sagt Gundi. Sie sitzen am frühen Abend bei Liesi im Wohnzimmer und trinken zum Abschied Gundis mitgebrachten Prosecco. »Ich fahre heute zurück nach München. Dass Django mit seinen Machenschaften durchkommt, ist zwar ein Skandal, aber ich weiß jetzt nicht mehr weiter. Ich muss mich wieder um mein eigenes Leben kümmern und mir einen Job suchen.«

Dass sie einen Haufen Geld geerbt hat, verrät Gundi nicht. Sie will die Verstrickungen ihres Vaters in den Fall ein für alle Mal vergessen. Dass sie dieses Geld behalte, sei eine gerechte Strafe für die Schickaneders, findet sie.

»Das verstehe ich«, antwortet Liesi. »Und was wird aus deinem Elternhaus?«

»Das lass ich jetzt erst mal stehen. Ob das jetzt noch ein halbes Jahr vor sich hin modert, ist wurscht. Vielleicht pack ich es im Frühjahr an, wenn ich wieder alles auf der Reihe hab. Ein wenig renovieren und verkaufen, mein ich. Hilfst mir dann?«

»Freilich. Und bis dahin kann ich ja immer mal nach dem Rechten sehen.«

»Danke.«

»Beim Franz schaust du schon noch mal vorbei, oder? Weil wenn dir einer beim Renovieren helfen kann, ist er das. Und außerdem würd er dir das nie verzeihen, wenn du ohne Adieu gehst.«

Franz ist gerade dabei, die Reste der Willkommensparty aus dem Kies vor der Schulpforte aufzupicken, als Gundi auf ihrer Abschiedstour bei ihm vorbeischaut. Ihr Fiesta steht voll beladen vor dem Bäckerhaus mit all ihren Sachen, die sich in den letzten Wochen in ihrer provisorischen Bleibe angesammelt haben. Aber Franz kann es nicht kurz machen, wie Gundi sich das erhofft hat. Er hat noch etwas auf dem Herzen.

»Gundi, ich muss dir schon lang was erzählen«, sagt er. Ihre Frage nach dem Was beantwortet er mit dem Wink, ihm zu folgen, und marschiert los Richtung Pforte. Seinen Rechen stellt er vor der Tür an die Hauswand und Gundi steigt hinter ihm die breite Treppe hinab. Franz führt sie in einen fensterlosen Raum hinter der schweren Kellertür. In seine Werkstatt. Um ihr offenbar ein Geheimversteck zu verraten, wie Gundi jetzt bemerkt. Sie muss innerlich grinsen, weil Franz immer noch so ein Kindskopf ist. In der Werkstatt dominiert eine große, uralte Werkbank mit zwei Schraubstöcken. Darüber hängen Unmengen von Werkzeug, vom Hammer über Schraubenschlüssel bis hin zu einem alten Fuchsschwanz. Auf der einen Seite des gekalkten Raumes steht ein großes Regal mit allerlei Ausrüstung, in der Mitte ein großer Hackstock mit einem Beil. Auf der anderen Seite befindet sich ein altes, leeres Küchenbüfett, das Franz jetzt mit geringer Kraftanstrengung nach vorn schiebt.

»Ich habe das ganz vergessen«, erklärt er. »Bis neulich.«

Hinter dem Büfett kommt eine Mauernische zum Vorschein, in der ein paar Ablagebretter befestigt sind. Auf dem oberen Brett liegt ein orangefarbenes Stoffbündel, das in eine durchsichtige Plastikplane eingewickelt ist. Franz holt es vorsichtig herunter, legt es auf die Werkbank und beginnt, es auszuwickeln. Der orangefarbene Stoff stellt sich als eine Warnweste heraus, wie man sie für Waldarbeiten trägt. Darin liegt ein verdreckter, orangefarbener Strick mit einem auffälligen Knoten.

»Den habe ich jetzt zweimal«, sagt Franz und hält den Strick vor Gundis Nase.

18
WINTER 1995

Es war ein kalter Märzmorgen, an dem der junge Roidlbauer mit Traktor und Anhänger den Fürbitten-Franz zur
Arbeit abholte. Der Winter dieses Jahres war ungewöhnlich frostig und wollte nicht dem ersehnten Frühling wei-
chen. Franz war froh, aus dem Haus zu kommen. In der
alten Hausmeisterwohnung im Dachstuhl der vor zehn
Jahren aufgegebenen Schule war es unerträglich einsam,
jetzt, wo seine Mutti tot war. Noch immer hat er es nicht
fertiggebracht, das Bett zu entsorgen, in dem sie ihre letzte
Zeit schwer krank verbracht hatte. Aber er dürfe in der
Wohnung bleiben, in der seine Mutter nach vielen Jahren
als Putzfrau der Schule lebenslanges Wohnrecht genos-
sen hatte, wenn er sich weiter um das Gebäude kümmern
würde. Das hatte ihm die Gemeinde auf der Beerdigung
versichert, und Franz war wild entschlossen, sich nicht
undankbar zu zeigen. Er wollte arbeiten und nahm neben
seinem Job im Lagerhaus jede Arbeit an, die anstand.

   An diesem Morgen hatte er sich also mit dem Roidlbauer junior verabredet, der im Scheideggerholz einen
vor dem Jahreswechsel geschlagenen Stamm für Brenn-
holz im kommenden Winter gekauft hatte.

»Bin schon da!«, rief Franz aus dem Fenster, bevor er sich die dicke Pelzmütze über die Ohren zog und seine Arbeitshandschuhe einsteckte. Es sollte ein langer Tag werden, denn einen Stamm kleinzukriegen war selbst mit Motorsägen eine Plackerei. Und anschließend mussten die Holzstücke aufgeladen, zum Roidlbauerhof transportiert, klein gehackt und aufgeschichtet werden, damit sie bis zum kommenden Winter trocknen konnten. Franz war sich sicher, dass sie mehrere Tage damit zu tun haben würden.

»Servus, Franz«, grüßte der Junior ihn auf dem Fahrersitz seines Traktors, und nachdem Franz sich neben ihn auf die kleine Bank über den mächtigen Rädern gesetzt hatte, tuckerten sie mitsamt Anhänger los. Franz kannte den Roidlbauer junior seit seiner Kindheit, er war Ministrant unter Franz gewesen. Franz arbeitete gern für ihn, denn er ließ Franz für den Feierabend immer eine Brotzeit mitgeben. Franz freute sich auf das herrliche Geräucherte der Roidlbauermama.

Kurz nach dem Zwölfuhrläuten – sie waren gut vorangekommen – gönnten sie sich eine Pause auf dem noch nicht kleingesägten Rest des Stamms. Der Hans hatte eine Thermoskanne dabei, ein großes Stück Käse und Rohrnudeln. Er teilte gerade mit Franz, als den ein menschliches Bedürfnis überkam.

»Bin gleich wieder da«, sagte er, legte seine dicke Winterjacke neben den Arbeitshandschuhen ab, zog die orange Warnweste wieder an, die er über der Jacke trug, und verschwand im Wald. Es war Franz immer sehr peinlich, wenn er sein Geschäft während der Arbeit erledigen musste, und deswegen ging er tiefer in den

Wald hinein, als es nötig gewesen wäre. Erst als er garantiert außer Sichtweite war, hockte er sich hin. Nachdem er sich erleichtert und mit ein paar Blättern abgeputzt hatte, stand er eine Weile da, sah zwischen den Stämmen hindurch und genoss die Stille. Etwas fing seinen Blick. War da noch einer am Schaffen? Da hinten blitzte etwas Oranges.

»E-ha, wer da?«, rief der Franz, so laut er konnte. Keine Antwort. Aber er war sicher, dass sich dort hinten etwas bewegte. Er ging darauf zu.

»E-ha, wer da?«, rief er wieder.

Erneut keine Antwort. Jetzt sah er es. Es war ein Stofffetzen, der da am Baum hing, und neugierig ging Franz weiter darauf zu. Nein, das war kein Stoff, das war …

Franz erschrak so heftig, dass er ein paar Schritte zurückstolperte und auf dem Hintern landete. Wie nach einem Dauerlauf schnaufte er, als er langsam erkannte, was da am Baum hing. Ein Mann. Da hatte sich ein Mann mit einem orangeroten Strick am Ast einer alten Eiche aufgehängt. Sein Gesicht konnte man nicht richtig erkennen vor Schmutz und Haaren, seine Hose war halb heruntergerutscht und sein Hemd flatterte gruselig unter einer dreckverschmierten Weste um seine Beine. Man sah sofort, dass der Leichnam schon längere Zeit dort gehangen hatte.

»Hans …«, murmelte Franz und schrie, noch bevor er sich aufgerappelt hatte und zum Baumstamm lief. »Haaaans!« Keuchend kam er an und schaute auf einen verdutzten Roidlbauern, der den Mund voll und das Kauen vergessen hatte, seit er den schreienden Franz auf sich zustürzen sah.

»Dahinten …«, japste Franz. »Dahinten hängt einer! Ein Toter! Einer, der sich aufgehängt hat!«

Seelenruhig schraubte der Roidlbauer seine Thermoskanne zu, kaute an seiner Rohrnudel weiter und schluckte den Bissen schließlich runter.

»Wo?«, fragte er.

Franz hatte seine Hände auf die Oberschenkel gestützt und kam wieder zu Atem. Er richtete sich auf und zeigte in die Richtung, aus der er gekommen war.

»Dahinten.«

Gemeinsam machten sie sich auf den Weg, und als sie endlich vor der Leiche am Baum standen, sagte der Roidlbauer junior nach einer ganzen Weile der Betrachtung: »Das ist ja der Kranseder.«

Sie starrten eine Zeit lang auf den Leichnam, dann zog Hans sein Jagdmesser aus dem Gürtel, reichte es Franz und verschränkte direkt unter der Leiche seine Hände zur Räuberleiter. Franz zögerte einen Moment, legte umständlich seine Warnweste ab und hievte sich an Hans' Schultern nach oben, wo er den Strick um Kranseders Hals mit wenigen Bewegungen zerschnitt. Beide schrien laut auf, als der steife Körper herunterplumpste und sie von den Füßen riss. Sie rappelten sich hoch und schnauften. Scheußlich sah er aus, der Kranseder. Und während Hans losmarschierte, um eine Plane vom Anhänger zu holen, damit sie die Leiche zum Traktor befördern konnten, kniete sich Franz hin und betete.

»O Herr, gib ihm die ewige Ruhe und das ewige Licht leuchte ihm. Herr, lass ihn ruhen in Frieden. Amen.«

Dann schnitt er vorsichtig den schrecklichen Strick mit dem Henkersknoten vom Hals des toten Kranseder und wickelte ihn fest in seine Warnweste. Es war keine drei Monate her, dass die alte Kransederin beerdigt worden war. Jetzt also er.

Niemand im Dorf wunderte sich groß über den Selbstmord, obwohl natürlich alle bestürzt waren, als der Franz und der junge Roidlbauer die Leiche ins Dorf brachten.

19

»Den andern hab ich oben«, sagt Franz. Nachdem er den Strick, den er dem alten Kranseder vor vielen Jahren vom Hals geschnitten hatte, wieder eingewickelt hat, führt er Gundi, die sich eigentlich nur kurz verabschieden wollte, nach oben in seine kleine Wohnung, wo er ihr die andere, die neuere Schlinge zeigt. Die hat er weniger spektakulär versteckt, sie liegt einfach unter seiner Spüle.

»Als ich den Sackbauer-Struppi gefunden hab, aufgehängt im Wald, da hab ich mich wegen dem so erschreckt.« Franz deutet auf den Strick, den er unter der Spüle hervorgeholt und auf dem Küchentisch platziert hat. Wie der Strick im Keller war er orangefarben und mit einem auffälligen Knoten gebunden. »Ich hab im ersten Moment geglaubt, dass es der Teufel auf mich abgesehen hat.«

»Franz, ich versteh kein Wort!«

Franz verdreht die Augen. So begriffsstutzig kann doch niemand sein, denkt er, aber er erbarmt sich.

»Der Strick hier auf dem Tisch, mit dem hat sich der Struppi umgebracht.« Franz machte eine bedeutungsvolle Pause.

»Und der Strick da im Keller, mit dem hat sich der Kranseder umgebracht. Vor über 20 Jahren.«

»Aber Franz, der Struppi hat sich nicht umgebracht, den hat Django erhängt …«

»G… genau, du Schnellspannerin. Genau wie den Kranseder. Mit dem Strick und mit dem Knoten und im Scheideggerholz. Und ich habe sie alle beide heruntergeschnitten.«

Gundi sitzt auf der Bank vor dem Bäckerhaus und starrt über ihren zur Abfahrt bereiten Fiesta hinweg auf den Kransederhügel, wo in ihrer Kindheit der heruntergekommene Hof des Kranseders stand und sich jetzt das abgebrannte Gestüt von Professor Sackbauer befindet. Es ist dunkel geworden, kühl für Ende September, und Gundi schlägt das Herz bis zum Hals. Es war kein Selbstmord damals. Kranseder hat sich nicht umgebracht, kurz nach dem Tod seiner Frau. Django hat ihn ermordet und aufgehängt. Genau wie den Hund. Wie einen Hund.

Jäh bekommt sie eine Heidenangst. Als wäre sie auf der Flucht, springt sie in ihr Auto und gibt Gas. Und als sie das Ortsschild passiert, hat sie wieder, wie vor vielen Jahren, das Gefühl, sich in Sicherheit zu bringen.

20

»Das hat mir gerade noch gefehlt! Kruzifix noch einmal!«

Gundi schimpft laut auf das Wetter, als sie gegen alle Planung zurück nach Hintersbrunn fährt. Dass sie ihr altes Heimatdorf so schnell wiedersehen würde, hätte sie sich nicht vorstellen können. Sie geht vom Gas und flucht eine Weile vor sich hin. Scheiß Winterreifen! Wie jedes Jahr denkt sie erst an die Dreckswinterreifen, wenn der erste Schnee sie eiskalt erwischt hat. Jetzt werde ich wieder keinen Werkstatttermin bekommen, ärgert sie sich. Es ist November geworden, die ersten dünnen Flocken treiben vor ihrer Windschutzscheibe und sie nimmt die bekannte Autobahnausfahrt. Gundi hat einen beruflichen Termin in ihrer alten Heimat. Beruflich. Immerhin. Das fühlt sich gut an. Gundi nennt sich jetzt »Investigative Reporterin« und hat sich mit einem exklusiven Interview erste Lorbeeren verdient und es an eine Zeitschrift verkaufen können.

Nachdem sie Hintersbrunn fluchtartig verlassen hatte, hat sie die ungelösten Verbrechen dort in einer dunklen Ecke ihrer Erinnerungen vergraben.

In den ersten freien Tagen in ihrer kleinen Wohnung in der Au dominierten dennoch erst mal heftige Existenzsorgen. Sofort als sie nicht mehr durch die Angelegenhei-

ten in Hintersbrunn abgelenkt war, kam die Zukunfts-
angst mit voller Wucht zurück. Das unerwartete Geld
von ihrem Vater würde nicht lange reichen. Sie war sich
sicher, dass sie in ihrem Alter keinen neuen Job mehr finden würde. Sie fühlte sich wie auf hoher See von Bord
gestoßen und hatte keine Ahnung, wohin sie schwimmen
konnte. Oder ob sie jemals Land finden würde, bevor
sie, absehbar, ertrinken würde. Ihre Tage waren unstruk-
turiert. Sie hing herum und konnte keine Minute davon
genießen. Das täglich in ihren Briefkasten eingeworfene
Tagblatt entsorgte sie jedes Mal sofort in der Papiertonne,
ohne einen Blick darauf zu werfen. All die Mails von ehemaligen Kollegen, die sie in der Zwischenzeit erreicht hatten – die einen voll ernst gemeintem Mitleid, andere getrieben von Sensationslust –, löschte sie ungelesen. Es spielte
ja keine Rolle, dass es ungerecht war. Es war egal, ob ihr
Ressort gänzlich outgesourct wurde und dass die Kolle-
gin jetzt an Kündigung dachte. Es war egal, was aus der
Redaktion wurde. Sie hatte dort nichts mehr zu melden.
Diesen Gedanken zu akzeptieren, war das Schwerste. Sie
war abends unterwegs gewesen, um mit ein paar Bekannten eine Band anzuhören und ein Bier zu trinken. Man war
vor der Tür gestanden, um zu rauchen, und sie war mit
einem netten Fremden ins Gespräch gekommen. Was sie
denn so mache, hatte der gefragt.

Und sie hatte gesagt: »Bis vor Kurzem war ich Society-
ty-Reporterin beim Tagblatt …«

Was sie jetzt war, wusste sie nicht. Sie wusste nur eins:
Sie schämte sich.

Es dauerte, bis sie für Menschen, denen sie nicht unbedingt ihr Herz ausschütten mochte, eine Geschichte

parat hatte, die keine hanebüchene Lüge war. Und es brauchte einen höllischen Saufabend mit Ferdl, an dem sie akribisch plante, wie sie ihrem ehemaligen Chefredakteur die Fresse polieren lassen könnte und damit davonkäme, um endlich zu kapieren, dass ihr Job, das Tagblatt, der Chef, die Kollegen, der ganze Betrieb für sie unwiederbringlich Geschichte waren.

Irgendwann kam dieser sonnige Herbsttag, an dem sie einen Zahnarzttermin hatte, ein paar Bücher zurückbringen wollte, zur Reinigung musste und sich endlich einen eigenen Laptop kaufen wollte. Er begann damit, dass sie vom Straßenlärm geweckt wurde. Sie tappte aus dem Bett und sah aus dem Fenster im dritten Stock. Stau im zweispurigen Berufsverkehr. Einer schloss nicht auf, der Hintermann hupte, einer erzwang einen Spurwechsel für einen vermeintlichen Vorteil. Die ganze aggressive Kolonne bewegte sich in fünf Minuten ganze zehn Meter nach vorn. Es war ihre übliche Zeit, in die Redaktion zu fahren. Jetzt machte sie sich erst mal einen Kaffee. Später, nach Zahnarzt und Bücherei, bekam sie Hunger und dachte an die vielen durchgeweichten Brötchen, die sie in den vergangenen Jahren meist am Schreibtisch oder auf dem Weg zu irgendwelchen Erledigungen eingeworfen hatte, für die sie nur in der Mittagspause Zeit gefunden hatte. Sie setzte sich in einem gemütlichen Restaurant in der Nähe der Frauenkirche an einen der Tische auf dem Gehsteig in die Herbstsonne. Dort trank sie einen Milchkaffee und blätterte in einer Zeitschrift. Später bestellte sie ein kleines Steak mit Salat und zum Nachtisch noch ein kleines Eis. Sie dachte darüber nach, wie viel Zeit sie früher damit verbracht hatte, unnütze Befehle auszuführen, Ideen zu liefern, die an Egos scheiterten, und daran, dass sie ihr Leben damit verbracht hatte, Gewinn für fremde Menschen zu erwirtschaften. Es vergingen zwei Stunden. Glückliche Stunden. Gundi fühlte sich wie im Urlaub in Italien oder in Südfrankreich und war sich sicher, dass alles besser geworden war.

Der Zufall bescherte ihr den Fall eines vermissten Mädchens. Claudie war 14 Jahre alt und morgens um 7 Uhr aus ihrem Elternhaus in Grünwald aufgebrochen, um in Sportklamotten, mit ihrer Sporttasche und irritierenderweise ohne Handy ins nahe gelegene Fitnessstudio zu gehen. Dort war sie nie angekommen. Der Fall erregte sofort die Aufmerksamkeit der Presse, weil die Eltern ein begütertes Unternehmerehepaar mit einem bekannten Modegeschäft in München waren und Claudie ein bis dato wohlbehütetes Mädchen mit guten Noten, das noch nie von zu Hause ausgerissen war. Als die Ermittlungen der Polizei nichts ergaben und die Berichterstattung nachließ, stolperte Gundi über den Facebook-Aufruf der verzweifelten Mutter und wurde zu ihrer eigenen Überraschung zum Interview gebeten. Daraus wurde eine herzergreifende Homestory über Eltern und ihre Schwierigkeiten mit pubertierenden Kindern, die über alle Einkommensgrenzen hinweg die gleichen sind. Ausführlich erzählte die Mutter von ihrem Streit mit dem Mädchen am Tag vor ihrem Verschwinden, sie zeigte Gundi das Zimmer ihres Kindes, hielt Claudies Teddy aus Kindertagen in die Kamera und wurde nicht müde zu erzählen, was sie alles anders machen würde, käme Claudie nur endlich nach Hause. Vor allem erzählte sie von ihren schlaflosen Nächten, in denen sie sich ausmalte, was mit Claudie möglicherweise geschehen sein könnte. Nachdem Gundi ihr Interview an eine große Zeitschrift verkauft hatte, ging es online. Prompt meldete sich das Mädchen am nächsten Tag auf der Polizeidienststelle in Düsseldorf. Bis dorthin hatte sie es geschafft auf ihrem ursprünglichen Weg nach London, wo sie Model werden wollte. Ob ihr nur das Geld ausgegangen war oder ob sie durch Gundis Interview ihrer Mama verziehen hatte, erfuhr Gundi nicht. Aber Gundi hatte beruflich wieder Fuß gefasst.

Sie hatte gerade angefangen, einen bizarren und seit 30 Jahren ungeklärten Mord während des Oktoberfests zu recherchieren, als Liesi anrief.

»Hey, Gundi, wie geht's?«

»Ja Liesi, grüß dich! Schön, wieder einmal von dir zu hören!«

»Ich habe dein Interview in der ›Exklusiv‹ gelesen.«

Gundi lächelte stolz. »Das war was, hm? Hätte mir selbst nicht gedacht, dass das so einen Wirbel macht.«

»Ich freu mich für dich, dass du jetzt wieder Arbeit hast, Gundi.«

»Ich freu mich auch, das muss ich sagen.«

Ganz stimmte das nicht, denn Gundi hatte immer noch Momente voller Existenzsorgen. Besonders nachts. Aber das wollte sie Liesi nicht auf die Nase binden.

»Und wie läuft's in Hintersbrunn?«, fragte sie stattdessen.

»Deswegen ruf ich an. Ich hab mir gedacht, das interessiert dich vielleicht.«

»Was denn?«

»Professor Sackbauer stellt seinen Gedenkstein auf. Am Freitag. Unter der Linde beim Greimerbräu. Der Bürgermeister hält eine Rede und alle werden da sein. Die Zeitung auch.«

»Ach nee! Wie ist denn das jetzt gelungen? Was sagt Django dazu?«

»Der baut jetzt oben auf dem Berg. Wird ein Riesending. Eine Ferienanlage, für die Gespickten.«

»Da schau her, hat er seinen Willen endlich bekommen.«

»Ja. Und Sackbauer auch.«

»Und die alte Geschichte mit dem Mord von damals nach dem Krieg?«

»Begraben und vergessen.«

Jetzt also wieder Hintersbrunn. Heute, an diesem feucht-kalten Novembertag, wird der Gedenkstein für Andreas Schmied enthüllt. Die lokale Presse wird anwesend sein, eigentlich ist es ein eher unbedeutendes Ereignis, für das man sich schon außerhalb des Landkreises nicht mehr interessiert. Nur Gundi wittert eine Story. Sie glaubt, dass sich aus der jahrelangen Vertuschung des Mordes von 1945 eine gute Geschichte machen lasse, die sie an die Münchner Zeitungen verkaufen könne und die vielleicht sogar überregional von Interesse sei. Denn es fiel ihr wieder ein. Etwas, das sie erfolgreich verdrängt hatte. Der alte Strick in Franz' Keller. Und der neuere unter seiner Spüle. Es geht in der ganzen Geschichte zwischen Kranseder und Schickaneder nicht nur um diesen totgeschwiegenen Mord vor langer Zeit. Es gab einen zweiten Mord in Hintersbrunn. Und der ist bisher unentdeckt.

»Weißt du«, sagte sie am Vorabend ihrer Abreise in der Kellerbar zu Ferdl, »das war ein Verbrechen, das ein ganzes Dorf für Generationen geprägt hat. Stell dir vor, der Mord von Ignaz Schickaneder an Andreas Schmied wäre damals, gleich nach Kriegsende, ans Tageslicht gekommen. Er wäre niemals Bürgermeister geworden und hätte den armen Kranseder nicht drangsalieren können. Vielleicht hätte Kranseder sein Leben nicht als verbitterter Einsiedler verbringen müssen.« Gundi atmete tief ein und aus. »Und er wäre später nicht ermordet worden …«

In den Tagen nach Liesis Anruf hatte Gundi begonnen, in den alten Akten des zuständigen Polizeipräsidiums von 1945 zu recherchieren. Tatsächlich hatte sie darin zum fraglichen Zeitpunkt nur eine kleine Eintragung gefunden. Die Todesmeldung von einem Andreas Schmied aus Hinterbrunn mit dem Zusatz »Unglücksfall«. Gundi schloss daraus, dass damals in den Nachkriegstagen überhaupt keine Ermittlungen geführt worden waren. Zum vermeintlichen Selbstmord von Kranseder hatte Gundi im Archiv der Kreiszeitung folgende Notiz gefunden: »… stießen Waldarbeiter auf die Leiche eines ortsansässigen Kleinbauern, des vor Kurzem verwitweten Josef Kranseder. Er hatte sich erhängt. Laut polizeilichen Angaben ist ein Fremdverschulden auszuschließen …«

Gundi hatte sich an Ferdls Freund, den Rechtsanwalt, gewandt. Der wiederum hatte sie an seinen ehemaligen Strafrechtsprofessor verwiesen, der gerne Auskunft gegeben hatte.

»Wissen Sie«, hatte er gesagt, »wenn man aus dem Vorfall von 1945 heute einen Fall machen möchte, müsste man ›niedere Motive‹ nachweisen. Aber es gibt keine Zeugen mehr. Alle Beteiligten sind tot. Selbst wenn es Ihnen gelänge darzulegen, dass es sich tatsächlich nicht um einen Unglücksfall gehandelt hat, reden wir hier strafrechtlich maximal von Totschlag. Der wäre inzwischen verjährt.«

»Und Kranseder? Einen vermeintlichen Selbstmörder nach über 20 Jahren zu exhumieren und zu obduzieren, um möglicherweise einen Mord nachzuweisen? Wäre das machbar?«

»Auch nach vielen Jahren bleibt erstaunlich viel von einer Leiche übrig«, hatte ihr ein Mitarbeiter vom rechtsmedizinischen Institut in München erklärt. »Der Erhaltungszustand hängt von vielen Faktoren ab. Ob der Sarg noch intakt ist und in welchem Boden er liegt. Möglicherweise lassen sich noch Spuren des Täters an der Leiche nachweisen. Dafür brauchen Sie eine gerichtliche Anordnung. Und da müssen Sie der Staatsanwaltschaft schon mit sehr konkreten Hinweisen dienen.«

Entmutigt hatte Gundi das nicht. Im Gegenteil. Sie prostete Ferdl zu.

Das Schneetreiben hat ein wenig nachgelassen, als Gundi in Hintersbrunn wieder vor dem alten Bäckerhaus parkt. Sie hat sicherheitshalber wieder Bettzeug eingepackt, ein paar Klamotten, außerdem leichtes Weißbier und eine Tüte Obst, damit sie nicht wieder in Versuchung kommt, sich von Liesis Wurstsemmeln zu ernähren. Bevor sie auslädt, checkt sie, ob der Schlüsseldienst seine Arbeit gemacht hat, und steckt den neuen Schlüssel in die Ladentür. Passt. Drinnen riecht es muffig und feucht. Langsam geht sie durch den Laden nach hinten über die leer geräumte ehemalige Küche, in der Django sie bedroht hat, in das Wohnzimmer, wo nur noch die Couch steht, auf der sie vor wenigen Wochen viele Nächte geschlafen hat. Die Beerdigung ihres Vaters und die ganzen schlimmen Geschehnisse kommen ihr vor, als wären sie eine Ewigkeit her. Der Tod ihres Vaters mitten in der Bürgerversammlung, der aufgehängte Hund, Djangos unverhohlene Drohungen, der Angriff auf Franz, der Brand. Sie fröstelt, reißt sich aber sofort zusammen. Heute berichtet sie über den Mordfall Andreas Schmied. Und morgen vielleicht über mehr. Sie schaut auf die Uhr in ihrem Handy. Kurz vor zehn. Zeit, hinüber zum Greimerbräu zu gehen.

Bürgermeister Bernleitner steht auf dem Platz vor dem Greimerbräu. Gundi erkennt ihn von Weitem und den Pfarrer ebenso. Der Geistliche steht ein wenig abseits bei Professor Sackbauer, der einen auffälligen braun gefleckten Pelzmantel und eine Fellmütze trägt und aussieht, als käme er direkt aus Russland. Wenigstens friert er nicht wie die vier Ministranten, die sich in ihren Messgewändern unter der Linde vor dem Wirtshaus versammelt haben und sich die Hände reiben. Ein älterer Reporter, erkennbar am Trenchcoat und einer viel zu großen Kamera um den Hals, redet auf den Bürgermeister ein. Als der Gundi sieht, befreit er sich aus dem Gespräch und kommt auf sie zu.

»Ja, da schau her, die Münchner Presse ist auch da«, begrüßt er sie und Gundi schaut sich nach der Münchner Presse um. Aber da ist niemand außer ein paar wenigen

Leuten aus dem Dorf, die sich in ihren Wintermänteln langsam auf den Veranstaltungsort zubewegen. Nachdem alle zum Stehen gekommen sind, bemerkt Gundi das mit einem grauen Tuch bedeckte schmale Ding unter dem alten Baum an der Ecke des Wirtshauses. Und jetzt geht es auch schon los. Georg Bernleitner waltet seines Amtes als Bürgermeister und spricht ein paar einleitende Worte. Danach ist Professor Sackbauer dran, der sich ausschließlich auf den Reporter konzentriert und seine Geschichte von der Entdeckung der alten Kranseder'schen Tagebücher zum Besten gibt. Gundi schaut sich um. Liesi ist nicht da, Franz auch nicht. Überhaupt kaum Menschen. Das alte Lehrerehepaar steht bibbernd etwas abseits und grüßt mit einem Lächeln. Django fehlt ebenfalls. Jetzt hebt Sackbauer das graue Tuch hoch, die versprengt herumstehenden Zuschauer klatschen, der Reporter fotografiert und Gundi ist etwas enttäuscht. Ein grob bearbeiteter, hüfthoher, schmaler Stein kommt zum Vorschein, der eine schwarze Schrifttafel trägt, in der etwas eingraviert ist. Der Pfarrer singt zum Abschluss und schwenkt seinen Weihwasserpinsel. Dann zieht er ab, gefolgt von seinen Ministranten, und die Sache scheint vorüber. Gundi fotografiert die Gedenkschrift. »Zum Gedenken an Andreas Schmied … der durch nationalsozialistische Mörderhand …« Bla bla. Kein Wort vom Mörder. Das hat Django eingefädelt, da ist Gundi sich sicher. Umso wichtiger, dass er, anders als sein Großvater, nicht davonkommt.

Eine Stunde später sitzt Gundi im Bürgermeisterbüro. Sie will ein paar Fragen stellen zu Hintersbrunn und der vorbildlichen Vergangenheitsbewältigung, für eine Münchner Zeitung, hatte sie Bernleitner geschmeichelt, und er hat sie freundlich in sein Büro gebeten. In der kleinen Eingangshalle kann sie die neue bronzene Büste von Ignaz Schickaneder bewundern und fotografieren.

»Danke, dass du dir die Zeit nimmst, Girgl«, beginnt sie und Girgl lehnt sich komfortabel in seinem Lederstuhl hinter dem massiven Schreibtisch zurück. Hinter ihm hängt eine riesige Luftaufnahme von Hintersbrunn, umrahmt von Wimpeln des örtlichen Fußballvereins. Rechts neben ihm steht ein großer Glasschrank mit mehreren Pokalen, und durch das einzige Fenster im Raum sieht man raus auf die weiß getünchte Kirche mit der flachen blechernen Zwiebelhaube und dem Leichenhaus davor. Inzwischen hat es endgültig aufgehört zu schneien, es hängen dicke Wolken am Himmel, und es scheint, als ob der Tag heute nicht hell würde. In der Amtsstube ist es wohlig warm und Gundi zieht ihren Pullover über den Kopf, worauf Girgl kurz auf ihren Busen schaut. Der Girgl war einer von den Buben, die damals immer im Bushäuschen rumhingen. Aber er war schüchtern. Hat Gundi niemals angebaggert damals.

»Ich war zur Beerdigung meines Vaters zuletzt in Hintersbrunn«, sagt Gundi.

»Ja, das weiß ich. War ja dabei. Ich habe ihn gut gekannt, den Bäckermeister. Er war ein aktives Mitglied in unserer Gemeinde.«

Gundi beschließt, dass sie sofort zur Sache kommen will.

»Er ist auf der Bürgerversammlung gestorben, auf der es um das heutige Mahnmal ging.«

Bernleitner wird es unbequem und er richtet sich auf in seinem Chefsessel. »Ja, richtig.« Er räuspert sich. »Dein Vater war alt. Sein Herz hat versagt.«

»Er hat sich aufgeregt damals, weil er gewusst hat, dass der Mörder des heute geehrten Andreas Schmied dein Amtsvorvorgänger Ignaz Schickaneder war. Ich habe gerade seinen Bronzekopf da draußen vor deiner Tür bewundert.«

»Willst du das schreiben? Diese alte Geschichte? Wer soll denn davon was haben?«

»Wer könnte denn etwas dagegen haben?«

Bernleitner räuspert sich wieder. Jetzt sitzt er ganz vorne auf seinem Stuhl.

»Niemand«, sagt er schließlich.

»Django Schickaneder vielleicht?«, fragt Gundi und klopft sich innerlich auf die Schulter, weil sie sich gerade für eine sehr geschickte Fallenstellerin hält.

»Nein, nein, der hat dem Gedenkstein zugestimmt«, antwortet Bernleitner und gewinnt wieder etwas Fassung. »Er wollte mit dem Professor ein Geschäft machen, wollte nach dem Brand dessen Grund erwerben und da hat man sich auf das Mahnmal geeinigt.«

»Also alles Friede, Freude, Eierkuchen?«

»Gundi, ich weiß nicht, worauf du hinauswillst! Der Professor hat seinen Grund verkauft und Schickaneder Bau baut darauf jetzt ein Golfresort.«

Gundi tut überrascht.

»Spielt ihr viel Golf hier im Dorf?« Sie zieht die Mundwinkel hoch und schaut den Bürgermeister fragend an.

Dem wird erneut unbehaglich und er rutscht auf seinem Sessel hin und her. »Touristen«, sagt er schließlich.

»Die spülen Geld in die Gemeindekasse und da hat jeder was davon.«

Gundi beschließt, ihren Köder auf den Tisch zu legen. »Dass ausgerechnet ein Schickaneder da oben baut, da rotiert der alte Kranseder wahrscheinlich hochtourig im Grab.«

Bernleitner zieht die Augenbrauen hoch. »Worauf willst du denn damit hinaus?«

»Na ja. Weil jeder im Dorf weiß, dass Ignaz Schickaneder dem Kranseder das Leben zur Hölle gemacht hat. Und inzwischen weiß auch jeder, warum. Weil Kranseder damals ein Zeuge des Mordes an Andreas Schmied war.«

»Wieder die alte Geschichte. Die interessiert wirklich keinen mehr, Gundi!« Dem Bernleitner reicht es jetzt, und er will schon aufstehen, als Gundi einen drauflegt.

»Was, wenn Professor Sackbauer damit auspackt, dass Ignaz Schickaneder Kranseder für sein Schweigen bezahlt hat?«

Girgl ist erstaunt. Doch er fängt sich sofort wieder. »Das ist lang vorbei und kein Mensch hat heute Interesse daran.«

Jetzt holt Gundi zu ihrem letzten Schlag aus.

»Apropos Sackbauer. Wie ist das mit der Brandstiftung eigentlich ausgegangen?«

»Die Staatsanwaltschaft ermittelt noch. Wahrscheinlich ein Fremder. Jemand von auswärts, der mit dem Professor eine offene Rechnung hatte …«

»Girgl, ich kenne die Wahrheit. Der Django hat dem Mahnmal zugestimmt, damit der Sackbauer nicht auspackt. Der Professor weiß, dass Django den Brand gelegt hat, um endlich an das lang ersehnte Bauland zu kommen. Und du, Girgl, du weißt das auch.«

Das war eine schwere Geburt, denkt Gundi ein paar Minuten später, als sie vom Gemeindehaus durch das trüb-winterliche Dorf, das wie ausgestorben wirkt, zurück zum Bäckerhaus geht. Aber sie hat ihr Ziel erreicht. Bernleitner, dieser Waschlappen, hat es mit der Angst zu tun bekommen. Und ihr versprochen, dass er mit Django über ihr Schweigeangebot reden werde. Sie würde den Bericht fallen lassen, wenn ihr Django das alte Bäckerhaus abkaufe.

»Das ist Erpressung!«, hat der Bürgermeister bockig geantwortet.

Es war nur ein Trick. Vor der Denkmalsenthüllung hat Gundi mehrfach versucht, mit Django am Telefon zu sprechen. Sie wollte ihn konfrontieren mit ihrem Wissen. Herausfinden, ob was dran war an der Geschichte von Franz.

»Leck mich am Arsch!«, hat der jedes Mal nur gesagt und aufgelegt.

21

»Naziverbrechen auf dem Land nach über 70 Jahren
gesühnt.

H. ist ein kleines, unscheinbares Dorf, wie es viele in
Deutschland gibt. Vereinsleben, eine Kirche, ein Gasthaus und ein Lebensmittelladen. Handwerksbetriebe,
ein paar Bauernhöfe und viele Dorfbewohner, die jeden
Morgen zur Arbeit in die Kleinstädte und Marktflecken der Gegend fahren. Anständige Leute. Man kennt
sich. Und doch wurde hier jahrzehntelang ein natio-
nalsozialistisch motivierter Mord vertuscht, der jetzt
durch die Recherche eines ortsansässigen Kunstprofes-
sors ans Tageslicht kam. Professor S. lebte bis vor Kurzem auf einem alten Bauernhof ein wenig außerhalb des
Ortes, auf dem er neben seiner Lehrtätigkeit eine Pferde-
zucht betrieb. In den verstaubten Hinterlassenschaften
des Vorbesitzers fand Professor S. bislang unentdeckte
Dokumente, die auf einen ungeklärten Mordfall in den
letzten Kriegstagen 1945 hinweisen. Nun muss in H.
die Dorfgeschichte neu geschrieben werden. Denn der
Mörder ist eine Legende im Dorf …«

Ferdl blickt von seinem PC auf und lächelt Gundi an.

»Klasse, Gundi!«, sagt er, bevor er leise weiterliest.
Gundi hat den ersten Beitrag zu ihrer Geschichte auf

MZ-Online veröffentlicht und die Münchner Zeitung hat ihr ein schönes Honorar in Aussicht gestellt für weitere exklusive Enthüllungen in diesem Fall. Stolz sitzt Gundi im Büro ihres Freundes im ersten Stock des »Monarch«. Nachdem sie am zweiten Tag nach dem Gespräch mit Girgl Bernleitner nichts gehört und wieder viel zu viele Wurstsemmeln bei Liesi verdrückt hatte, ist sie zurück nach München gefahren und hat diesen »Teaser« mit Fotos online gestellt.

»Das müssen wir feiern«, sagt Ferdl. »Ein weiterer Schritt in Richtung investigativ. Ich habe heute leider das Haus voll mit Messegästen und kann nicht weg. Am Wochenende vielleicht?«

»Da kann ich nicht«, antwortet Gundi. »Ich fahre wieder nach Hintersbrunn. Liesi hat mich zum Adventsessen eingeladen und ich fühle dem Django auf den Zahn. Wegen der Sache mit dem Strick.«

»Lässt er endlich mit sich reden?«

»Ich glaub schon. Zumindest hat der saubere Herr Bürgermeister sofort auf meinen Artikel reagiert und mich angerufen. Der Django hätte ein Angebot für mich, hat er gesagt. Wenn ich diese Schmierereien lasse.«

»Oh, Gundi, pass bloß auf dich auf!«

Liesi hat die Theatergruppe zum Essen eingeladen und freut sich, dass Gundi kurzfristig zugesagt hat, nachdem sie nach der Enthüllung der Gedenktafel nicht recht gewusst hatte, ob sie in der darauffolgenden Woche wieder herkommen würde. Nicht alle der damaligen Mitwirkenden haben sich dem neuen Freundeskreis angeschlossen, aber das Lehrerehepaar ist da, Franz auch und zu Gundis Überraschung Alois alias Gringo. Djangos Kofferträger. Ob der etwas von ihrem bevorstehenden Treffen mit Django weiß? Gundi geht sofort in Hab-Acht-Stellung und setzt sich auf die Couch zu Tonio und Evelyn. Vor ihnen auf dem Wohnzimmertisch stehen aufgeschichtet Teller, darauf eine Handvoll Servietten und Besteck, daneben ein Sektkübel mit einer Flasche Prosecco und mehrere Gläser. Draußen ist es dunkel geworden und Gundi bedient sich am Sekt.

»Na, was sagt ihr denn so zum Gedenkstein?«, beginnt sie ihren Small Talk.

Tonio und Evelyn sehen sich vielsagend an.

»Höchste Zeit, dass man an diesen Mord erinnert. An den Mut von Andreas Schmied«, antwortet Evelyn.

»Obwohl man den Mörder hätte benennen müssen«, ergänzt Tonio und wiegt den Kopf.

»Dann wäre erst recht was los gewesen!«, fügt seine Frau hinzu.

»Wieso erst recht?«, will Gundi wissen und stellt ihr Sektglas ab. »Was ist denn los gewesen?«

»Beim Bürgermeister waren Vandalen am Werk.« Tonio beugt sich über seine Frau, die zwischen ihm und Gundi sitzt, um näher an Gundis Ohr zu sein. »Die haben einen Farbkübel über Georg Bernleitners Auto ausgekippt und mit derselben Farbe auf seinen Briefkasten eine Nachricht geschmiert. ›Heute rot – morgen tot‹.« Tonio lehnt sich wieder zurück.

»Hä?« Gundi versteht nicht. »Ist Bernleitner ein Kommunist? Was hat Sozenfeindschaft mit der Gedenktafel zu tun?«

Das Lehrerehepaar lacht.

»Jeder, der anders denkt, ist ein Roter«, klärt sie der Lehrer auf.

»Und wer das Andenken an Ignaz Schickaneder stört, ist ein Andersdenkender«, erklärt die Lehrerin. »Nicht alle finden es gut, dass das Dorf in einen Kontext mit Naziverbrechen gestellt wird.«

Gundi wirft einen Blick auf Alois. Aber der hat nicht zugehört. Er sitzt ein wenig wie nicht abgeholt auf dem Fernsehsessel in der anderen Ecke und blättert in einer Zeitschrift. Franz steht mit jemandem am Fenster. Franz' Gegenüber redet ganz aufgeregt über Glyphosat und Franz hört interessiert zu. Da kommt Liesi herein mit einer Schüssel Spätzle, gefolgt von Mariele mit einer großen Platte aufgeschnittenem Sauerbraten, der in Soße ertrinkt. Als Liesi beginnt, die Teller mit Fleisch und Nudeln zu füllen, bemerkt Gundi einen vertrauten Blick zwischen ihr und Alois. Die beiden haben etwas miteinander. Scheiße, denkt Gundi. Hoffentlich hat Franz Liesi nichts von seinem Geheimnis im Keller erzählt. Wenn die es Alois erzählt, steckt der es Django. Dann wäre er gewarnt und ihr Überraschungsmoment beim Teufel. Sie beschließt, das Denkmalthema heute Abend auf sich beruhen zu lassen.

Es wird ein lustiger Abend mit viel zu viel Essen und jeder Menge Sekt und Wein. Sie lachen über die Theateraufführung und darüber, was alles schiefgelaufen ist. Den Brand erwähnt niemand. Dann erinnern sie sich an Franz' Willkommensparty, loben erneut sein Schauspieltalent und übertrumpfen sich mit Ideen, was man denn als Nächstes aufführen könnte. Den Brandner Kaspar schlägt einer vor mit dem Effekt, dass Liesi eine Fla-

sche »Kerschgeist« aufmacht. Mariele serviert Sahne-
torte und ihr anscheinend berühmtes Tiramisu. Alles
trieft vor Sahnecreme und Schnaps. Auch Alois lacht
mit und scheint in der Gemeinschaft wohlgelitten. Einmal bemerkt Gundi eine weitere vertraute Berührung
zwischen ihm und Liesi, dann gibt sie sich der allgemei-
nen Völlerei hin.

Als Franz sich schließlich verabschiedet, hängt sie sich
dran. Beide ein bisschen angetrunken, wackeln sie hinaus auf die nächtliche Dorfstraße. Der Schnee der vergangenen Tage ist geschmolzen, dennoch ist es kalt.

»Ich begleite dich, damit dir nichts passiert«, juxt
Gundi. »Nicht, dass du morgen wieder in Regensburg
mit deiner alten Bauernregel die Weiber erschreckst.«

Franz kichert blöd. »Die alten Hummeln.«

Gundi hängt sich bei Franz ein.

»Sag einmal, Franz, hat die Liesi was mit dem Alois?«

Franz bleibt abrupt stehen.

»Mit dem Alois? D… du meinst eine Liebschaft?«
Franz runzelt die Stirn und seine gute Laune ist verschwunden.

Oha, denkt Gundi und beschließt, nicht weiter
nachzufragen. »Ich habe ein Bier daheim, magst du
auf einen Absacker zu mir?«, lenkt sie ab und die beiden drehen um und steuern auf das alte Bäckerhaus
zu. Trotz der Kälte setzen sie sich draußen auf die
Bank und schauen auf den Kransederhof oben auf dem
Hügel, wo bis vor Kurzem noch ein Gestüt stand und
jetzt ein großer Baukran aufragt, von dem man in der
Dunkelheit nur die Warnlichter für den Flugverkehr
erkennt.

»Franz, wem hast du das mit den beiden Stricken noch erzählt?«, fragt Gundi und nimmt einen Zug aus der Flasche.

»Niemandem. Ich schwör. Nur dir!«, antwortet Franz, und Gundi wundert sich, warum er die Vertraulichkeit gar so betont.

»Der Liesi nicht?«

»Nein. Ich sag's dir doch!«

»Und warum hast du den Strick versteckt damals?«

Franz denkt lange nach. »Das war komisch, dass der alte Kranseder einen modernen Strick gehabt hat. Vom Baumarkt. Und einen Knopf macht wie im Fernseher. Der hat sein Lebtag keinen Fernseher nicht gesehen.«

»Du hast dir also schon damals gedacht, dass da was nicht stimmt, oder?«

Franz nickt.

»Und warum hast du das niemandem gesagt oder jemandem den komischen Strick gezeigt?«

Franz denkt wieder lange nach. »Das war so scheußlich, Gundi«, sagt er schließlich. »Der Strick um den Hals, das war scheußlich. Ich wollte einfach nicht, dass der Kranseder mit einem Strick um den Hals vor den Herrgott treten muss. Ich wollt, dass er seine ewige Ruh findet.«

Es macht zwar wenig Sinn, aber irgendwie versteht Gundi es doch.

»Ich werde etwas sagen, Franz. Ich fahr zu Django morgen und frag ihn nach dem Strick vom Hundemord und dem von Kranseder. Könnte sein, dass du ihn dann der Polizei zeigen musst.«

»Nein, Gundi, bitte nicht!«

»Es geht um Gerechtigkeit, Franz! Komm rein, es ist kalt.«

Die beiden gehen ins Wohnzimmer, in dem Gundi vor Liesis Essen den neuen Heizlüfter angemacht hat. Sie sitzen nebeneinander auf der Schlafcouch, schauen auf die vergilbten Wände und trinken ihr Bier aus. Franz ist ganz verzweifelt wegen Gundis Plan. Die Lehrer mögen die Polizei nicht wegen ihrer Pflanzen, argumentiert er. Dem Django könne man nicht beikommen. Weil der gefährlich sei. Und überhaupt ein ganz gemeiner Mensch.

»Der kriegt immer seinen Willen, Gundi«, warnt er. »Und der hat vor nichts Angst.«

Doch Gundi lässt sich nicht überzeugen, und als Franz sich schließlich verabschiedet, dreht er sich an der Wohnzimmertür noch mal um.

»Du darfst dem Django aber nicht sagen, dass ich den Strick hab, Gundi. D… der bringt mich sonst wirklich um …«

Gundi hat ein scheiß Gefühl im Bauch, als sie sich anderntags zu ihrem Termin mit Django fertig macht. Unwahrscheinlich, dass Django den Mord an Kranseder zugeben wird, auch wenn die Parallelen zwischen dem vermeintlichen Selbstmord von Kranseder und dem aufgehängten Hund des Professors in Gundis Augen genau das beweisen.

Das heutige Telefongespräch mit Ferdl klingt nach in ihr. Er war nach Franz der zweite, der sie von ihrem Vorhaben unbedingt abbringen wollte. Der darauf drang, dass sie nicht zu Django fahren solle. Unter keinen Umständen. Und vor allem nicht allein.

»Du stellst ihn also vor Tatsachen«, hat Ferdl gesagt. »Der Strick vom getöteten Hund schaut genauso aus wie der Strick, mit dem sich der Kranseder vermeintlich aufgehängt hat.«

»Und nicht zu vergessen: Der Kranseder war ein schweigender Zeuge des Mordes von 1945!«, ergänzte Gundi.

»Und was, glaubst du, wird er sagen?«

Gundi dachte nach.

»Dass das mit dem Strick ein dummer Zufall ist?«

»Und dass er von der Mordtat seines Großvaters nichts wusste«, antwortete Ferdl.

»Ha! Er wusste davon! Wieso wollte er sonst das Mahnmal verhindern? Er wusste, dass mein Vater seinen Vater damit erpresst hat, als der Bürgermeister werden wollte. Und er hat den Kranseder ermordet. Um einen Zeugen zu beseitigen und um an dessen Grundstück zu kommen.«

»Und wie willst du das beweisen?«

»Das kann ich nicht. Ich habe aber Indizien. Ich werde die beiden Stricke forensisch untersuchen lassen. Dann wird sich herausstellen, ob er Kranseder auf dem Gewissen hat oder ob das wirklich nur ein saudummer Zufall ist!«

Ferdl nahm einen neuen Anlauf.

»Nehmen wir mal an, Django hat 1995 tatsächlich Kranseder ermordet. Was wird er deiner Meinung nach tun, wenn du ihn damit konfrontierst und mit einer polizeilichen Untersuchung drohst?«

»Na ja, schlimmstenfalls ist er gewarnt.«

»Nein, Gundi, wenn du recht hast, heißt das, er hat jemanden ermordet! Einen Zeugen zum Schweigen gebracht. Warum sollte er dir nicht auch ans Leder wollen?«

»Weil alle wissen, was ich weiß! Das kann der nicht riskieren …«

»Nein, Gundi. Du kannst das nicht riskieren!«

Auf dem Weg zu Django fragt sich Gundi tatsächlich, ob es nicht klüger wäre, damit einfach zur Polizei zu gehen. Ihre Enthüllungsgeschichte wäre damit im Eimer. Sie braucht einfach die Reaktion von Django. Sie muss ihn auf ihren Verdacht ansprechen, sie braucht seine Aussagen für ihre Geschichte. Morgen würde immer noch genug Zeit sein, um mit der Polizei zu reden. Sie fährt fast Schritttempo bei all diesen Gedanken, und als das Gehöft der Schickaneders hinter einer lang gezogenen Kurve auftaucht, weiß sie nicht mehr, wie sie hergekommen ist.

Der Hof der Schickaneders liegt etwas außerhalb der Dorfgrenzen hinter dem Sportplatz an einer einspurigen Gemeindestraße. Von Weitem erkennt sie die alten Gebäude und bemerkt den beachtlichen Neubau daneben. Vor der Einfahrt hält sie kurz an und besieht sich das Anwesen im dämmrigen Licht des Wintertages. Rechts steht das alte herrschaftliche Bauernhaus mit seinen zwei Stockwerken, dem holzverkleideten Dachstuhl und dem steilen Ziegeldach. Hier soll, laut Liesi, Djangos Vater leben, der demente Alt-Bürgermeister, doch Gundi sieht nirgends Licht. Früher sind hier irgendwo Stallungen gestanden, erinnert sich Gundi dunkel, aber sie weiß nicht mehr genau, ob sie bei den Schickaneders Kühe hatten oder Schweine oder ob sie nur vom Anbau lebten. Auf jeden Fall ist heute alles blitzsauber. Auch das alte Bauernhaus ist top renoviert, der weiße Anstrich frisch. Es fehlen nur die Blumenkästen vor den Fenstern. Links davon steht eine Art Villa mit Säulen am Eingang. Davor ein großer, mit Kies bestreuter Platz und ein Bürogebäude mit mehreren Kleinlastern und Djangos auffälligem BMW davor. Orange scheint seine Lieblingsfarbe zu sein, denkt Gundi grimmig, sie kennt sich ein bisschen aus und weiß, dass dieses Auto, ein BMW 2002 ti aus den frühen 1970er-Jahren, eine absolute Rarität ist. »Schickaneder Bau« prangt auf dem Schild über dem Gebäude. Da geht Licht an. Gundi, die sich in der gerade beginnenden Dämmerung einen Eindruck von den Gegebenheiten machen wollte, ist kurz geblendet. Das ganze Gelände ist augenblicklich in gleißende Helle getaucht und sie bemerkt die Strahler links und rechts vom Anwesen. So ein Spinner. Das einzig Positive an diesem Scheißdorf sind doch dieser unglaublich dunkle Nachthimmel und die vielen Sterne, ärgert sie sich. Macht Django immer abends das Flutlicht an oder hat er sie vielleicht bemerkt? Schnell gibt sie Gas und fährt knirschend auf den Platz direkt vor der Villa.

Der Herr lässt sie warten, und in Gundi steigt Ärger auf, als sie zum zweiten Mal klingelt. Endlich öffnet sich die Tür und Django steht, den Kopf frisch rasiert, in einem grob gestrickten blauen Norwegerpulli vor ihr. Er riecht nach Rasierwasser und grinst sie an wie ein Haifisch.

»Gundi. Komm rein«, sagt er. Einen kurzen Moment spürt Gundi den Impuls, im Flur die Schuhe auszuziehen, lässt es aber.

»Gehen wir ins Wohnzimmer nach oben«, meint Django und knipst in einem Raum im Erdgeschoss das Licht aus, bevor er mit Gundi im Schlepptau die Treppe nach oben steigt, die mit dickem Teppich ausgelegt ist. Vor Gundi breitet sich ein riesiges Wohnzimmer aus. Es ist mehr ein Loft denn ein Zimmer, mit einer offenen Küche aus Edelstahl, einer Sofalandschaft aus Leder, Holzbalken als Raumtrenner und einer großen Vogelvoliere im hinteren Bereich. Das Erste, was Django macht, ist, eine Decke über den Vogelkäfig zu legen, und Gundi ist enttäuscht, weil ein unverbindliches Geplauder über Haustiere ein guter Einstieg ins Gespräch gewesen wäre. Er deutet auf das Sofa, setzt sich, und Gundi nimmt ihm gegenüber Platz. Ihr Ärger ist einer seltsamen Ehrfurcht gewichen, und wieder beschleicht sie das Gefühl, dass sie vielleicht einen Fehler macht.

»Du hast einen Papagei?«, fragt sie trotz Djangos eindeutiger Geste und nickt mit dem Kopf in Richtung des verhängten Käfigs.

»Wir brauchen uns nicht vormachen, dass das ein freundschaftlicher Besuch ist«, antwortet Django mit ruhiger Stimme und sieht sie, die Hände vor den Knien verschränkt, dennoch freundlich an.

Gundi schluckt. Wasser wäre jetzt prima, aber natürlich fragt sie nicht.

»Du möchtest also deine alte Bruchbude verkaufen«, fährt Django fort, »und du glaubst, du kannst einen guten Preis herausschlagen, weil du meinst, dass du mich in der Hand hast?«

»Ich würde gerne in aller Ruhe mit dir reden«, beginnt

Gundi erneut und bemerkt, wie unsicher sie klingt. »Es gibt da etwas …«

»Du hast klar genug gesagt, was du willst. Und deinen Artikel in der Zeitung, den habe ich auch richtig verstanden. Das war eine Drohung. Professor S-Punkt, die Dorflegende! Jeder in Hintersbrunn und Umgebung weiß, wer gemeint ist!«

»Du hast ja nicht reden wollen am Telefon.« Gundi kann nicht fassen, dass sie in die Defensive geraten ist.

»Also«, antwortet er. »Bringen wir es hinter uns.« Django beherrscht sich nur mühsam, während er mit seinem Unterkiefer mahlt. »Du denkst also, du kannst beweisen, dass ich den Brand auf dem Gestüt gelegt hab, und du meinst, du kannst mich wegen Brandstiftung drankriegen?«

Gundi bemerkt seine unterdrückte Wut und ist beruhigt. Je mehr er die Kontrolle verliert, umso besser für meine Geschichte, denkt sie. Doch Django fängt sich wieder. »Das wirst du nie können«, sagt er ruhig. »Eins muss ich dir zugestehen. Du kennst deine Trümpfe. Ich kann mir keinen Ärger und erst recht keinen Baustopp leisten.«

»Django, alle wissen, dass du mit diesem Hundsmord den Sackbauer vertreiben wolltest …«

»Ganz die Tochter vom Vater, dem dreckigen Erpresser!«, ringt Django etwas zusammenhanglos zwischen den Zähnen hervor.

»Lass meinen Vater aus dem Spiel, da haben wir beide nicht das große Los gezogen!«, schnappt sie zurück.

Gundi hat zum ersten Mal an diesem Abend wieder das Gefühl, dass zumindest Gleichstand herrscht, und tatsächlich weiß Django nichts zu entgegnen. Wie um davon abzulenken, steht er auf, geht zur Küche, greift sich eine Bierflasche aus dem Kühlschrank und öffnet sie noch in der Küche, bevor er sich wieder Gundi gegenüber hinsetzt. Gundi kann ihr Oberwasser kaum glauben. Langsam schüttelt sie den Kopf und grinst ihn an. »Gib mir gefälligst auch eins, du Hirsch, oder soll das eine Machtdemonstration sein? Diese dummen Spielchen kannst du mit deinen Bauern hier spielen, nicht mit mir.«

Django sieht sie erstaunt an, steht auf und stellt eine Bierflasche vor Gundi auf den Wohnzimmertisch. Erleichtert, endlich ihren trockenen Mund loszuwerden, nimmt sie einen großen Schluck und hält die Flasche mit beiden Händen fest, als ob sie Angst hätte, dass sie ihr weggenommen werden könnte.

»Zum Geschäft«, sagt Django schließlich. »Du lässt die ganze Sache auf sich beruhen, wenn ich dir deine windige Hütte abkaufe?«

»Na, so windig ist sie nicht. Wolltest sie ja schon mal haben.«

»20.000 Euro und gut ist.«

Gundi wiegt den Kopf. »Du hast ja einiges unternommen, um an den Baugrund von Sackbauer zu kommen. Hängst seinen Hund auf, zündest seinen Hof an …«

»Kreuzkruzifix! 25.000 Euro und keinen Cent mehr!«

Gundi denkt eine Weile nach und platziert ihre Worte mit Bedacht. »Du bist ja nicht erst seit Kurzem scharf auf den alten Kransederhof. Du hast ihn ja schon einmal haben wollen, damals, als man den Kranseder erhängt wie einen Hund im Wald gefunden hat.« Gundi freut sich heimlich über diesen Schwenk zu ihrem eigentlichen Thema und über die raffinierte Wortwahl.

Django starrt sie einen Moment wortlos an, bevor er mit der Bierflasche in der Hand wieder Richtung Küche geht. Gundi lehnt sich auf dem bequemen Sofa zurück, nimmt einen weiteren Schluck und denkt darüber nach, wie sie die Sprache auf die identischen Stricke bringen könnte, als ihr auffällt, dass Django nicht zurückkommt. Sie richtet sich auf und dreht sich nach ihm um. Er steht unbeweglich in der offenen Küche und starrt sie an. Unheimlich, denkt Gundi.

Django bemerkt ihren Blick, stellt seine fast volle Bierflasche auf der Kücheninsel ab und setzt sich wieder auf die Couch.

»Was willst du?«, fragt er heiser.

»Damals, als der alte Kranseder tot und endlich aus deinem Weg war, da hast du versucht, dir das Grundstück einzuverleiben. Was man so hört, bist du seinerzeit an deinem Vater gescheitert, der einen anderen Käufer vorgezogen hat.«

Djangos Augen werden klein. »Na und? Und wenn schon.«

»Ich weiß, dass du damals nachhelfen wolltest. Du hast den Kranseder beseitigt. Vielleicht, weil er auf seine alten Tage auspacken wollte über deinen Nazi-Großvater? Der hat keinen Selbstmord begangen. Du hast ihn umgebracht und aufgehängt, genau wie vor Kurzem den Hund von Sackbauer.«

Django lacht laut, aber gekünstelt auf. Wieder stemmt er sich hoch, geht dieses Mal in die andere Richtung ans Fenster und schaut in die schwarze Scheibe.

»Das kannst du nie beweisen«, sagt er leise in die Nacht und Gundi legt ihre wahren Trümpfe auf den Tisch.

»Der Strick, den du damals dem Kranseder um den Hals gelegt hast, der existiert noch. Ich habe ihn«, fügt sie schnell hinzu, weil sie sich an ihr gestriges Versprechen erinnert. »Ich habe ihn bei mir im alten Bäckerhaus, und es ist dieselbe Art Strick und derselbe Henkersknoten, mit dem du den Hund aufgehängt hast. Mein Gott, auch noch im selben Wald! Was wetten, dass da deine DNA …«

Gundi bleibt der Satz im Hals stecken, als Django sich langsam umdreht und sich auf sie zubewegt. Er sagt kein Wort, sein Gesicht ist feuerrot und wutverzerrt. Instinktiv steht Gundi auf und geht ein paar Schritte rückwärts Richtung Treppe. Da macht Django einen riesigen Satz nach vorn und wirft sich auf sie. Die Wucht des Aufpralls reißt sie von den Füßen und innerhalb von Sekundenbruchteilen sitzt Django auf ihr. Mit beiden Händen drückt er ihr die Kehle zu.

»Du Drecksau … du Drecksau …«, presst er hervor.

Panik überfällt Gundi, als kein Atemzug mehr möglich ist. Sie röchelt, aber das hört sie nicht. Sie sieht nur das wild entschlossene Gesicht Djangos über ihr, sie fühlt es in ihrem Hals knacksen, und sie glaubt, dass ihr Schädel gleich zerspringt. Nein, denkt sie. Nein, ist alles, was sie denken kann. Es ist unmöglich, sich aus Djangos mächtiger Umklammerung zu befreien. Sie hat keine Chance. Djangos schwerer Körper hält sie am Boden, und Gundi glaubt, ein siegesgewisses Grinsen in seinem Gesicht zu entdecken.

»Mit mir nicht!«, liest sie von seinen Lippen und spürt, dass er fester zudrückt. Jetzt bin ich tot, denkt sie, als sie schwarze Punkte vor ihren Augen sieht. Da spürt sie etwas in ihrer Hand. Ohne Plan, aber mit voller Wucht knallt sie Django ihre Bierflasche an den Kopf. Der lässt ihren Hals los und greift sich mit beiden Händen an die Glatze. Gundi schnappt nach Luft, ist erstaunt, dass sie Django so leicht von sich herunterstoßen kann, und rappelt sich hoch. Django kniet am Boden und prustet. Blut rinnt zwischen seinen Fingern hervor. Wie festgenagelt, weil sie nicht richtig kapiert, was geschehen ist, starrt Gundi ihn an. Da richtet er seinen hasserfüllten Blick wieder auf sie und Gundi dreht sich um und rennt los. Sie stürzt die Treppe hinunter und hört Django dicht hinter sich. Sie reißt die Haustür auf und rennt um ihr Leben.

22

Um 21 Uhr ist Gundi immer noch nicht zurück. Irgendetwas stimmt da nicht. Zuerst postiert sich Franz mit
zwei Flaschen Bier auf der Bank vor dem Bäckerhaus
und wartet. Er muss unbedingt wissen, wie die Sache
ausgegangen ist. Ob sie Django wirklich von dem Strick
erzählt hat. Dann wird ihm kalt und er geht wieder
zurück ins alte Schulhaus. Am Ölofen wärmt er seine
verfrorenen Hände, findet aber keine Ruhe. Also setzt
er sich in seinen Unimog und tuckert damit wieder zum
Bäckerhaus. Es brennt immer noch kein Licht. Immerhin ist er jetzt nicht mehr der kalten Nachtbrise aus-
gesetzt. Er macht sich eines der Biere auf und wartet
weiter. Gundi müsste längst zurück sein. Minutenlang
schüttelt Franz den Kopf. Am Ende hat er genug. Er
muss nachsehen, was da los ist. Er stellt die leere Flasche in der Halterung ab und lässt den Unimog an. Es
sind keine fünf Minuten zum Schickanederhof draußen
hinter dem Sportplatz. Es ist stockdunkel außerhalb
des Dorfes, und Franz fährt ganz langsam die schmale
Gemeindestraße hoch, vorbei am Sportplatz und um die
Kurve. Dann ist er da. Die Lichtanlage ist eingeschaltet,
die Villa von Schickaneder Bau ist hell erleuchtet. Gundis Fiesta steht auf der kiesigen Einfahrt, von ihr keine

Spur. Franz grübelt ein paar Minuten darüber nach, ob er klingeln soll, beschließt jedoch, weiter zu warten und lenkt seinen Unimog im Rückwärtsgang zurück auf die Straße, von wo aus er einen guten Blick auf das gesamte Anwesen hat. Er stellt den Motor ab. Irgendwann muss sie ja rauskommen. Es ist eine kalte Dezembernacht und es ist kein Stern zu sehen. Franz sucht den schwarzen Himmel nach dem Mond ab, aber auch der lässt sich nicht blicken.

Da fliegt die Tür der Villa auf und Gundi stolpert die zwei Stufen hinunter auf den Kiesplatz. Sie hat ihren Mantel nicht an, fällt Franz auf. Sie rennt auf ihren Fiesta zu und rüttelt am Türgriff. Da erscheint Django in der offenen Eingangstür, er sieht aus wie ein Ungeheuer. Gundi bemerkt ihn und beide starren sich einen kurzen Moment lang wie eingefroren an. Dann dreht sich Gundi um und taumelt über den Platz Richtung Franz.

Franz lässt den Motor seines Unimog an und starrt weiter auf die unwirkliche, vom Flutlicht beleuchtete Szene. Django spurtet die Stufen hinunter, dreht nach rechts ab und läuft auf seinen BMW zu. Er springt hinein, setzt zurück und gibt Gas. Kies spritzt hinter ihm auf, als er mit seinem Auto Gundi hinterherjagt. Die hat die Straße gerade erreicht und läuft Richtung Dorf.

»Gundi!«, schreit Franz, aber sie hört ihn nicht. Franz legt den zweiten Gang ein und tritt das Gaspedal voll durch. Im selben Moment schießt Django aus der Einfahrt. Ein fürchterlicher metallischer Krach folgt und Franz schlägt mit dem Kopf auf das Lenkrad. Als er aufblickt, raucht unmittelbar vor ihm der orange BMW. Franz hat ihn voll erwischt. Die ganze linke Seite des

BMWs ist eingedrückt. Fünf Meter weiter steht Gundi wie angewurzelt auf der kleinen Straße und stößt weiße Atemwolken aus.

»Scheiße!«, murmelt Franz und springt aus dem Unimog. Er rennt auf die andere Seite des gerammten Autos und schaut durch das Beifahrerfenster. Django sitzt mit blutverschmiertem Gesicht eingeklemmt an der eingedrückten Seite auf dem Fahrersitz. Sein Kopf liegt unnatürlich weit hinten auf der kopfstützenlosen Rückenlehne und er sieht Franz aus weit aufgerissenen Augen an.

»O Gott«, sagt jemand neben seinem Ohr und Franz zuckt zusammen. Gundi schaut direkt neben ihm durch das Fenster und atmet schwer. Aus Djangos Mund kommen kleine Blutbläschen.

»Scheiße, scheiße, scheiße«, sagt sie und in diesem Moment verändert sich Djangos Blick. Gundi starrt in tote Augen.

»Der ist scheißtot«, sagt sie und schaut endlich Franz an. »Du blutest.« Sie will die Platzwunde an Franz' Stirn berühren, schreckt aber davor zurück, weil Franz Tränen über das Gesicht laufen.

»I… ich hab ihn umgebracht!«, stottert er und wendet sich ab.

Das Blaulicht des Notarztes und das des Streifenwagens vermischen sich mit dem Flutlicht des Gehöfts zu einer Kakovision wie von einem völlig durchgeknallten Beleuchter. Nachdem Gundi den Notruf gewählt hat, ist es eine Weile still auf der einsamen Gemeindestraße, auf der Gundi und Franz sich eng umschlungen auf den eiskalten Boden am unbefestigten Straßenrand gesetzt haben. Als Erstes treffen Sanitäter und Notarzt ein. Sie ziehen Django aus dem Auto und verfrachten ihn in den Rettungswagen, fahren aber nicht weg. Vermutlich gibt es tatsächlich keine Rettung mehr für ihn, und sie warten auf die Polizei, denkt Gundi. Weil sie Franz nicht beruhigen kann, ruft sie Liesi an, die zusammen mit dem Lehrerehepaar und Decken zur Unfallstelle kommt. Besorgte oder vielleicht auch nur Schaulustige aus dem Dorf versammeln sich auf der kleinen Straße vor dem Schickanederhof. Alois ist da, der Greimer Bast und ein paar Stammgäste, denen die Nachricht vom Unfall eine willkommene Abwechslung vom Schafkopfen ist. Liesi schrubbt die schlotternde Gundi mit einer Decke ab, und Franz sitzt mit dem Lehrer, der auf den armen Kerl einredet, im Unimog. Die zwei Polizisten sprechen zuerst mit dem Notarzt und sichern die Unfallstelle, obwohl zu dieser Zeit und auf dieser Straße wohl kaum Durchfahrtsverkehr zu erwarten ist. Sie machen Fotos und nehmen ein paar Personalien auf. Tonio besteht darauf, mit Franz zum nächsten Krankenhaus zu fahren. Der Krankenwagen mit Django fährt ab, schließlich auch die Polizei, und die grelle Szenerie beruhigt sich. Wie von einem außerirdischen Regler gedimmt, werden die Stimmen leiser. Man macht sich auf den Heimweg. Irgendwann sind die letzten Dorfbewohner weg, und Liesi und Gundi starren in der unheimlichen Stille auf die hell erleuchtete Villa, auf deren Vorhof der zu Schrott gefahrene BMW und Franz' Unimog abgestellt wurden. Liesi nimmt Gundi mit zu sich. Zusammen mit Alois.

Alois und Liesi sind tatsächlich ein Paar, stellt Gundi fest. Auf Liesis Couch wird ihr langsam wieder warm, und er macht sich wie selbstverständlich in ihrer Küche zu schaffen, um Tee für Liesi und Gundi zu kochen.

Es geht auf Mitternacht zu, als Tonio und Evelyn eintreffen und berichten, dass Franz genäht werden musste und jetzt in seinem Bett liege. Zu fünft sitzen sie um den Wohnzimmertisch und beratschlagen.

»Was ist passiert?«, fragt Tonio und Gundi verabschiedet sich von ihrem Misstrauen gegenüber Alois. Sie hat dafür einfach keine Kraft mehr.

»Ich habe Django mit einem Verdacht konfrontiert«, beginnt sie und erzählt die ganze Geschichte, die damit beginnt, dass Franz ihr den alten Strick in seinem Keller und anschließend die identische neuere Schlinge unter seiner Spüle gezeigt hat.

Als sie den Satz »Django ist ein Mörder« sagt, greift Liesi nach der Hand von Alois, der keinen Einspruch erhebt. Schließlich endet Gundi damit, dass ihr Django die Hände um den Hals gelegt und zugedrückt hat.

»Ich weiß echt nicht mehr, wie ich da rausgekommen bin«, sagt sie zum Schluss ihres Berichts. »Ich weiß nur, dass mir der Franz das Leben gerettet hat. Was für ein Glück, dass er gerade vorbeigefahren ist.«

»Der ist nicht vorbeigefahren«, antwortet der Lehrer. »Er hat auf dich gewartet, Gundi. Und, Absicht oder nicht, er hat Django aufgehalten. Django wird dir nichts mehr antun, er wird niemandem mehr etwas antun. Er ist tot.«

In den Morgenstunden fahren Gundi und Franz in Begleitung von Tonio zur Polizeidienststelle, um ihre

Aussagen zu machen. Franz übergibt seine orangefarbenen Beweisstücke aus dem Keller und von unter der Spüle, erzählt von damals, als er den Kranseder »heruntergeschnitten« hat und dass ihn die Situation mit dem Hund an derselben Stelle im Wald daran erinnert habe. Er sagt aus, dass er spät im Wald gearbeitet habe und zufällig am Schickanederhof vorbeigefahren sei, als Joachim Schickaneder, ohne die Vorfahrt zu beachten, aus seiner Einfahrt gerast sei. Das hat Tonio ihm eingebläut. Gundi berichtet vom Angriff auf sie, von Ignaz Schickaneder, von der Geschichte mit dem Hund, von ihrem Verdacht bezüglich der Brandstiftung und vom vermutlichen Mord an Kranseder. Anschließend fahren sie zurück nach Hintersbrunn und trinken in der Wohnung des Lehrerehepaars einen heißen Kakao.

Ein halbes Jahr später entfernt Georg Bernleitner die Büste von Ignaz Schickaneder aus dem Gemeindehaus und bekommt kurz darauf einen anonymen Drohbrief mit der Post. »Du bist so gut wie tot«, steht darin. Der Garten der Gemeindesekretärin wird verwüstet. Auf der Homepage der Gemeinde gehen unflätige Mails ein. Die Polizei ermittelt und verwarnt die Absender. Dann sprühen Unbekannte eines Nachts »Verrätersau« auf die Windschutzscheibe des Autos seiner Frau und am nächsten Tag tritt Girgl vom Amt des Bürgermeisters zurück.

Die Staatsanwaltschaft stellt das Verfahren wegen des Verdachts der schweren Brandstiftung ein. Ein Täter konnte nicht überführt werden. Der tragische Autounfall mit Todesfolge vor dem Schickanederhof wird zu den Akten gelegt.

Die Ermittlungen im Fall Kranseder vor mehr als 20 Jahren halten das Dorf über Wochen in Atem. Fast jeder Dorfbewohner muss sich den Fragen der Polizei stellen und das Grab von Josef Kranseder wird geöffnet. Schließlich gibt es ein Ergebnis.

Gundi sitzt in München beim Konditor um die Ecke und hackt in ihr Laptop. Es ist ein herrlicher Frühlingstag mit knallig blauem Föhnhimmel, wie es ihn selbst in München nur selten gibt.

Hintersbrunn. Nach 22 Jahren ist ein Mord, der lange keiner war, endlich aufgeklärt. Damals hatten Forstarbeiter den Landwirt K. kurz nach dem Tod seiner Frau erhängt im Wald gefunden. Ein trauriger Selbstmord, an dem lange Zeit niemand gezweifelt hatte. Bis neue Beweisstücke auftauchten, die auf eine Verwicklung des ortsansässigen Bauunternehmers Joachim Schickaneder hindeuteten. Nach wochenlanger Kleinarbeit konnten die Spezialisten des Landeskriminalamts Bayern an der Schlinge, mit der sich K. erhängt haben soll, DNA-Spuren finden, die dem Bauunternehmer eindeutig zugeordnet werden konnten. Nach den Erkenntnissen der Polizei hatte Schickaneder sein Opfer aus Habgier ermordet und zur Verschleierung der Tat dessen Selbstmord durch Erhängen vorgetäuscht. Anklage wurde nicht erhoben, weil der Täter inzwischen verstorben ist. Er kam bei einem tragischen Unfall ums Leben, als er im Dezember letzten Jahres auf die schlecht beleuch-

tete Gemeindestraße in Hintersbrunn einbog und
den herannahenden Unimog des Franz K. über-
sah, der gerade auf dem Heimweg von Holz-
arbeiten gewesen war …

Gundi nimmt einen zufriedenen Schluck von ihrem Milchkaffee, bevor sie fertig schreibt, noch mal darüberliest und auf »Senden« drückt. Sie muss sich beeilen, denn sie hat einen privaten Termin heute. Richtfest in Hintersbrunn.

Franz hat sie eingeladen, und als sie wieder vor dem alten Bäckerhaus parkt, sind einige Dorfbewohner an drei Biertischen vor dem Haus versammelt. Ein paar Sonnenschirme erinnern an Urlaub und Gundi erkennt ihr altes, einst trostloses Elternhaus kaum wieder. Liesi, Alois und das Lehrerehepaar sitzen am Tisch neben dem hölzernen Bierfass, das Franz gerade mit zwei Schlägen anzapft.

»Die erste Maß gehört dir!«, begrüßt sie Franz, der ein paar Minuten mit drei Krügen hantiert, bevor er endlich eine sauber eingeschenkte Maß vor Gundi abstellt. »Auf dich, Gundi!«, prostet er ihr zu, als auch alle anderen Gäste ein Bierglas vor sich haben.

»Auf dich, Gundi!«, antwortet Liesi, bevor sie aufsteht, um sich um die Grillwürstel zu kümmern, die neben dem Bierfass brutzeln. Es ist herrlich warm an diesem Nachmittag, und sowie Liesi »Die Würstl sind fertig!« ruft, steht Gundi, heißhungrig wie immer, als Erste auf. Evelyn läuft ihr hinterher, und noch bevor ihr Liesi Würstchen und Brot reichen kann, umarmt sie Gundi von hinten.

»Das ist ganz wunderbar, was du für den Franz getan hast«, sagt sie, und Gundi ist ein wenig peinlich berührt, weil sie das eigentlich nicht in der Öffentlichkeit ausbreiten wollte. Obwohl es vermutlich, sie kennt das Dorf, alle wissen. Sie hat ihr Elternhaus Franz geschenkt. Weil er ihr das Leben gerettet hat. Und sie ist froh, es los zu sein, dieses Erbe, das sie nie und nimmer glücklich gemacht, sondern sie nur weiter an dieses Dorf gekettet hätte, mit dem sie bereits in jungen Jahren abgeschlossen hat. Zuerst hat Franz es natürlich nicht annehmen wollen, aber schließlich hat er sich doch mürbe reden lassen. Er hat es von Grund auf renoviert. Neues Dach, neue Fenster und Heizung. Im alten Laden hat er sich ein kleines Büro eingerichtet und über der Eingangstür hat er in kunstvoller Schrift »Hausmeisterei Hintersbrunn« gemalt. Gundi ist natürlich neugierig, und endlich findet Franz die Zeit, sie durch das Haus zu führen. Hinter dem Laden, wo früher Küche, Wohnzimmer und Backstube gewesen waren, hat er einen Aufenthaltsraum mit einer kleinen Bierzapfanlage, die er stolz präsentiert, eine Werkstatt und ein Materiallager eingerichtet. Gundi erkennt die alte Werkbank aus dem Schulkeller wieder, in den ehemaligen Brotregalen sind Werkzeuge untergebracht, ein großer Rasenmäher steht in der Ecke, eine Heckenschere scheint neu zu sein. Hinten auf dem alten Mehlhof, der jetzt eine Überdachung hat, parkt der Unimog. Franz zeigt ihr das Obergeschoss, wo früher ihr Zimmer, das Schlafzimmer ihrer Eltern und ein kleines Bad gewesen waren. Hier hat es sich Franz gemütlich gemacht und Gundi muss laut lachen, als sie im Wohnzimmer sieht, dass Franz mehrere Poster von Unimogs aufgehängt hat.

»Ich mach alles«, erklärt Franz, während sie wieder nach unten zu den anderen gehen. »Schnee schaufeln oder Rasen mähen. Oder Waldarbeiten und Gärten. Eigentlich wie früher. Bloß dass es jetzt alle wissen«, sagt er stolz. »Neulich hat mich eine Frau aus dem Nachbardorf gefragt, ob ich im Urlaub ihre Blumen gießen mag – für Geld!« Franz schüttelt ungläubig den Kopf und grinst. »Im Lagerhaus bin ich fast gar nicht mehr. Nur wenn die mich brauchen.«

»Und Schwammerl finden, tust du das auch noch?«, fragt Gundi.

»Natürlich!«

»Und jeden Morgen dein Bier bei uns!«, ruft Liesi vom Biertisch aus, wo sie mit Alois sitzt. Der steht auf, kommt auf Franz zu und fummelt eine Zigarettenpackung aus der Hemdtasche. Er hält sie Franz hin, der schüttelt den Kopf. Alois zündet sich eine an, bläst den Rauch aus und sagt verschwörerisch: »Du bist der größte Gauner von uns allen …«

Später kommt die Festgesellschaft auf die Zukunft von Schickaneder Bau zu sprechen.

»Das hat alles die kleine Tochter geerbt, also eigentlich die Maria, die Ex vom Django, weil die Viktoria ja minderjährig ist«, weiß Alois.

»Muss die jetzt wieder hierherziehen?«, fragt Gundi ungeachtet des Werts der Erbschaft voller Mitleid.

Liesi kennt als Ladenbesitzerin die Sachlage natürlich bestens, denn in den letzten Wochen wurde jede neue Entwicklung des Schickanederdramas in ihrem Laden ausführlich debattiert.

»Sie will die Firma verkaufen. Managt alles ein Immobilienheini aus Hamburg. Man sagt, sie braucht dringend Geld. Sie hat ja auch den Großvater geerbt, also seine Pflegekosten.«

»Ach ja, der alte Bürgermeister, Lorenz Schickaneder, was ist denn aus dem geworden?«, fragt Gundi.

»Der ist jetzt im Pflegeheim in Bruck. Man sagt, dass er sich schwertut, dort heimisch zu werden.«

»Aber irgendwann muss die Maria wieder zurückkommen«, sinniert Alois und Liesi wirft ihm einen misstrauischen Blick zu. »Es geht ja nicht nur um Schickaneder Bau. Es geht auch um den Grund da oben.« Er deutet mit einer Kopfbewegung Richtung Kransederhügel, wo sich jetzt der stillgelegte Baukran wie ein weiteres Mahnmal erhebt.

»Da geistert bestimmt der alte Kranseder rum«, sagt Gundi.

Alle lachen herzlich über diesen absurden Gedanken, aber Gundi ist sich da nicht sicher. Und als sie in den späten Nachmittagsstunden das Ortsausgangsschild Hintersbrunn mit seiner durchgestrichenen roten Linie passiert, hat sie das Gefühl, noch einmal davongekommen zu sein.